ALPHAS BLUT

EIN PARANORMALER LIEBESROMAN

RENEE ROSE
LEE SAVINO

Übersetzt von
FRANZISKA HUMPHREY

ALPHAS BLUT

Ich habe sie gekauft. Ich besitze sie. Aber sie wird niemals meine sein ...

EIN VAMPIRKÖNIG ...

In dem Moment, als sie die Bühne betrat, wusste ich, dass ich sie in meinem Bett haben muss. Meine Unterwürfige, die zu meinen Füßen kniet.

Aber diese gefangene Jungfrau ist mehr, als sie zu sein scheint ...

Eine Spionin in meinem Königreich. Die ausgetüftelte Waffe meines Feindes. Sie hasst mich, aber Hass ist eine Leidenschaft, die der Liebe gefährlich ähnlich ist ...

EINE GEFANGENE KÖNIGIN ...

Mein ganzes Leben lang habe ich für einen einzigen Zweck trainiert. Für ein ultimatives Ziel: den Vampirkönig zu töten.

Ich hatte einen Kampf erwartet. Schmerz. Folter. Nicht ihn zu begehren. Mein Körper ist eine Waffe, die er gegen mich einsetzt.

Aber ich darf mein gefallenes Rudel nicht vergessen. Mein Streben nach Rache. Meine Mission ist einfach:

Verführe ihn. Gewinne sein Vertrauen. Bringe ihn zu Fall.

Aber vor allem: Verliebe dich nicht.

DIESER ALLEINSTEHENDE LIEBESROMAN ist der erster Teil der Mitternacht Doms Bestsellerserie. Mit garantiertem Happy End und ohne Mogeleien. Diese „Vom-Feind-zum-Liebhaber"-Geschichte erzählt von einem kühlen, abgeklärten Vampir und der Wolfsfrau, die geschickt wurde, um ihn zur Strecke zu bringen. Sollten Sie solche Themen anzüglich finden, kaufen Sie dieses Buch nicht.

1

_____

S *elene*

DIE BÜHNE IST EIN ALTES, ramponiertes Podest, das durch
üppige rote Vorhänge und grelles Scheinwerferlicht trans-
formiert wurde. Wie viele Macbeths sind hier schon gestorben? Wie viele Hamlets? Ich warte in den Kulissen und
lausche dem Gemurmel des Publikums. Gänsehaut breitet
sich auf meinen Armen aus.

Entspann dich, flüsterte mir die Stimme meines Mentors
zu. *Du wirst das hervorragend machen.*

Das will ich doch hoffen. Ich habe mein ganzes Leben
lang für diesen Moment trainiert. Ich trage ein seidenes
Trägerkleid, das über meine Brüste und Hüfte drapiert ist
und sich mit einem Hauch von Bescheidenheit um sie
schmiegt, während meine Beine von der Mitte meiner Oberschenkel abwärts entblößt sind. Die freizügige Aufmachung
stört mich nicht, aber ohne Waffen fühle ich mich nackt.

Seit ich sechzehn Jahre alt war, trage ich immer Waffen bei mir. Früher schlief ich sogar mit meiner liebsten im Arm ein: einem Holzpflock.

Dies ist deine größte Rolle. Deine ultimative Darbietung, hatte mein Mentor gesagt. *Wenn du scheiterst, zahlst du den höchsten aller Preise.* Seine Stimme wurde tiefer. *Enttäusche mich nicht.*

Ich werde nicht scheitern. Nach dem heutigen Abend wird mein Leben in der Schwebe hängen, aber das ist nichts Neues. Es war schon immer so. Ich habe gewartet und geweint, geschwitzt und gekämpft und für diesen Moment gelebt und geatmet. Das Training hat mir alles abverlangt und ich habe mein Bestes gegeben. Was auch immer nach dem heutigen Abend geschieht, wurde schon vor langer Zeit geplant. Meine Rolle in der Handlung wurde für mich maßgeschneidert. Ich wurde geboren, um diese Rolle zu spielen. Alles in meinem Leben hat zu diesem Moment geführt.

„Zehn Minuten noch", ruft ein in Schwarz gekleideter Bühnenhelfer. Sein Blick schweift über mich, als wäre ich Teil des Bühnenbildes. Ich hebe mein Kinn und begegne seinem Blick, starre ihn an, bis er ihn sinken lässt und davonhuscht. Ich glätte mein durchsichtiges Gewand und lockere meine Lippen. Heute Abend spiele ich eine unterwürfige Rolle, aber nicht bis sich der Vorhang öffnet. Ich werde vor diesen Kakerlaken nicht zurückschrecken. Ich verneige mich noch nicht einmal vor meinem Mentor. Es amüsiert ihn, wenn ich Dominanz zeige. Oder vielleicht denkt er auch nur, dass mich meine Alpha-stärke auf meiner letzten Mission beschützen wird. Jedenfalls erlaubt er meine Frechheit. Täte er es nicht, wäre ich bereits tot.

Zwei Schatten bewegen sich in den Tiefen der Bühne. Ich mache mir nicht die Mühe, mich umzudrehen. Die

Wachen sind zu meinem Schutz da und um mich auf die Bühne zu treiben, falls ich kalte Füße bekomme. Unnötig. Ich kann es kaum erwarten, diese Rolle zu spielen.

Dieses alte Theater hat schon lange ausgedient. Die Luft ist staubig und abgestanden. Die Garderobe verströmt einen anderen sauren Geruch, der nur noch schlimmer wird, wenn man die Treppe hinunter in den mit Käfigen gefüllten Keller geht. Mein Mentor hatte mich an ihnen vorbeigedrängt und mir befohlen, mich auf das Endziel zu konzentrieren. Ein Teil von mir hatte sich umdrehen und den Käfigen zuwenden, die belegten Käfige finden und die Gitter aufbrechen wollen. Um die verängstigten Wandler zu befreien. In einem anderen Leben wäre das meine Mission. Vielleicht kann sie das immer noch sein – sollte ich überleben.

Werden sie auf der Bühne enden?, hatte ich gefragt, als wir die Treppe hinaufstiegen und uns den funkelnden Blicken entzogen.

Manche von ihnen, hatte mein Mentor geantwortet. *Einige von ihnen warten darauf, abgeholt zu werden.* Er hatte meine Wut und meinen Ekel bemerkt und sich zu mir gebeugt. *Dies ist die Perversion, die Lucius Frangelico zulässt. Sobald er von der Bildfläche verschwunden ist, werden wir dieses Unrecht beheben.*

Man konnte es nicht perfekter formulieren. Wenn ich die Bühne betrete, werde ich nur an den König denken, der im Publikum sitzt. Das Ende seiner Herrschaft wird Schockwellen durch sein korruptes Königreich senden.

Aber zuerst musste Lucius Frangelico sterben.

Ist er hier? In diesem Moment?, hatte ich Xavier gefragt.

Auf seinem Weg, hatte mein Mentor geantwortet. *Meine Spione berichten, dass er pünktlich eintreffen wird. Sobald er*

Platz genommen hat, geben wir das Signal und dein Auftritt wird beginnen.

Ich balle meine Fäuste an meinen Seiten und zwinge mich, sie wieder zu öffnen. Es ist an der Zeit, in meine Rolle zu schlüpfen. Ich muss sie perfekt spielen oder ich werde nicht überleben.

Eine weitere Gestalt taucht auf. Eine ältere Frau erscheint aus der Garderobe, um mich eines kritischen Blickes zu unterziehen. Ich stehe gerade und lasse sie mich studieren. Ich senke meinen Blick sogar zu Boden und benehme mich wie die Unterwürfige, die ich darstellen soll.

Mein Haar ist geflochten und auf meinem Kopf zu einer Krone gesteckt. Ich trage nur wenig Make-up. Genügend, damit mich das Licht nicht völlig blass erscheinen lässt. Ein Hauch von Lidschatten, Mascara, Wangenrouge. Abgerundet mit einer gewagten Note auf meinem Mund. Roter, roter Lippenstift. Die Farbe des Blutes und der Träume von Vampiren.

Du wirst seine Aufmerksamkeit sofort auf dich ziehen, hatte mein Mentor geschnurrt. *Er wird erfreut sein.* Xavier hatte meine halb nackte Gestalt von oben bis unten gemustert. Ich hatte mir selbst gesagt, seine Aufmerksamkeit wäre unpersönlich und klinisch gewesen, aber ich kam nicht umhin, die Bewunderung zu genießen, die in seinem einem Auge glitzerte.

Und wenn er den Köder nicht schluckt?, hatte ich gefragt.

Das wird er. Wenn nicht heute Abend, wird dich einer meiner Kollegen kaufen und mit dir angeben. Dich Frangelico unter die Nase reiben. Es liegt an dir, seine Aufmerksamkeit zu erregen. Xavier hatte seine großen Hände um meine Arme geschlossen. Sein Griff war grausam und schmerzhaft. Seine Finger hinterließen blaue Flecken, Spuren, die ich dankbar annahm. Mein Training erlaubte weder Trost noch freundschaftlichen Kontakt, aber es hinterließ eine Menge Spuren. Ich empfing sie wie Küsse oder Umarmungen. Schmerz wurde zum Vergnügen und jeder blaue Fleck machte mich stärker. Zu einer raffinierten Waffe.

Xavier hatte seinen Griff verstärkt und ich unterdrückte ein Stöhnen.

Braves Mädchen, hatte er gesagt und meine Stimmung war gestiegen. Ich war mir nicht sicher gewesen, ob er mir hatte wehtun wollen, bis er zurückgetreten war und die Maskenbildnerin ihrer Arbeit nachgehen ließ. Als sie die Flecken mit Make-up abdecken wollte, hatte er ihr befohlen, sie sichtbar zu lassen. *Sie fallen ins Auge.* Xavier hatte mich ein letztes Mal belehrt: *Erinnere dich an alles, was ich dir beigebracht habe.* Ich hatte meinen Kopf geneigt und der einäugige Vampir war verschwunden. Die Maskenbildnerin erschauderte und ich hatte ihr ein kleines Lächeln der Solidarität geschenkt. Groß, breiter als ein Ringkämpfer, und mit seiner ruinierten Gesichtshälfte, die durch eine Augenklappe nur unwesentlich präsentabler wurde, wirkte Xavier furchterregend. Er hatte mich mit unerbittlichem Fokus aufgezogen und trainiert. Seine Methoden waren brutal und grausam. Hätte er mir nicht alles gegeben, was ich brauche, um mein abgeschlachtetes Rudel zu rächen, würde ich ihn hassen.

Vielleicht hasse ich ihn sowieso. In meiner Welt ist Hass ein Gefühl, das gar nicht so weit von Liebe entfernt ist.

Jetzt nickt mir die Maskenbildnerin knapp zu und geht mit auf der zerfurchten Bühne klappernden Absätzen davon. Da ich den Blick auf den Boden richte, kann ich die Spuren von Wandlern nicht übersehen – ausgerissenes Fell, die Schrammen auf dem Boden, verursacht durch die Wächter, die die Wandler auf die Bühne zerren. Die Wandler, die selbst jetzt noch im Keller warteten und in ihren

Käfigen zitterten. Ich kann sie heute Abend nicht retten. Vielleicht später, sollte ich überleben.

In den Kulissen herrscht kurzzeitig Hochbetrieb, bis ein kleiner, kahlköpfiger Mann in einem Smoking mit einem Satz Notizkärtchen auf die Bühne schreitet. Er blättert sie durch und murmelt vor sich hin. „Lot neun, besondere Ware. Wölfin, trainiert, unberührt. Unverkostet." Er wirft mir einen beurteilenden Blick zu. Ich könnte genauso gut ein Stück Fleisch sein.

Ich atme tief durch und lasse mich auf meine Rolle ein. Demütige, unterwürfige Wölfin, die zur Vampirgespielin ausgebildet worden war.

Frangelico wird dir nicht widerstehen können, hatte Xavier zu mir gesagt, als er mir ein weißes Halsband anlegte. *Du bist wunderschön.* Es war kein Kompliment. In meiner Welt ist Schönheit eine Waffe. Eine Waffe, zu deren Gebrauch ich ausgebildet wurde.

Ein Bühnenassistent reicht dem Mann im Smoking ein Mikrofon.

„Es ist so weit", sagt der Auktionator und fuchtelt mit der Hand nach mir. Ich atme tief ein, hebe den Kopf und schreite barfuß auf die Bühne.

Lucius

„SCHÖPFER, wie schön, dass Ihr zu uns stoßt." Ein sich verbeugender Vampir begrüßt mich, als ich aus meiner Limousine steige. Meine Leibwächter versperren ihm den Weg, bis ich ihnen mit einer Handbewegung befehle, zur Seite zu treten.

„Mir wurde berichtet, dies sei der Ort, um einen Wandler zu kaufen." Ich betrachte das heruntergekommene Gebäude, das leere Festzelt.

„Ja, ja, Sie haben recht." Dante lacht leise und läuft los, um die Tür aufzuhalten. „Die erste Hälfte der Auktion ist vorbei, aber die verbleibenden Lots sind erhaben, wie ich höre. Die *Crème de la Crème*. Hier entlang bitte ..."

Ich schreite an dem unterwürfigen Vampir vorbei. Warum habe ich ihn verwandelt? Alle meine Schöpfungen enttäuschen mich schließlich. Es ist mein Fluch.

Gruppen gut gekleideter Vampire beobachten mich diskret, als ich vorbeigehe. Ich hatte nicht erwartet, völlig unbemerkt hineinschlüpfen zu können, aber so wie Dante neben mir herspringt und plappert, könnte ich genauso gut im Scheinwerferlicht stehen.

Das Theater ist alt, hat jedoch seinen ganz eigenen Charme. Über meinem Kopf leuchtet ein gläserner Kronleuchter. Die roten Bühnenvorhänge sind erst kürzlich gebürstet worden. Aber noch nicht einmal das starke Cologne und Parfüm, das die Vampire im Publikum tragen, kann den Duft von Wandlerpelz und Angst überdecken.

Mir wurde gesagt, dass die Wandler willig sind. Verzweifelt auf der Suche nach einem Beschützer, stimmen sie zu, an einen Vampir mit einer Vorliebe für Wandlerblut verkauft zu werden. Es gibt zweifellos genügend von uns, die bereit sind, gutes Geld für ein Haustier zu bezahlen.

„Wie Sie sehen, haben unsere Renovierungsarbeiten gerade erst begonnen. Wir haben uns bemüht, die historische Architektur der 1920er Jahre zu bewahren ..." Dante unterbricht seinen Rundgang abrupt, als ich auf einem Sitz am Gang Platz nehme.

„Schöpfer." Er fuchtelt mit den Händen herum. „Wir

haben in der Mitte des Ganges einen Platz für Sie vorgesehen. Diese Reihe wurde nicht ersetzt ..."

„Das ist in Ordnung." Ich nicke meinem Begleitschutz zu und sie positionieren sich rund um die von mir gewählte Reihe. Sechs der besten Leibwächter, die man für Geld kaufen kann, mit ihren unter den Anzügen versteckten Waffen. Und sie sind nur die Wachmänner, die die Leute sehen können. Ich habe mehr Schutzvorkehrungen, als irgendjemand vermuten könnte. In tausend Jahren von Attentatsversuchen lernt man, vorauszuplanen.

Dante bleibt in der Nähe und versucht noch immer, mich dazu zu bewegen, auf einem größeren, neueren Sitz Platz zu nehmen. „Diese alten Sitze haben Federn, die nicht sehr komfortabel sind."

Er hat recht, eine Feder gräbt sich gerade in diesem Moment in mein Hinterteil.

„Ich bevorzuge diesen Platz." Ich richte meine Aufmerksamkeit auf die leere Bühne.

Staubkörner tanzen im zu hellen Scheinwerferlicht. Die Vorhänge flattern und der Raum füllt sich mit dem erwartungsvollen Gemurmel der Menge.

Ich strecke meine Beine aus und ignoriere Dantes nervöses Fuchteln. Mir ist die Tatsache nicht entgangen, dass der Vampir möchte, dass ich mich woanders hinsetze. Er dreht sich ständig um und gibt jemandem auf dem Balkon Zeichen.

Meine Nachkommen hecken etwas aus. Der Mühe nach zu urteilen, die sie sich bei der Durchführung dieser Auktion geben, ist ihr Plan schon seit einiger Zeit in Arbeit.

Das macht nichts. In meinem langen Leben habe ich festgestellt, dass ein Putsch dem anderen sehr ähnlich ist.

Theophilus, einer meiner Nachfahren, nimmt ein paar

Reihen vor mir Platz. Er dreht sich um und neigt den Kopf. Ich nicke zur Kenntnisnahme und winke ihn zu mir her.

„Schöpfer", sagt er, als er an meine Seite kommt und sich verbeugt. „Wie kann ich Ihnen dienen?"

„Wie viele Auktionen wurden hier schon abgehalten?"

Er sieht sich in dem schwach beleuchteten Raum um. „Eine ganze Menge. Ich habe erst vor ein paar Monaten von ihnen gehört. Dies ist mein drittes Mal."

„Und die Wandler sind willig?"

„So willig, wie sie sein können." Er verzieht das Gesicht. „Die meisten sind seltene Arten. Ohne einen großen Clan, der sie beschützt, fallen sie stärkeren Wandlern zum Opfer."

„Sie stimmen dem also zu?" Ich deute mit der Hand auf die Bühne. „Ist es besser, einem Vampir zu gehören?"

„Ich bin kein Wandler, also würde ich es nicht wissen. Ich vermute jedoch, dass ein Leben in Knechtschaft besser ist als gar kein Leben."

Ich presse meine Lippen zusammen. Die meisten Wandler, die ich getroffen habe, wären lieber frei. Sie sind schließlich zum Teil wilde Tiere.

„Haben Sie noch weitere Fragen zur Auktion?", fragt Theophilus. Von all meinen Untertanen ist er derjenige, bei dem die geringste Wahrscheinlichkeit besteht, dass er sich gegen mich verschwören würde. Aber das bedeutet nicht, dass er es nicht getan hat.

„Im Moment nicht."

„Beabsichtigen Sie zu bieten, Schöpfer?"

Ich mustere Theophilus' Gesicht und suche nach einem Anzeichen von Emotion. Interesse, Hoffnung, irgendetwas. „Ich habe mich noch nicht entschieden." Ich schenke ihm ein geheimnisvolles Lächeln.

„Sie könnten überrascht werden. Viele dieser Wandler

sind von Natur aus unterwürfig. Eine so mächtige Kreatur zu besitzen kann außerordentlich aufregend sein."

„Es lohnt sich, darüber nachzudenken", murmele ich.

„Wenn man ewig lebt, gibt es nur wenige neue Freuden, die man genießen kann." Theophilus blickt zur Bühne und leckt sich die Lippen. Ein unverhohlenes Zeichen der Vorfreude.

Vielleicht gibt es nichts Schändliches an diesen Auktionen. Im langen Leben eines Vampirs ist es leicht, der Langeweile zu erliegen. Und Langeweile führt zu immer tieferen Perversionen.

„Wenn man so lange gelebt hat wie ich, gibt es keine neuen Freuden", sage ich. „Man begnügt sich mit den alten."

Theophilus neigt den Kopf. „Bei allem Respekt, ziehen Sie in Erwägung, heute Abend zu bieten. Einige der Wandler erklären sich mit der Versteigerung einverstanden, leisten nach ihrem Kauf jedoch köstlichen Widerstand. Sie zu unterwerfen bietet monatelange Unterhaltung, wenn man es hinauszögert."

„Monate? Du überraschst mich, Theophilus", erwidere ich und ködere ihn. „Mit Geduld kann sich ein Experte jahrelang an einem Opfer erfreuen."

Er errötet. „Diese Wandler werden keine Jahre überdauern. Man kann sie schließlich nicht verwandeln."

„Wie du meinst", täusche ich meine Zustimmung vor. „Ich nehme an, der Glanz lässt nach ein paar Wochen nach. Nach ein paar Monaten, wenn das Opfer etwas Besonderes ist."

„Wandler sind stärker als Menschen, aber niemand kann einem Vampir widerstehen. Am Ende brechen sie alle."

„Ja." Ich wende meine Aufmerksamkeit erneut der Bühne zu. „Am Ende brechen sie alle." Sogar Vampire.

Minuten vergehen und ich gebe vor, nicht zu bemerken, dass mich das Publikum studiert. Ich drücke meine Fingerspitzen aneinander. Heute Abend werde ich mir die Auktion ansehen und mein Interesse heucheln. In einem Monat werde ich eine Party mit einer ausgewählten Reihe meiner Leutnants veranstalten. Bis dahin werde ich wissen, welche meiner Schöpfungen gegen mich intrigiert haben. Ich habe bereits eine Ahnung.

„Meine Damen und Herren, bitte nehmen Sie Ihre Plätze ein. Der letzte Teil der Auktion wird sogleich beginnen."

Die Lichter im Saal gehen aus und eine Welle der Vorfreude strömt durch den Raum. Der Vorhang teilt sich.

Und sie erscheint.

∼

Selene

„Lot neun, besondere Ware", verkündet der Auktionator.

Ich stehe auf der kleinen Bühne und starre in ein Meer aus weißem Licht. Die Scheinwerfer blenden mich, bevor ich mich daran erinnere, meinen Blick zu Boden zu senken. Ich soll unterwürfig sein. Das perfekte kleine Haustier für einen Vampir.

„Weiblich, Wolfswandler, zweiundzwanzig. Sie wurde zur Unterwürfigkeit ausgebildet, aber ..." Der Auktionator hält inne und senkt seine Stimme: „Sie wurde noch nie verkostet. Sie wurde auch noch nie bestiegen. Das stimmt, meine Damen und Herren ... sie ist noch Jungfrau."

Stelle ich mir das erregte Gemurmel in den Reihen hinter den Lichtern nur vor? Ich erinnere mich an meine

Ausbildung und glätte meine Züge, bevor ich angewidert meine Lippe kräuseln kann.

„Dreh dich um, Schätzchen, zeig uns, was du hast", befiehlt der Auktionator.

Ich drehe mich pflichtbewusst und kehre in meine Ausgangsposition zurück. Ich neige meinen Kopf ein wenig.

„Das Mindestgebot liegt bei einhunderttausend", ruft der Auktionator. „Einhunderttausend für diese reine, unberührte Jungfrau. Sehe ich einhundert – ja, dort hinten. Der Herr mit der roten Fliege. Möchte sonst noch jemand dieses feine Exemplar einer Wandlerschönheit besitzen? Kann ich zwei ..." Die Gebote steigen, angespornt vom aufgeregten Plappern des Auktionators. Ich blinzele in die Lichter. Wie viele Leute befinden sich im Publikum? Zehn? Zwanzig? Hundert? Von irgendwo, vielleicht vom Balkon aus, schaut Xavier zu.

Es spielt keine Rolle. Ich bin nur wegen eines Vampirs hier, wegen eines ganz allein. Lucius Frangelico. Ich muss sein Interesse wecken.

Ich lasse meinen Blick auf die Bühne fallen und versuche, devot auszusehen. Was würde einen Vampirkönig dazu verleiten, für mich zu bieten? Ich lecke mir die roten Lippen, kann mich jedoch nicht zu einer sinnlichen Pose durchringen. Nicht wenn ich am liebsten jemanden schlagen will, weil Wandler diesem widerlichen Geschehen ausgesetzt werden.

Meine Fäuste sehnen sich danach, geballt zu werden. Ich zwinge mich, meine Schultern zu entspannen.

Es wird schon bald vorbei sein.

～

Lucius

. . .

SIE IST NICHT UNTERWÜRFIG.

Das ist mein erster Eindruck von der wunderschönen Wölfin. Sie starrt auf den Boden vor ihren nackten Füßen. Jedes Mal, wenn der Auktionator ihre Jungfräulichkeit erwähnt, zuckt ihr Mundwinkel. Sie haben sie in einen weichen Hauch von Nichts gekleidet, ein Stück Stoff, das einem Negligé eher ähnelt als Abendbekleidung. Etwas Seidiges, das darum fleht, heruntergerissen zu werden. Sie hat blaue Flecke an den Armen – ein Zeichen dafür, dass sie grob behandelt wurde – aber nichts an ihr wirkt zerbrechlich. Sie ist groß, verführerisch, eine Amazone mit einer Krone aus weißgoldenem Haar.

Etwas an ihr erscheint mir vertraut. Sie hebt den Kopf und wirft einen Blick in jede Ecke des Theaters; meine Erinnerung geht verloren. Mein Körper reagiert, das Blut schießt in meine Leiste. Wie wäre es wohl, eine solche Kreatur zu besitzen? Sie zu zähmen und zu beherrschen?

Ich setze einen gelangweilten Gesichtsausdruck auf. Die Wölfin reizt mich, das ist alles. Etwas Neues und Unterhaltsames, um meine Aufmerksamkeit eine Zeit lang abzulenken. Die Unsterblichkeit reduziert alles – Vergnügen und Schmerz – zu einer vorübergehenden Ablenkung. Aber diese Wölfin könnte mich das für eine Weile vergessen lassen.

Außerdem sieht sie wie jemand aus, den ich einst kannte ...

Auf der Bühne leckt sie sich die geschminkten Lippen. Meine Hose wird enger und ich balle die Hände zu Fäusten. Meine Bieternummer liegt auf dem Boden neben meinem Schuh. Dante muss sie dort hingelegt haben.

Ich werde heute Abend nicht bieten. Aber es ist so verlockend.

In der Reihe vor mir räuspert sich Theophilus. „Sehen

Sie, was ich meine, Schöpfer?"

„Ja." Ich beuge mich vor, um die Wölfin noch einmal genauer zu studieren. „Ich sehe es."

~

SELENE

„FÜNFHUNDERT, fünfhundert, kann ich fünfhundert hören ...", blökt der Auktionator, als den Geboten die Luft ausgeht. Er hält inne und kratzt sich das Kinn. „Nein? Vielleicht brauchen Sie einen stärkeren Anreiz."

Er winkt jemandem hinter der Bühne zu und drei bullige Bühnenarbeiter marschieren direkt auf mich zu.

„Was?", hauche ich dem Auktionator zu, aber der lehnt sich mit den Ellbogen gegen das Podium, um zuzusehen. Der erste Mann erreicht mich und zerrt am Träger meines Kleides.

„Zeit, dich auszuziehen, Schätzchen."

Meine Hand fliegt hoch, bevor ich sie stoppen kann. Ich stoße Hohlkopf Nummer eins von mir fort, als seine beiden Kollegen ankommen und mich, direkt über den blauen Flecken, die Xavier hinterlassen hat, an den Armen packen.

„Schlampe", murmelt Nummer eins. Mit seiner fleischigen Hand greift er nach den Trägern, die über meinem Rücken verlaufen, und reißt sie hinunter. Das Gewand erschlafft und entblößt meine Brüste im gleichen Moment, als ich einen Arm freibekomme. Meine Ausbildung macht sich bemerkbar. Ich lehne mich nach links und trete dem Mann zu meiner Rechten in den Schritt. Er geht zu Boden und es gibt einen Ruck, wodurch der Mann zu meiner Linken aus dem Gleichgewicht gerät. Ich schlage ihm die Faust ins Gesicht und werfe ihn über meinen Rücken. Er kracht auf Nummer eins. Ich kauere in einer Kämpferhaltung inmitten von drei zu Boden gegangenen Schlägern.

Der Auktionator lacht.

„Meine Damen und Herren, bekomme ich eine Runde Applaus für Lot neun?" Vereinzeltes Klatschen füllt das Theater. Meine Wangen glühen. Ich habe mich nicht als Teil einer verdammten Vorführung verteidigt.

Außer, dass es so war. Die Schlägertypen um mich herum rühren sich und kommen wieder auf die Beine. Der Auktionator winkt sie davon und sie schleppen sich von der Bühne.

„Die Vorstellung ist vorbei, Herrschaften", verkündete der Auktionator. „Wer möchte heute Abend mit ihr nach Hause gehen? Das Gebot liegt bei fünfhunderttausend."

Mein Kleid verheddert sich an meiner Hüfte. Ich reiße es ab und werfe es weg.

„Wir haben eine Draufgängerin! Temperamentvoll. Werden Sie es schaffen, sie zu beherrschen? Fünfhunderttausend und Sie finden es heraus."

Lucius

DIE WÖLFIN STEHT SCHWERATMEND NACKT auf der Bühne. Verschwunden ist jeder Anschein von gehorsamer Unterwürfigkeit. Eine Haarsträhne löst sich aus ihrem Zopf und sie schiebt sie ungeduldig weg, während sie alles und jeden anfunkelt.

Sie ist prachtvoll. Welch einen Spaß hätte ich mit ihr,

wenn ich sie besäße und wir jede Nacht um die Oberhand kämpfen könnten.

Ich bin nicht der Einzige, der das denkt.

„Verdammt", haucht Theophilus. Als der Auktionator das nächste Mal um Gebote bittet, hebt er sein Paddel. Ich unterdrücke ein Knurren.

„Theophilus", raune ich und lege genug Zwang in meine Stimme, dass er den Kopf herumreißt. Ich halte meine Hand mit der Handfläche nach oben hin. „Gib es mir."

Er gehorcht, aber überall um mich herum bieten Vampire um die Wölfin. Sie steht in einem Lichtermeer und versucht noch nicht einmal, ihren Ekel zu verbergen. Was hat sie dazu bewogen, sich versteigern zu lassen? Sie scheint nicht der Typ dafür zu sein.

Ich winke Theophilus zu mir. „Diese Wandler. Wenn jemand für sie bietet, bekommen sie dann einen Teil des Geldes?"

Verständnis strahlt in seinen Augen. „Nein. Sie werden Ihr Eigentum. Sie bringen nichts mit. Aber ihre Familie wird vielleicht entschädigt."

Dies stimmte mit den Informationen überein, die mir die Wandler-Sklavenhändler gegeben hatten. Diese Männer, typischerweise abtrünnige Wandler, suchten versteckte Wandlerclans auf und boten Geld für die Unterwürfigsten des Rudels. Höchstwahrscheinlich waren auch Drohungen im Spiel. Hätte diese Wölfin erlaubt, Teil eines solchen Geschäftes zu werden? Vielleicht hatte sie zugestimmt, wenn das Geld an ihre Familie ginge.

Ich lehne mich zurück, während die Gebote um mich herum weitertoben. Es ist ein Mysterium. Mit jeder Sekunde, die vergeht, fasziniert es mich mehr.

„Eine Million", ruft jemand ein Gebot aus. Ich drehe

mich um und schaue zur anderen Seite des Ganges. Ein großer Vampir mit einer Augenklappe starrt mich an. Eine Lebenszeit kontrollierter Emotionen ist das Einzige, was mich davon abhält, meine Überraschung zu zeigen.

Xavier. Was macht er hier? Unsere Wege haben sich schon seit Jahrzehnten nicht mehr gekreuzt. Vielleicht seit einem Jahrhundert. Er neigt den Kopf mit spöttischer Würdigung. Als wir uns das letzte Mal trafen, waren wir Feinde.

Es ist still, während der Auktionator und das Publikum sein Gebot verinnerlichen. Auf der Bühne zittert die Wölfin, als würde sie sich erinnern, warum sie hier ist.

Und mir fällt ein, an wen sie mich erinnert. Ihr Gesicht wird zu dem einer anderen, zu einem frechen Kobold mit einer weißgoldenen Haarpracht. Meine erste Vampir-Liebe. Vielleicht die einzige Frau, die ich je geliebt habe. Georgianna.

Xaviers Reißzähne funkeln mich vom anderen Ende des Ganges an. Er hat mir nie verziehen, dass ich ihm Georgianna genommen habe, und jetzt will er mir diesen Wolf direkt vor der Nase wegschnappen.

Diese hier gehört mir, scheint sein schadenfrohes Gesicht zu sagen. Arme Wölfin. Xavier machte sein Spielzeug immer kaputt. Wenn nicht aus Spaß, dann nur um zu verhindern, dass sich jemand anderes daran erfreut.

Ich verkrampfe meine Finger um das Gebotspaddel. Diese ganze Auktion, Xaviers Erscheinen, die Wölfin, die wie Georgiannas auferstandener Geist aussieht – es ist ein Komplott. Eine Falle. Es muss so sein. Es ist zu einfach.

Irgendjemand führt etwas im Schilde. Wenn meine Nachkommen sich mit Xavier zusammengetan haben, dann haben sie über den Punkt der Vergebung hinaus rebelliert. Dann sind sie so gut wie tot.

Aber wenn dies alles nur Xavier ist, der allein handelt, könnte es möglicherweise interessant sein, das Spiel mitzuspielen. Die Wölfin zu retten. Sie meinem Hofstaat vorzuführen und Xavier in mein Netz zu locken.

Wie heißt es doch so schön? *Halte deine Freunde nahe ... aber deine Feinde noch näher.*

Oh ja. Die nächsten Wochen werden überaus unterhaltsam sein. Ich lehne mich auf meinem Platz zurück und hebe mein Paddel.

SELENE

„EINE MILLION.“

Das Blut schießt mir in den Kopf. Das war Xaviers Stimme. Er bietet auf mich? Warum?

Ich verschränke meine Finger vor mir und unterdrücke einen Schauder. Habe ich versagt? Ich darf nicht versagen. Für mich gibt es nichts anderes als den Weg, der vor mir liegt. Die Mission, Frangelico zu ködern.

Die Stille zieht sich in die Länge und meine Nerven flattern. Xavier mochte keine Niederlagen. Dies ist eine Lektion, die ich immer wieder von Neuem gelernt habe. Schmerz ist ein großartiger Lehrer. Ich bin stark genug, ihn auszuhalten, aber wenn ich hierbei scheitere, weiß ich nicht ...

Eine tiefe Stimme bricht die Stille. „Zehn Millionen.“

Das Schweigen breitet sich im gesamten Theater aus. Jede Kreatur, ich selbst eingeschlossen, hält den Atem an.

Der Auktionator sieht aus, als könne er sein Glück nicht fassen. „Z-zehn Millionen.“ Er wischt sich die Stirn ab und schaut sich im Theater um, während er sich auf die Lippe beißt. Ich warte darauf, dass er das Gebot annimmt, aber der schwindelerregende Sprung von einer auf zehn Millionen hat ihm die Sprache verschlagen.

Er schlägt mit dem Hammer und schreit: „Verkauft! An den reichsten Herrn von allen. Vampirkönig Lucius Frangelico."

Meine Ohren rauschen. Ich bücke mich und hebe die Überreste des zerrissenen Kleides auf. Es hat funktioniert. Es hat funktioniert! Er hat mich gekauft.

In wenigen Minuten werde ich mich in den Fängen meines neuen Vampirmeisters befinden. Alles läuft wie geplant.

Der Vorhang fällt über der Bühne und ich bleibe blinzelnd im Dunkeln stehen.

Der Auktionator verkündet etwas von einer Pause und verlässt die Bühne. Sobald er sich hinter den Kulissen befindet, winkt er mir zu, ihm zu folgen.

„Braves Mädchen." Er reibt seine Hände aneinander und stellt sich wahrscheinlich vor, zehn Millionen Dollar in seinen fetten, schmuddeligen Fingern zu halten. Ich schließe die Augen, mir ist schwindelig. Welche Art von Vampir zahlt denn zehn Millionen Dollar für einen Wolf als Haustier? Was wird er mit mir machen?

Es ist unwichtig. Bald wird alles vorbei sein. Auch wenn es in der Zwischenzeit ein paar Unannehmlichkeiten geben wird, nun, ich bin darauf trainiert, viel Schmerz auszuhalten.

Vier Wachmänner marschieren auf und umzingeln mich. Sie berühren mich nicht, also mache ich keinen Ärger. Hinter ihnen in den düsteren Schatten lauern die Schläger, die mich zuvor angepackt haben. Einer hat einen Eisbeutel im Gesicht. Der, dem ich in den Schritt getreten habe, ist verschwunden. Der Verbleibende funkelt mich an und nähert sich nicht. Jetzt würden sie es nicht mehr wagen, mich anzufassen. Ich gehöre dem Vampirkönig. Der Gedanke trifft mich wie ein Schlag und lässt mich auf den Füßen schwanken.

Ein junger, schlanker Mann erscheint an meiner Seite. Ich drehe mich um und wende meinen Blick ab, als ich seinen Duft erkenne. Nicht menschlich. Vampir.

„Seine Majestät möchte, dass Sie das anziehen." Der junge Mann streckt mir eine Anzugjacke entgegen, in die ich hineinschlüpfen soll. Ich reiche einer Wache mein zerrissenes Kleid und lasse mich in das übergroße Jackett hüllen. Die Ärmel hängen über meine Handgelenke und es bedeckt meine Beine bis zur Mitte der Oberschenkel. Ich habe Kleider getragen, die weniger züchtig sind. Heute Abend trug ich eines.

„Seine Majestät wird Sie bald abholen. Brauchen Sie etwas? Etwas zu essen, Wasser?"

Schuhe wären nett, aber ich schüttle den Kopf. Ich vergrabe mein Gesicht im Kragen des Jacketts und atme das dezente, teure Eau de Cologne ein, das dem Stoff anhaftet. Das Cologne verbirgt jedoch nicht den vertrauten Geruch von kaltem Stein. Dieses Jackett wurde kürzlich von einem Vampir getragen.

„Hier entlang." Der Auktionator führt uns in die Garderobe.

Der jugendliche Vampir rümpft die Nase. „Erwarten Sie etwa, dass der König nach hier hinten kommt? Es ist eine Müllhalde." Als der Auktionator zu Kreuze kriecht und beteuert, dass er sich niemals wünschen würde, dass der große Frangelico seine Schuhe beschmutzt, indem er diesen Raum betritt, knurrt der junge Vampir: „Dann suchen Sie uns einen besseren Raum zum Warten. Sie ist das Eigentum des Königs." Er deutet mit der Hand auf mich. „Der Respekt, den Sie ihr erweisen, ist der Respekt, den Sie dem König erweisen."

So landen wir in einem anderen Raum, der nach frischer Farbe riecht und neu möbliert ist. Er ist oben. Der junge Vampir bemuttert mich, findet eine Flasche Wasser und beklagt sich über meinen Mangel an Schuhen.

Ich blende alles aus. Nichts ist wichtig, bis ich Frangelico treffe.

Meinen neuen Gebieter.

Nein. Er wird mich niemals besitzen. Er wird denken, dass ich ihm gehöre. Und wenn er die Wahrheit erfährt, wird es zu spät sein.

Ich drehe mich zur Tür und warte darauf, dass meine Zielperson eintritt. Lucius Frangelico, das Gesicht, das mich heimsucht. Die Quelle meiner Albträume. Der Vampir, der mein Rudel getötet und mich zum Waisenkind gemacht hat. Wenn Xavier nicht gewesen wäre, wäre ich tot. Ich verdanke ihm alles. Und diese Schuld wird niemals beglichen werden. Xavier schenkte mir das Leben, aber er gab mir auch einen Grund zu leben. Jahre der Ausbildung und Planung, die in einer einzigen Mission ihren Höhepunkt fanden. Rache.

Und jetzt wurde ich an den Vampirkönig verkauft. Ich werde in sein privates Heim eindringen und mich von ihm in sein Schlafgemach bringen lassen. Sein Vertrauen gewinnen. Warten, bis der richtige Moment gekommen ist.

Mein ganzes Leben habe ich darauf gewartet. All mein Training, meine ganze harte Arbeit für ein einziges Ziel.

Ich werde Lucius Frangelico töten.

2

L *ucius*

DER VORHANG FÄLLT und die Lichter im Saal gehen an. Ich drehe mich um, aber der Gang auf der anderen Seite ist leer. Xavier ist verschwunden.

Schade. Ich hätte gern mit ihm gesprochen. Wir haben eine Rechnung zu begleichen, die Hunderte von Jahren zurückreicht. Ich bezweifle, dass er es vergessen hat. Ein Vampir vergisst nie.

Xavier wird wieder zu mir kommen. Ich kann es fühlen. Wir haben in unserem kleinen Spiel nur die ersten Züge gemacht.

Theophilus erhebt sich.

„Unglaublich, Schöpfer", schwärmt er. „So etwas habe ich noch nie gesehen."

Ich reiche ihm mein Paddel und murmele Anweisungen

darüber, wie er meinen Kauf abschließen soll. Ich gebe ihm die Karte meines Finanziers und entlasse ihn, bevor ich meinen Wachmännern ein Zeichen gebe, sowohl den sichtbaren als auch den unsichtbaren. Vier von ihnen gehen zur Bühne, um meinen jüngsten Erwerb zu schützen.

Vampire umgeben mich, begierig darauf, mir zu gratulieren. Dante erscheint an meiner Seite. „Das war grandios", haucht er.

„Deine Auswahl ist vorzüglich", sage ich so laut, dass alle es hören können. „Du verdienst ein Lob."

Dante strahlt und ich lege eine schwere Hand auf seine Schulter. „Bring meinen Kauf an einen sicheren Ort. Kümmere dich um ihre Bedürfnisse. Wenn ich sie abholen komme, sollte besser kein Kratzer an ihr sein. Sollte sie irgendwelchen Schaden erleiden, werde ich jedem hier an diesem Ort das Zehnfache zufügen." Ich habe den kleinen Trick mit den drei Schlägern nicht vergessen. Drei Schlägertypen gegen eine Frau. Sie hat sich selbst geschützt, aber von nun an sollte sie das nicht mehr tun müssen. Für ihre Sicherheit zu sorgen ist meine Verantwortung und mein Privileg.

Dante wird blass. „Betrachten Sie es als erledigt, Erschaffer." Sein Kopf wippt. Ich packe seinen Arm, bevor er davonstürmen kann. „Warte." Ich ziehe mir mein Jackett aus und reiche es ihm. „Zieh ihr das an." Mein Duft wird abschreckend genug für jeden sein, der ihr etwas antun will. Eine vorübergehende Markierung meines Eigentums, bis ich ihr eine dauerhafte gebe.

Der einzige Lichtblick in diesem trüben Chaos: Die Wölfin gehört jetzt mir. Ich kann mit ihr machen, was ich will.

Ich kann es kaum erwarten.

DIE WACHEN um mich herum stehen, kurz bevor Frangelico eintritt, stramm. Er ist groß, viel größer als ich. Sein dunkles Haar streift die Kante des Türrahmens. Er ist gebaut wie Xavier, aber während die Gesichtszüge meines Mentors rau und brutal sind, sind die des Vampirkönigs perfekt geformt. Ich habe durch Xaviers Überwachung Darstellungen von ihm gesehen, aber nichts ist vergleichbar damit, ihn persönlich zu treffen. Solch eine schöne Verpackung, die so viel Böses enthält.

Seine Augen sind dunkel, die Farbe von Kaffee. Er ist dunkelhäutiger, als ihn die Zeichnungen zeigten, sein Profil ist scharf und adlerhaft. Sein Gesicht gehört auf eine römische Münze, aber darüber hinaus sind seine gesamte Erscheinung, das Aussehen und der Körperbau, die eines antiken Königs. Soweit wir wissen, war er in seinen Menschentagen ein König. Ein Imperator. Ein Eroberer.

Meine Knie zittern, bereit niederzuknien. Ich starre ihn direkt an. Er begegnet meinem Blick mit einem spöttischen Zucken seines Mundwinkels.

Schau ihm nicht in die Augen, schreit eine kleine Stimme in meinem Kopf. *Schau Vampiren niemals in die Augen.* Ein Vampir kann dich durch Blickkontakt kontrollieren. Je älter der Vampir ist, desto mehr Kräfte hat er natürlich. Ich wette Frangelico kann mich mit einem einzigen Wort kontrollieren.

Ich lasse meinen Blick zu seiner Kehle sinken. Sein Hals ist dick und maskulin, umrandet von einem weißen Hemdkragen. Nachdem du einen Vampir gepfählt hast, schlägst du ihm den Kopf ab und verbrennst die Überreste, nur um sicherzugehen. Ich habe unzählige Male geübt, zuerst an Attrappen, dann an echten Vampiren – an Kriminellen, die Xavier gefangen und zu mir gebracht hat, um ihr Todesurteil zu vollstrecken. Sie zu pfählen, zu enthaupten und zu verbrennen war ein Übergangsritus, der mich auf diesen Moment vorbereiten sollte.

Aber jetzt bin ich hier, stehe Frangelico gegenüber und kann lediglich denken, *Es wäre eine Schande, jemand so Attraktives zu zerstören.*

Ich versteife mich. Dies ist der Vampir, der mein Rudel ermordet hat. Der meine gesamte Familie getötet hat. Natürlich werde ich ihn umbringen. Am Ende ist es entweder er oder ich.

Ein Schauer packt mich. Ich zittere und verkrieche mich tiefer in die Anzugjacke, die man mir gegeben hat.

Frangelico dreht sich um und murmelt einer der Wachen etwas zu. Der Mann entfernt sich von der Gruppe und geht zur Wand hinüber. Zum Thermostat.

Dann wird es mir plötzlich klar. Frangelico steht in seinem Hemd dort. Ich trage sein Jackett. Ich atme seinen Duft. Ich kralle meine nackten Zehen in den Teppich.

„Eure Majestät, wir fühlen uns überaus geehrt, dass Sie heute Abend mitgeboten haben." Der Vampir-Gastgeber tritt vor. „Und wir sind hocherfreut, dass Sie gewonnen haben. Und solch ein perfektes Lot noch dazu. Sie ist ein wahrer Gewinn."

Frangelico würdigt ihn keines Blickes. „Steht mein Wagen bereit?", fragt er die Hauptwache.

„Ja, Herr."

„Sie können diesen Raum solange nutzen, wie Sie

wollen", wirft der Vampir ein. „Er ist privat. Niemand kommt hier hinauf ..."

„Lassen Sie uns allein", sagt Frangelico.

Der katzbuckelnde Vampir und die Leibwächter verlassen ohne ein weiteres Wort den Raum.

Der Vampirkönig durchquert das Zimmer und setzt sich. Ich stehe auf halbem Weg zwischen ihm und dem Fenster und verschränke meine Finger ineinander. Ich wurde für den Kampf ausgebildet. Dies ... ist etwas ganz anderes. Die Regeln haben sich verändert. Für die absehbare Zukunft ist dieser Vampir mein Gebieter. Er wird mir befehlen und ich werde gehorchen. Nicht ganz unähnlich der Beziehung zu meinem Mentor, außer ... dass ich mich bei Xavier nie so gefühlt habe. Mein Inneres ist viel zu heiß, meine Haut zu kalt.

Xavier betrachtete mich als ein Projekt, als eine Waffe, die zu verfeinern es galt. Und ich bin tödlich. Meine Schönheit ist meine stärkste Waffe, aber heute Abend wird sie gegen mich eingesetzt. Der Vampirkönig sieht mich als Frau an. Sein dunkler Blick zieht mich bis auf die Knochen aus. Jenseits von nackt, jenseits von verwundbar. Ich fühle mich klein, entblößt und aufregend wild lebendig.

Die Schönheit und Attraktivität des Vampirkönigs sind seine eigenen Waffen und er setzt sie gekonnt ein.

Frangelico zieht eine dunkle Augenbraue hoch und Gänsehaut bricht auf meiner Haut aus. Mein Atem entweicht zischend.

Frangelico neigt den Kopf ganz leicht. „Hündchen?" Sein Zeigefinger deutet auf den Fußboden.

Richtig. Richtig.

Ich gehe ein paar Schritte auf ihn zu und lasse mich in eine kniende Position hinunter. Beine auseinander, Handflächen nach oben geöffnet auf die Oberschenkel. Die Anzugjacke verhüllt mich. Ich beiße mir auf die Lippe. Hätte ich das Jackett ausziehen sollen?

Ich blinzele auf den Teppich.

„Das ist ein guter Anfang." Frangelico klingt amüsiert. „Jetzt komm näher."

Ich zögere.

„Du darfst dich erheben. Wenn du bei mir zu Hause bist, wirst du kriechen."

Ich ziehe den Kopf ein, stehe auf und stelle mich an die Stelle, auf die er zeigt. Ich halte meinen Kopf weiter nach unten gesenkt und widerstehe dem Drang, zu zappeln oder mich zu bewegen.

Frangelicos Stimme ist tief, ein dröhnender Bariton, der meine aufgewühlten Nerven beruhigt. „Wie lautet dein Name?"

„Selene." Meine Stimme schwankt.

„Selene", wiederholt er langsam und lässt sich jede Silbe auf der Zunge zergehen. Wenn er es merkwürdig findet, dass ich keinen Nachnamen habe, erwähnt er es nicht.

Ich unterdrücke ein Zittern.

„Ein hübscher Name für ein hübsches Hündchen. Du darfst mich *Herr* nennen."

Ich öffne die Lippen, aber es kommt kein Ton heraus.

„Man sagte mir, du seist ausgebildet."

Es ist keine Frage, aber ich antworte trotzdem. „Ja, Herr."

„Kennst du das hier?" Er gibt mir ein Signal, indem er mit zwei Fingern V-förmig zu Boden zeigt.

Als Antwort spreize ich die Beine.

„Fast." Belustigung klingt in seiner Stimme mit. „Kinn und Brust hoch. Verschränke deine Hände hinter dem Kopf."

Ich gehorche und das Jackett öffnet sich. Meine Brustwarzen sind direkt auf ihn gerichtet.

„Kalt, Hündchen?"

Ich lecke mir die Lippen, bevor ich antworte. „Ein wenig." Meine Stimme ist hoch und atemlos.

Mit nachdenklichem Gesicht krempelt er sich die Ärmel hoch und enthüllt starke Unterarme, die von einem Hauch dunklen Haares bedeckt sind. Mein Mund wird trocken. Mit einer Fingerbewegung befiehlt er mir, mich im Kreis zu drehen. Ich drehe mich, unsicher, wie viel er sehen kann, während ich das Jackett trage.

„Ist das dein erstes Mal bei einer Auktion?"

„Ja, Herr." Ich blinzele auf eine Stelle über seinem Kopf.

„Du darfst mich ansehen."

Ich gehorche, ohne nachzudenken. Seine Augen sind zwei dunkle Meere; ich stürze hinein und ertrinke.

„So ein wunderschöner Wolf", säuselt er. „Du wirst dich für mich verwandeln müssen. Bald. Welche Farbe hat dein Tier?"

Ich atme tief. „Weiß."

„Nervös?"

„Ja, Herr."

„Das brauchst du nicht zu sein", murmelt er. „Ich beiße nicht." Als er es sagt, blitzen seine Reißzähne auf. „Sehr."

Es dreht mir den Magen um und ich kämpfe dagegen an, schlucken zu müssen.

Mit aneinandergedrückten Fingerspitzen neigt Frangelico seinen Kopf nach links. „Du wurdest noch nie berührt?"

Ich schüttle den Kopf. „Nein, Herr."

Etwas blitzt in seinem Gesicht auf. „Nicht verkostet? Nicht ein einziges Mal?"

Meine Kehle ist zu trocken, um zu antworten. Ich schüttle den Kopf.

Er steht auf. Ich schwanke zurück, unfähig, nicht zurückzutreten. Er ist riesig, um einiges größer als ich, und seine Schultern sind so breit wie die von Xavier. Wenn er Tausende von Jahren alt ist, muss er als Mensch als Riese betrachtet worden sein. Er schaut zu mir herab und ich bin Alice im Wunderland in zusammengeschrumpfter Version. Ich bin ein Spielzeug, eine Puppe. Ich kann nur darauf hoffen, dass er mich nicht zerbricht.

Ein weißer Blitz und ich zucke zusammen.

„Ruhig, Hündchen." Erneut amüsiert, zeigt er mir das weiße Taschentuch. Es ist einfach, Furcht für lustig zu halten, wenn man die mächtigste Person im Raum ist. Ich klammere mich an meinen Groll, während er sanft meinen Lippenstift abwischt.

„Da", murmelt er. „So ist es besser." Als er fertig ist, ist das Leinentuch rot verschmiert. Sein Duft hüllt mich ein, ich beuge mich vor und sauge ihn auf. Sein Eau de Cologne muss speziell dafür entwickelt worden sein, seine Opfer zu berauschen. Ich habe mich noch nie zuvor zu einem Vampir so hingezogen gefühlt. Oder zu irgendeinem Mann.

„Bleib", befiehlt er. Ich sollte es hassen, wie er mich wie einen Hund herumkommandiert, aber ich bin daran gewöhnt. Die meisten Vampire behandeln Gestaltwandler wie dumme Tiere.

Der Vampirkönig tritt hinter mich. Ein Prickeln steigt mir den Rücken hinauf. Die panische Stimme in meinem Hinterkopf warnt mich vor einem großen Raubtier. Ich muss meine Augen schließen und mich selbst zum Stillstehen zwingen. Das ist es, was Lucius gekauft und wofür er bezahlt hat – das Recht, mich nach Belieben zu berühren.

Lange Augenblicke vergehen und er berührt mich nicht. Schließlich – ein sanftes Ziehen an meinem Kopf und eine Haarsträhne fällt. Er entfernt die Nadeln in meinem Haar, eine nach der anderen. Der Zopf löst sich, rutscht von meinem Kopf hinunter und ich seufze über das verringerte Gewicht. Mein Haar fällt in Wellen über meinen Rücken und reicht mir fast bis zum Po. Ich schneide es nur selten.

Lucius fährt mit der Hand durch die dicken Strähnen. Trotz allem löst sich bei seiner Berührung die Spannung in meinem Nacken. Er streichelt mich. Ich ... hasse es nicht.

„Sehr gut, Hündchen", murmelt er. Ich hebe den Kopf. Wie lange stehe ich schon hier und lasse ihn mein Haar streicheln? Ein Kribbeln breitet sich in meinem Körper aus, in Vorfreude darauf, von diesen starken und sanften Händen auch an anderen Körperteilen berührt zu werden.

Dann umklammert er meinen Nacken mit einer Hand und ich werde regungslos. Mein Puls rast unter seinem Daumen.

„Du machst das gut, Hündchen. Jemand hat dich ausgebildet. Was ich wissen will, ist ... wer?"

Mir stockt der Atem. Xavier und ich haben für diese Frage eine Geschichte erfunden. Nicht weit von der Wahrheit entfernt – nicht so weit, dass man die Lüge bemerken würde. „Die Vampire, die mich aus meinem Rudel mitgenommen haben. Sie haben mir beigebracht, wie man ein Süßblut ist."

„Interessant." Er festigt den Griff seiner Finger. „Warum hast du an der Aktion teilgenommen?"

Ich schlucke. „Zum Wohle meines Rudels." Um sie zu rächen.

„Du hast ihnen erlaubt, dich zu verkaufen?" Seine Stimme vermittelt Unglauben.

„Ich ging freiwillig mit, ja. Ich war sechzehn."

„Du warst die ganze Zeit in der Ausbildung?"

„Nicht um ein Süßblut zu sein. Nein. Nicht bevor ich achtzehn wurde." Ich sehne mich danach, mich umzudrehen und ihm ins Gesicht zu sehen. „Davor durfte ich die Schule beenden. Ich wurde zu Hause unterrichtet."

„Sechzehn Jahre alt", denkt Frangelico nach. „Und dein Rudel hat dich gehen lassen?"

„Ich war in einer Pflegefamilie. Meine unmittelbare Familie ist tot." Meine Stimme klingt leer.

Frangelico lässt die Hand sinken, tritt zurück und kehrt an seinen Platz zurück. Er gibt mir ein Zeichen und ich gehorche, indem ich neben seinem Stuhl auf die Knie falle.

„Meine Leute befragen in diesem Moment alle an dieser Auktion Beteiligten. Sie werden deine Aussagen prüfen. Es ist nicht so, dass ich dir nicht glaube, aber", er winkt mit der Hand, „ich bin das Ziel von mehr Attentatsversuchen gewesen, als ich aufzählen kann."

Das Blut gefriert mir in den Adern. Verdächtigt er mich?

„Du brauchst keine Angst zu haben, Hündchen. Wenn alles in Ordnung ist, wird dir und deinem Rudel nichts geschehen."

Ich starre ihn an. Ich weiß, dass Xavier schlau genug ist, seine Spuren zu verwischen, aber ich hätte nicht gedacht, dass Frangelico von Anfang an so paranoid sein würde. Es sollte mich nicht überraschen. Es gibt einen Grund dafür, dass er nach Hunderten, ja vielleicht Tausenden von Jahren noch immer am Leben ist.

Es ist eine Sache, dies rational zu wissen. Es ist eine andere, einem Gegner in die Augen zu sehen, der stärker, schneller, älter und erfahrener ist als man selbst, und dann den nächsten Zug zu machen.

Einen Augenblick, hatte Xavier zu mir gesagt. *Ein Augenblick, in dem er seine Vorsicht vergisst. Das ist alles, was du brauchst.* Nur ein paar Sekunden und einen Pflock. Wenn ich den Todesstoß ausführen kann, wird Xavier einen Weg finden, um dafür zu sorgen, die Organisation des Vampirkönigs zu zerschlagen und ihr teuflisches Werk für immer zu beenden. So viel hat Xavier mir versprochen. Ich muss nur meinen Teil dazu beitragen und Frangelicos Vertrauen lange genug gewinnen, damit er mir eine Chance gibt. Was danach passiert, ist nicht meine Sache.

Ich habe nie erwartet, aus dieser Mission lebend heraus-zukommen.

Lucius spielt mit einer Haarlocke und reibt die seidigen Strähnen zwischen seinen Fingern.

Ich atme tief ein. Ich sollte die passive und sanftmütige Devote spielen, aber ich ertrage es nicht, noch länger zu warten. „Herr ... darf ich fragen ... was Sie mit mir vorhaben?"

Er lächelt und ich zittere als Reaktion, wie eine Stimmgabel, die gezupft wurde und nur für ihn eine perfekte Note spielt. „Nun, Hündchen, ich bin so froh, dass du fragst." Zum ersten Mal legt er seine Hand auf meine Wange und berührt meine Haut. Das Herz klopft mir bis zum Hals, als sich sein dunkler Blick in mich bohrt.

„Zuerst werde ich dich mit nach Hause nehmen. Dann mache ich dich zu der Meinen."

Ich schlucke schwer. Er reibt mit dem Daumen über meine Lippen.

„Nun." Er setzt sich erneut und gibt mir ein Zeichen. Es dauert einen Augenblick, bis ich das Zeichen erkenne. Ich trete zurück und lasse mich auf alle viere nieder.

„Dreh dich um", murmelt er und gibt mir ein weiteres Zeichen. Langsam gehorche ich ihm, krieche mit dem Gesicht von ihm weg und senke meine Brust zum Teppich hinunter. Ich lege meinen Kopf auf meine Arme. Mein Haar fällt um mich herum wie ein weißer Vorhang, hinter dem ich mich verstecken kann. Das Jackett rutscht mir am

Rücken hinauf und entblößt meinen aufgerichteten Hintern.

Mit dem Schuh stößt er gegen die Innenseite meines rechten Knies. „Breiter, Hündchen."

Mein gesamter Hintern ist nackt und schutzlos und zeigt direkt auf ihn. Ich habe mich noch nie mehr wie ein Stück Vieh gefühlt. Scharf einatmend warte ich.

Seine Hand geistert an der Rückseite meines Oberschenkels hinauf. Er berührt mich nicht, aber ich kann sie dort spüren. Meine Haut kribbelt infolgedessen.

Atme, atme einfach nur.

„Drücke den Rücken durch. Tiefer. So ist es gut." Mein ganzes Hinterteil ist nach oben geneigt. Ich bin eine Schaufensterpuppe, eine Puppe aus Porzellan, an Ort und Stelle erstarrt, perfekt zur Schau gestellt.

„Wunderschön." Ich spüre seinen heißen Atem an meinem Schoß. Es verschlägt mir den Atem. „So wunderschön. Du bist nass, Selene."

Und das bin ich. Ich presse die Lippen zusammen.

„Greife zurück und ziehe deinen Hintern auseinander", befiehlt er ruhig und lässig, als würde er das Wetter kommentieren. „Ich will alles sehen, was ich besitze."

Mit geschlossenen Augen ziehe ich meine Arme hervor. Mit der Wange gegen den Teppich gedrückt, lege ich meine Hände auf meine Arschbacken und entblöße mich weiter.

Eine leichte Berührung zwischen meinen Schamlippen lässt mich zusammenzucken.

„Ruhig", murmelt er und streicht sanft über meinen nassen Schlitz. Er umkreist meine Klitoris und ich dränge mich seiner Berührung leicht entgegen. Das Lustgefühl steigert sich und baut sich auf. Er zieht seine Hand weg und die Empfindung verschwindet.

„Nein, Hündchen. Das musst du dir verdienen."

Sein Finger berührt mein Arschloch und überträgt die angesammelte Feuchtigkeit. Ich wimmere, als er gegen den straffen Muskelring drückt.

Er lachte leise. Und zieht seine Hand von mir weg.

Er setzt sich auf und ein Stück Stoff raschelt. Ich stelle mir vor, wie er sich die Hand an seinem Taschentuch abwischt.

Ich bleibe, wo ich bin. Ich könnte genauso gut eine von ihm in Auftrag gegebene aus Marmor geschnitzte Statue sein. Unter dem Jackett ist meine Haut kalt.

„Du darfst aufstehen."

Ich erhebe mich auf die Knie und er streckt seine Hand aus, um mir auf die Beine zu helfen.

„Das hast du gut gemacht. Ich freue mich darauf, dich weiter auszubilden."

Du bist nass. Die Muskeln meines Unterleibes ziehen sich zusammen. Es gibt keinen Grund dafür, dass ich so reagieren sollte.

Jemand kommt an die Tür und er entfernt sich von mir. Ich erröte und zittere. *Atme, atme einfach.* Er ist ein Vampir. Es gibt nichts an ihm, das mich so fühlen lassen sollte.

„Zeit zu gehen, Hündchen." Frangelico kommt zu mir zurück. Er zieht eine Leine aus der Tasche und befestigt sie an meinem Halsband. Seine dunklen Augen blitzen auf. Ich halte den Atem an, als wir uns gegenseitig anstarren. Ich schaffe es nicht, meinen Blick zu senken.

Sein Mundwinkel zuckt nach oben.

Er richtet sich auf und zieht. „Folge mir."

Wir gehen die Treppe hinunter und zur Hintertür. Wachen in dunklen Anzügen und mit Sonnenbrillen säumen den Weg, eine Mischung aus Sterblichen und Vampiren. Meine Wangen brennen, als ich, die barfüßige, unterjochte Sklavin, vor ihnen vorgeführt werde. Ein Haustier an der Leine.

Wir erreichen die Tür und Frangelico bleibt stehen. Ein Wachmann reicht ihm etwas, das ich nicht ganz sehen kann, bis er sich umdreht und mich in das weiche Material hüllt. Eine Decke.

Mein Herz schmilzt ein wenig, als er sie um mich schlingt.

Der Vampirkönig wickelt mich fest ein, hebt mich hoch und trägt mich vom Theater zum Wagen.

Lucius

MIT DER WÖLFIN im Arm lasse ich mich auf meinen Sitz sinken. Sie sieht benommen aus. Eine Wache schließt die Tür und sie zuckt in meinen Armen zusammen. Ich halte sie fester.

„Was ist denn, Hündchen?"

„Sollte ich nicht auf dem Boden knien?"

„Nein. Ich will dich festhalten." Ich neige sie zurück, sodass ihr Kopf auf meinem Arm ruht. „Entspann dich, Hündchen. Schlafe, wenn du kannst."

„Ja, Herr." Wenn sie ruhig ist, hat ihre Stimme eine tiefe, beruhigende, angenehme Tonlage. Wenn sie es nicht ist, wird sie hoch und atemlos. Beide Stimmlagen wirken wie schwarze Magie auf meinen Körper. Ich möchte sie verhätscheln, sie wie eine zarte Blume behandeln. Und ich will sie brechen und die Dinge so lange auf die Spitze treiben, bis sie ganz selig ist und mich als ihren Gott ansieht. Und dann möchte ich es wieder und wieder tun.

Unter meinem neuen Haustier droht mein Schwanz aus meiner Hose zu platzen. Es wird eine lange Autofahrt werden.

Während wir durch die Nacht dahingleiten, prüfe ich mein Telefon. Mein Finanzier hat meine Bestätigung für die Überweisung der Gelder erhalten. So ein teures kleines Hündchen.

Die Wölfin versteift sich. Ich habe es laut gesagt.

„Mach dir keine Sorgen." Ich ziehe an ihren seidigen Locken. „Du bist es wert."

Noch während ich sie streichle, rufe ich Dante an und befehle ihm, heute in einem Monat eine riesige Party zu planen. Um meinen Neuerwerb zu feiern. Dante überschlägt sich fast und verspricht, es zu einem Abend zu machen, an den ich mich erinnern werde. Ich lächle über die Doppeldeutigkeit und lege auf.

Das war es dann. Ich habe einen Monat Zeit, mich auf einen Abend vorzubereiten. Alle meine vampirischen Schöpfungen werden dort sein. Wenn sie einen Putsch inszenieren wollen, wäre das die Nacht es zu tun. Ich werde vorbereitet sein. Ich bin immer vorbereitet. Caesar war ein Soldat und vertraute seinen Männern, aber ich bin ein Prinz von Machiavellis Art. Besser gefürchtet als geliebt. Wenn ich meinen Feinden gegenüberstehe, verwunde ich sie nicht nur. Ich zerstöre sie und verbrenne die Erde um sie herum.

Ihre sanftmütige Stimme reißt mich aus meinen Gedanken. „Herr? Warum haben Sie es getan?" Sie sollte es besser wissen, als zuerst zu sprechen, aber ich werde es erlauben. Ich werde es genießen, ihr ihre schlechten Gewohnheiten abzugewöhnen.

„Was getan?"

„Für mich geboten." Sie kaut auf ihrer Lippe und ich lege zwei Finger auf ihren Mund, damit sie aufhört.

„Du erinnerst mich an jemanden. An einen Vampir. Du hast die gleiche Haarfarbe." Ich ziehe meine Finger weg und wische sie an der Decke ab. „Ich liebte sie einst."

Zwischen ihren Brauen entsteht eine Furche und ich streiche sie glatt.

„Oh ja, ich kann lieben."

„Was ist passiert?"

„Sie hat mich betrogen", antworte ich. „Jetzt sei still, bis ich dir erlaube zu sprechen."

Trotz flackert in ihren Augen auf. Da ist ja meine kleine Kämpferin.

Sie seufzt an meiner Brust, schiebt die Unterlippe vor und starrt aus dem Fenster.

„Aber, aber, schmolle nicht. Spare dir deine Kräfte für den Rest der Nacht auf. Ich verspreche, dass du sie brauchen wirst."

Ein Beben geht durch ihren Körper.

„Schließ deine Augen", befehle ich. Sie kneift sie zu, blinzelt aber immer wieder auf die Landschaft hinaus. Ein kleines bisschen Rebellion. Ich werde es genießen, ihren Willen zu brechen.

Ich werde sie nicht ficken, nicht sofort. Zuerst werde ich sie so lange immer wieder auf den Prüfstand stellen, bis mir jede Bewegung, jede Geste und jeder Wimpernschlag an ihr gefallen. Manche Vampire würden die Gedanken ihrer Opfer schlichtweg auslöschen und ihnen ihren Willen aufzwingen. Ich begnüge mich solcher Tricks nicht. Sogar meine Nachkommen können, sobald sie von meinem Blut entwöhnt sind, selbst entscheiden, mich zu lieben. Meine Beziehung zu dieser Wolfsfrau wird nicht anders sein. Sie wird mich verachten und fürchten. Und ich werde ihr beibringen, wie angenehm es ist, zu gehorchen. Ich werde sie mit allen mir bekannten Tricks und Techniken an mich binden. Und am Ende werde ich ihr die Wahl lassen: zu gehen oder zu bleiben. Wenn sie sich entscheidet zu bleiben, darf sie als Süßblut in meinem Club bleiben. Ich werde sie nie wieder ficken oder von ihr trinken. Ich darf es nicht riskieren, mich an sie zu gewöhnen.

Zu lieben bedeutet zu verlieren.

3

S *elene*

DER VAMPIRKÖNIG LEBT auf einem Anwesen auf einem Hügel. Es überrascht mich, wie hoch es auf einem Plateau im Tucson Vorgebirge gelegen ist.

„Gefällt es dir, Hündchen?" Lucius' Finger massieren meinen Nacken. Ich nicke und erinnere mich an sein Sprechverbot.

Er lacht leise. „Braves Mädchen."

Diese Worte sollten mir nicht so sehr gefallen, wie sie es tun. Lucius' Gegenwart berührt mich mehr, als sie es sollte.

Er ist der Feind, erinnere ich mich selbst, als er mich hochhebt und in sein Haus trägt. Zwei Männer mit dunklen Brillen und unauffälligen Ohrstöpseln öffnen uns die Flügeltüren.

Frangelico stürmt über die Schwelle und schreitet geradewegs durch das reich verzierte Haus. Ich zappele leicht in seinen Armen und will es erkunden. Mein Wolf fühlt sich an fremden Orten nicht sicher.

Frangelico ist fest entschlossen, mich zu tragen.

„Möchtest du, dass ich dich absetze, Hündchen?", murmelt er amüsiert. Ich ziehe den Kopf ein und er lacht leise. „Willst du unbedingt für mich kriechen?", flüstert er in mein Ohr.

Ich erröte, als ich daran denke, was er zu mir gesagt hat. *Wenn du bei mir zu Hause bist, wirst du kriechen.*

Sein Lachen dröhnt in seiner breiten Brust und hallt in meinem Körper wider. Ich bin nicht sonderlich klein oder zierlich, aber Lucius liegt weit außerhalb meiner Gewichtsklasse. Und ich soll mich ihm unterwerfen.

Also entspanne ich mich und lasse mich von ihm durch die Gemächer mit den hohen Decken tragen, durch ein Schlafzimmer mit einem riesigen Himmelbett und hinein in ein Badezimmer, das so groß ist wie ein kleines Haus. Ich starre den Luxus an, als er mich auf dem gefliesten Rand einer Whirlpool-Badewanne absetzt und sich hinhockt, um das Wasser einzulassen.

„Ein Bad?", murmele ich, schockiert über den Anblick des Vampirkönigs auf Knien, der die Temperatur des Badewassers einstellt.

„Böses Hündchen, ich sagte doch, du sollst nicht sprechen."

Ich ziehe den Kopf ein und warte auf einen Schlag oder irgendeine Art von Vergeltung.

Aber er wickelt mich einfach nur aus und lässt mich ins warme Wasser hinunter. Die Temperatur ist perfekt und ich kann nicht anders, als mich zu entspannen, und diese scheußliche Nacht vom Wasser fortspülen zu lassen.

Lucius streicht mit dem Finger über meine Schulter und hält inne, um die Prellungen an meinem Arm zu begutachten. „Hast du vor der Auktion gegen deine Führer gekämpft?"

„Nein", murmele ich. „Aber sie waren nicht sanft."

Ein dunkler Ton dröhnt in Lucius' Kehle. Er wickelt ein neues Stück Seife aus, aber als ich danach greife, zieht er es weg. „Lass mich."

Ich lehne mich zurück und lasse mich vom König der Vampire baden. Er wäscht jeden Teil von mir mit einem weichen Tuch, selbst jeden Finger. Er lässt mich ihm den Rücken zukehren und verbringt lange Minuten damit, mein Haar zu befeuchten und zu shampoonieren. Jedes Mal, wenn er mich abspült, wäscht er mehr von den intensiven Ereignissen der Nacht fort. Selene, die Kämpferin, verwandelt sich in Selene, die völlig Verwöhnte.

In all den Jahren seit Xavier zu meiner Pflegemutter gekommen war und mir erklärt hatte, warum ich ein Waisenkind bin und warum ich kein Rudel habe ... hatte er mir erzählt, dass der Mörder immer noch frei, unbehelligt und ungestraft herumlief, und bot mir eine Chance auf Rache. Ich verließ meine Pflegemutter und begab mich in seine Obhut. Ein kaltes, eingeschränktes Soldatenleben auf Sparflamme, in dem Schmerz und Not notwendige Werkzeuge waren, um mich zu stärken. Ich verbrachte die Jahre zwischen sechzehn und einundzwanzig, jene hormonellen, prägenden Jahre, damit, an jedem Tag zu lernen, um mein Leben zu kämpfen, und in jeder Nacht allein zu schlafen. Allein und unberührt. Ohne die Zuwendung einer Mutter. Noch nicht einmal mit einem Klaps auf den Rücken.

Ich hatte nicht gewusst, wie sehr ich es brauche, wie sehr meine Haut menschlichen Kontakt vermisste – selbst von jemandem, der gar kein Mensch war – bis jetzt. Bis Lucius Frangelico seine Ärmel hochschob und mich berührte. Dieser mächtige Herrscher kniete vor mir nieder und diente mir.

Er dient mir nicht, er vergnügt sich selbst. Er macht seine Rechte geltend. Seine Hände bewegen sich über meinen Körper und behandeln mich wie ein reifes Stück Obst. Wie eine Antiquität, die unter Schmutzschichten verborgen lag, bis sie von einem aufmerksamen Auge entdeckt und gekauft wurde. Um ausgestellt zu werden. *Du gehörst mir,* sagen seine Finger. *Du bist jetzt mein Besitz.*

Meinem Körper macht es nichts aus. Ich sehne mich nach mehr von seiner Berührung. Jeder Zentimeter meines Körpers erwacht unter seinen großen Händen. Meine Brüste schwellen an, die Brustwarzen ziehen sich zusammen. Ich sollte meine Strategie planen und Kräfte für einen langen, verbissenen Kampf sammeln. Stattdessen zittere ich vor nervöser, erwartungsvoller Energie. Was wird er als Nächstes tun? Wo wird er mich berühren? In nur wenigen Minuten verwandelt er mich von einer Spionin in seinem Haushalt zu einer Frau.

Er schiebt seine Hände zwischen meine Beine und ich drücke sie zusammen. Er wartet nur, bis ich mich wieder entspanne, und gleitet dann mit seinen großen Fingern an meinem inneren Oberschenkel hinunter. Ein Kribbeln durchströmt mich. Meine Lippen öffnen sich und ich atme scharf ein, als er die Seife über das kurz geschnittene Haar meiner Muschi reibt.

„Steh auf", befiehlt er und signalisiert mir, dass ich die devote Position einnehmen soll, in der ich bereits zuvor vor ihm stand. Mit gespreizten Beinen, ausgestreckter Brust und den Händen hinter dem Kopf. „Blick nach unten."

Ich gehorche, sehe jedoch aus dem Augenwinkel zu, wie sein Hemd zu Boden fällt. Er zieht sich aus. Ich kann mich nicht davon abhalten, auf die dunkelhäutige Muskelmasse zu starren. Er ist stark und perfekt gebaut, hat breite Schultern und einen straffen leicht mit dunklen Haaren bedeckten Bauch. Ein dünner Haarstreifen verschwindet in seiner Hose.

„Böses Hündchen." Er hebt mein Kinn hoch. Ich sehe ihm in die Augen, bis sich ein weicher Stoffstreifen über meine Augen legt. Er benutzt seine Krawatte, um mir die Augen zu verbinden.

„Wenn du nicht gehorchen kannst, verlierst du Privilegien", murmelt er und seine Stimme hat eine Schärfe, von der meine Beine schwach werden. Er hebt mich in Position und setzt mich erneut auf die Kante. „Jetzt öffne die Beine", befiehlt er. Ich zittere ein paar Sekunden, bevor ich gehorche.

„Halt still."

Ich verspanne mich, als er den Bereich zwischen meinen Beinen einseift und mich rasiert. Meine Bauchmuskeln spannen sich bei jedem Zug der Klinge in panischem Zittern an, aber meine Muschi pocht wie wild.

„Perfekt." Lucius streicht mit dem Daumen über meine glatten Schamlippen. Ein Wasserstrahl spritzt über meine empfindlichen Stellen, als er die Handdusche benutzt, um mich gründlich abzuspülen. Ich neige meine Hüfte in der Hoffnung auf weitere Stimulation.

Sein dunkles Lachen füllt das Badezimmer.

Mit noch immer verbundenen Augen werde ich abgespült, abgetrocknet und in einen flauschigen Bademantel gewickelt. Ich greife nach der Augenbinde und er zwickt mich als Zurechtweisung leicht in die Brustwarzen. Er lässt mich noch ein paar Minuten warten, bevor er sie abnimmt. Er selbst trägt einen Morgenmantel, der locker über seinem breiten Oberkörper und der schwarzen Hose zugebunden ist. Er ist barfuß, aber nicht weniger einschüchternd.

„Hungrig, Hündchen?", fragt er und hebt mich in seine starken Arme, bevor ich antworten kann. Offensichtlich wird er mich heute Abend überall hintragen. Es gefällt mir viel zu sehr. Es wäre mir lieber, er würde mich in einen Kerker werfen, mich in Ketten legen und mit Brot und Wasser füttern. Basierend auf Xaviers Ausbildung, hatte ich erwartet, in die Höhle des Feindes gebracht, geschlagen, unterjocht und bestraft zu werden. Ich hatte nicht erwartet, verwöhnt zu werden. Gegen Nettigkeiten kann ich mich nicht wehren.

Mein Körper ist lebendig und singt, als er mich in die Küche trägt und an einen Tisch setzt. Er stellt einen Teller vor mich hin. Einfache Kost. Brot, Käse, ein paar Schinkenröllchen und Oliven. Antipasti.

Er zeigt mit einer ganzen Salami auf den Teller. „Iss, kleiner Wolf."

Ich nehme ein paar Bissen und beobachte, wie er die Wurststange auspackt und einen Bissen nimmt.

Ich lasse die für meinen Mund bestimmte Olive fallen.

„Was ist los, Selene?"

„Sie essen", sage ich dumm.

„Ich kann essen und trinken, genau wie du." Er blickt scharf auf meinen Teller, bis ich die heruntergefallene Olive aufhebe und sie mir in den Mund stecke. „Ich brauche es nur eben nicht."

„Aber ich dachte ..." Ich erröte.

„Du hast gedacht, du wärst mein Abendessen?"

Ich starre, nicht länger hungrig, auf meinen Teller.

„Ich finde, dass ich warten möchte, bevor ich dich koste. Die besten Weine schmecken mit zunehmendem Alter besser."

Er hat zehn Millionen Dollar für mich bezahlt und will mir das Blut nicht aussaugen?

Lucius neigt den Kopf. „Enttäuscht, Hündchen? Oder erleichtert?" Sein Tonfall verspottet mich. „Ich werde mich schon bald genug an dir laben. Wenn du ausgebildet bist. Du wirst darum betteln."

„Was? Nein", sage ich, bevor ich es mir verkneifen kann.

„Du glaubst, du kannst mir widerstehen?" Er greift nach einer Serviette und wischt sich lächelnd die großen Hände ab. Selbst im Sitzen ist er noch einen ganzen Kopf größer als ich. Ich fühle mich wie ein Kind am Tisch eines Riesen. Er könnte mich einfach zwingen und tun, was er will. Habe ich wirklich gedacht, dass ich ihm durch meine Ausbildung ebenbürtig wäre?

„Sprich, Hündchen. Sag mir, was du fürchtest."

„Werden Sie mein Gedächtnis auslöschen?", frage ich, was mich beunruhigt hat. Xavier hatte gesagt, Frangelico würde solche Maßnahmen nicht ergreifen, aber es wäre möglich. Er konnte mich alles vergessen lassen. Er könnte meine Erinnerungen durch Lügen ersetzen, wie es ihm gefiel.

„Ich will keine hirnlose Marionette haben. Wenn ich das gewollt hätte, hätte ich nicht für dich geboten."

Das Versprechen eines Vampirs ist wertlos, aber auf seinen Stolz kann man sich verlassen. Ich glaube Frangelico. Er will, dass sich ihm ein Haustier bereitwillig unterwirft. Er wird mich so trainieren, wie er will, und mich dann bei der Party, die er plant, seinen Vampiruntertanen vorführen.

„Zehn Millionen Dollar", sage ich. „Was lässt Sie glauben, dass ich das wert bin?"

Er wirft die Serviette auf seinen Teller. „Sie haben sich bereits bezahlt gemacht. Du bist eine Kämpferin. Nicht bereit, dich einschüchtern zu lassen. Du täuschst Unterwerfung vor, wenn es dir passt."

Ich halte still und versuche, nicht zu zucken. Frangelico

ist in meinem Kopf. *Nein, er beobachtet mich nur.* Zweitausend Jahre des Studiums des menschlichen Verhaltens. Hatte ich gedacht, dass ich ihn so leicht täuschen könnte?

Aber die Frage ist, wie lange es dauert, bis er herausfindet, warum ich wirklich hier bin. Und wenn er es tut, wie lange werde ich dann überleben?

Mein Herz flattert in meiner Brust, ein Vogel in einer Falle, der um seine Freiheit kämpft. Der Vampirkönig scheint zu wissen, welche Wirkung er auf mich hat. Schlimmer noch, er genießt es.

Er beugt sich vor. „Aber ich sage dir etwas, Hündchen. Etwas, das du dir noch nicht einmal selbst eingestehen willst. Tief in dir willst du dich unterwerfen. Dagegen kämpfst du am meisten an."

Ein plötzlicher Adrenalinstoß lässt mich fast von meinem Platz aufspringen. Ich schlage mit der Faust auf den Tisch und sehe Lucius an.

„Nein. Sie irren sich."

∽

Lucius

ICH HABE SO RECHT.

Ah, köstlich. So viel Kampfgeist. Sie ist überhaupt nicht wie Georgianna, die ein sanftmütiges Ding war, bereit, mir alles recht zu machen. Selene ist ein erfrischender Zephir in der Wüste. Ich genieße es, sie aufzuwiegeln, genauso wie ich es genieße, sie in ihre Schranken zu weisen.

Ich hebe eine Augenbraue. „Willst du wetten?"

„Was?"

„Lass uns ein Spiel spielen, Hündchen. Ich werde alles tun, was ich kann, um dich zur Unterwerfung zu bringen. Du wirst gegen mich ankämpfen. Eine Stunde lang." Ich hebe einen Finger. „Es ist deine Aufgabe, mir zu widerstehen, und meine, dich zu überzeugen, dich mir zu unterwerfen."

„Sie könnten mir einfach Schmerzen zufügen, bis ich zusammenbreche", betont sie.

„Das könnte ich. Aber ich werde es nicht. Heute Nacht werde ich dir nicht wehtun ... nicht sehr."

„Das ist nicht sonderlich beruhigend."

„Das Leben beruhigt uns nur selten. Aber eine Sache gebe ich dir: Du wirst genauso viel Vergnügen wie Schmerz empfinden. Vielleicht sogar mehr." Ich halte inne und sage mit tieferer Stimme. „Viel mehr."

Sie streicht mit dem Finger über den Tellerrand und überlegt.

„Was sagst du, Hündchen? Meine Fähigkeiten gegen deinen Willen."

„Woher wissen wir, wer gewinnt?"

„Ich lasse dich entscheiden. Nur du kannst wissen, ob du dich wirklich ergeben hast."

Sie runzelt die Stirn. „Sie könnten mich einfach bezirzen."

„Das ist Betrug." Sie wirft mir einen Blick zu und ich unterdrücke ein Lachen. Meine Reißzähne sehnen sich danach, ihr Fleisch zu durchbohren, aber sie zu trainieren, wird sie so viel süßer schmecken lassen.

„Wie wäre es damit? Ich schwöre bei meinem Grab, dass ich dich nicht bezirzen werde. Niemals."

„Niemals?"

„Ich halte meine Versprechen, Hündchen. Jetzt hast du keinen Grund mehr zu zögern."

Aber sie tut es. So angespannt, dass ich sie ans Atmen erinnere.

„Es ist nur ein harmloses kleines Spiel", besänftige ich sie. „Ich habe heutzutage so wenig Unterhaltung. Du könntest mir ein für alle Mal beweisen, dass du den Willen hast, mir standzuhalten. Oder ich könnte beweisen, dass du tief in dir willst, dass ich die Kontrolle übernehme. Eine Stunde. Eine Nacht. Möge der Beste gewinnen."

Ein kleines Zittern geht durch sie hindurch. Sehr gut. Sie kennt die Risiken des Spiels mit einem Vampir. Trotzdem ist sie neugierig. Ich rieche es in ihrem Duft. „Was geben Sie mir, wenn ich gewinne?"

„Was auch immer du willst."

Ihre Augenbrauen schießen in die Höhe. „Und wenn ich gehen will?"

„Willst du denn gehen? Wohin würdest du gehen? Ein anderer Vampir könnte dich schnappen, besonders nach dieser Schau auf der Bühne. Sie beobachten dich und mich, sogar jetzt. Wenn du diesen Ort verlässt, werden sie nicht zögern, dich zu packen und dich ihrem Willen zu beugen, und sei es nur, um zu beweisen, dass sie dich besser beherrschen können als ich." Vorsicht steigt in ihrem Duft auf und ich erkläre: „Du bist hier bei mir, dem König der Vampire, sicherer als du es bei irgendjemand anderem wärst."

Sie stößt einen Atemzug aus. Sie weiß, dass ich recht habe.

„Gibt es noch etwas anderes, das du dir wünschst?", frage ich.

„Kriechen. Ich will nicht kriechen müssen." Ihr Mund ist zu einer grimmigen Linie zusammengepresst. „Sie haben gesagt, ich müsse kriechen, wenn ich bei Ihnen zu Hause bin."

„Einverstanden, Hündchen. Wenn du gewinnst, wirst du nur dann kriechen, wenn du es willst."

Sie reißt ihr Kinn hoch. „Ich werde es niemals wollen."

Ich lächle nur.

~

SELENE

DER VAMPIRKÖNIG LÄCHELT und ich schmelze dahin. Ich mache mich für einen Angriff bereit, aber er kommt nicht. Nur diese subtilen Spiele, die mich im Ungewissen lassen.

„Fertig?" Er zeigt auf meinen Teller. Ich nicke und er kommt herum, um mir aus meinem Stuhl zu helfen. *Raubtier,* schreit mein Körper, als er hinter mich tritt. Ich erhebe mich halb, bevor er meinen Stuhl wegzieht. Er bietet mir seine Hand an und ich zögere. Sein Blick wird spöttisch. Ich habe doch keine Angst davor seine Hand zu halten, oder doch?

Natürlich habe ich Angst. Aber ich werde mich von einer Kleinigkeit wie Angst nicht aufhalten lassen. Lucius hat dieses Spiel vorgeschlagen und ich werde gewinnen. Im schlimmsten Fall werde ich mehr darüber erfahren, was es mit ihm auf sich hat. Bestenfalls werde ich beweisen, dass er nie mein Gebieter sein wird.

Er führt mich in einen langen Raum, der mit Flügeltüren und dem Ausblick in einen dunklen Innenhof endet. Stühle, Couchtische, Sofas, eine prachtvolle Bar, Gemälde an der Wand – alles ist purer, opulenter, aber geschmackvoller Luxus. Zwischen zwei Fenstern befindet sich eine lange von einem Wandbehang verdeckte Wandfläche. Lucius stellt mich davor und zieht den herabhängenden

Stoff zur Seite, wodurch zwei große, in X-Formation ange-
ordnete Holzbalken zum Vorschein kommen.

„Ist dir das Andreaskreuz vertraut?" Lucius beugt sich
hinunter, um eine antik aussehende Truhe zu öffnen. „Der
Heilige wurde an einem diagonalen Kreuz gekreuzigt. Auf
seinen eigenen Wunsch hin über Kopf. Keine Sorge, Hündchen. Diese spezielle Szene werden wir nicht nachstellen."

Ich zittere, bleibe jedoch, wo er mich hingestellt hat. Er
zieht seinen Morgenmantel aus und entblößt erneut seine
Brust, bevor er sich nähert. Ich erwarte, dass er mich grob
auszieht, aber er streicht nur mein Haar zurück. Einen
Moment lang fummelt er daran herum. Was macht er da?
Er wird doch nicht … unmöglich.

Lucius Frangelico, der Vampirkönig, flicht mein Haar.

Als er fertig ist, tritt er zurück und sieht mich von oben
bis unten an. Ihm scheint zu gefallen, was er sieht, denn er
wendet sich mit dem Befehl ab: „Zieh dich aus und stell
dich vor das Kreuz, Gesicht nach vorn."

Das Spiel hat begonnen und ist ein Mentalfick. Ich soll
freiwillig an meiner Unterwerfung mitwirken.

Es bedeutet nicht, dass ich mich ihm unterwerfe, sage ich
mir selbst, als ich meinen Bademantel öffne und ihn fallenlasse. Wenn ich mich von ihm ans Kreuz binden lasse, weiß
ich, was passieren wird. Er wird ein Folterwerkzeug an mir
benutzen – irgendein mittelalterliches Foltergerät, das er in
der Truhe neben dem Fenster aufbewahrt – und es wird
wehtun.

Aber ich kann Schmerzen ertragen.

Nach den sanften Berührungen, die mich verwirren,
werde ich Schmerzen begrüßen. Ich darf nicht vergessen,
Lucius Frangelico zu hassen.

Ich kann ein Zittern nicht unterdrücken, als er an meine
Seite zurückkehrt. Er nimmt meine Handgelenke und fixiert

sie über meinem Kopf in Manschetten, die am Kreuz befestigt sind. Dann kniet er nieder, um meine Füße locker auseinanderzubinden. Sein dunkles Haar streicht über meinen Oberschenkel und mein Herz springt fast aus meiner Brust.

„Atme, Selene", murmelt er. „Vergiss nicht zu atmen."

Ich gehorche und nehme tiefe Atemzüge. Es wird wehtun, aber ich bin bereit. Xavier hat dafür gesorgt, dass ich Unbehagen und Schmerzen, Schmerzen aller Art, ertragen kann. Ich habe lange Nächte mit schmerzendem Körper wachgelegen und mich gefragt, welche Folterungen Lucius für mich wählen würde. Wenn ich mich auf Lucius' Tod konzentriere, kann ich alles ertragen. Ich schließe meine Augen und stelle mir den Todesstoß vor.

„Bequem?" Er reißt mich aus meiner Konzentration. Er lässt mich mit den Fingern und Zehen wackeln, um zu prüfen, dass die Fesseln nicht zu fest sitzen. Ich möchte ihn anfunkeln. Welches Spiel spielen Sie denn? Wenn Sie eine Frau fesseln, um ihr wehzutun, was spielt es da für eine Rolle, ob ihre Durchblutung gut ist? Es hält sie länger am Leben, nehme ich an. Ich würde nicht erwarten, dass das einen Vampir interessiert.

„Ein paar Regeln." Er verschwindet aus meinem Blickfeld. „Ich bin für die Session verantwortlich, aber du kannst sie jederzeit abbrechen. Sage einfach *Stopp*. Wenn ich dich geknebelt habe oder du nicht sprechen kannst, bedeutet ein Fingerschnippen dasselbe. Nicke, wenn du mich verstanden hast."

Ich nicke mit dem Kopf, verstehe es aber immer noch nicht. Er hört doch nicht auf, wenn er nicht will. Oder doch?

Lucius nimmt seinen Platz vor mir ein. „Das ist ein Flogger, eine Riemenpeitsche." Er zeigt mir das von ihm gewählte Instrument. Von einem glatten Mahagonigriff hängen schwarze Riemen herab. Er führt die Peitsche an meinem Körper auf und ab und ich zittere.

„Kein Grund zur Furcht. Ich kann dafür sorgen, dass es sich gut anfühlt." Er lässt sein Handgelenk schnippen und schlägt mir über die Brust. Die Riemen fallen wie leichter Regen.

„Tut das weh?"

Ich zucke mit dem Kopf nach links.

„Antworte mir. Du darfst laut sprechen. Tut das weh?" Er wiederholt die Bewegung.

„Nein."

Er hebt eine Augenbraue.

„Ich meine, nein, Herr."

„Gut. Wie ist es damit?"

Er schwingt seinen Arm und peitscht mich in einer Überkreuzbewegung. Die Riemen treffen mit einem härteren Schlag auf meine Haut. Ich spüre den Schlag, aber auch das ist meilenweit von Schmerz entfernt.

„Nein", seufze ich.

„So ist es gut, Hündchen. Genieße es einfach. So als wäre es eine Massage. Sinneseindrücke."

Ich stoße einen Atemzug aus und lasse meine Schultern leicht sinken.

„So ist es gut. Entspann dich." Lucius' Stimme klingt tiefer. Er ist einhundertprozentig auf mich konzentriert, seine Bewegungen langsam und kontrolliert. Die Riemen-peitsche ist eine Verlängerung seines riesigen Körpers. Er peitscht meine Brüste, bis sie rosa sind. Die Riemen tanzen über meinen Körper, klatschen auf meine Hüfte und Ober-schenkel und nähern sich meiner Muschi, ohne sie zu berühren. Als subtile Reaktion auf jeden sanften Schlag wiege ich mein Gewicht von links nach rechts. Hitze strömt durch meinen Körper und drängt mich in die Gefügigkeit.

„Lass uns das ein bisschen interessanter machen", sagt Lucius. Er verschwindet und kommt mit einer kleinen Holztruhe zurück. Ich strecke meinen Hals, kann jedoch nicht über den geöffneten Deckel hinausblicken, bis er das, was er will, herausnimmt, die Truhe wegschiebt und mir zwei winzige Gummi- und Metallklammern zeigt.

„Mm...mm." Ich schüttelte den Kopf und er zieht die Wartezeit in die Länge. Ich sage nicht *Stopp*, aber ich funkele ihn an, als er die Klammern an meinen Brustwarzen befestigt. Ein leichtes Zwicken, aber meine Muschi pulsiert wohlwollend. Meine Brüste schwellen an, als würden sie sich über die Aufmerksamkeit freuen.

„Nun." Lucius schüttelt den Flogger aus und peitscht an meinen Beinen auf und ab. Er wärmt sie auf, bis sie rosa werden. Ein paar scharfe Schläge hinterlassen rote Linien auf meinen Oberschenkeln, aber nicht die erwartete Explosion von Schmerz. Mit pochenden Brustwarzen begrüße ich den rauen Kuss der Peitsche gierig.

„Gefällt dir das?"

Ich atme schwer, meine Erregung erblüht. Lucius beugt sich über mich, bedeckt mich mit seinem mächtigen Körper und meine Haut bebt unter ihm, wenn ich an seine Berührung denke. Ich hebe mein Gesicht nach oben, um einen Kuss zu empfangen, aber er schiebt mir die Peitsche zwischen die Beine und treibt sie dort entlang.

„Wie ist es damit? Gefällt dir das?" Bevor ich verneinend antworten kann, hält er mir den Flogger vors Gesicht. „Lüg mich nicht an."

Ich kann es genauso gut sehen wie er. Die Riemen sind nass.

„Das bedeutet gar nichts", knurre ich.

„Natürlich nicht. Dein Körper ist wunderschön und es

ist eine natürliche Reaktion. Lass dich einfach gehen, Selene."

Ich knurre vor mich hin. Er hat nur dann das Sagen, wenn ich es erlaube.

Als würde er meine Gedanken lesen, tritt er vor und löst gleichzeitig beide Brustwarzenklammern. Der Schmerz schießt durch mich hindurch und detoniert in meiner Muschi. Ich sinke in meine Manschetten.

„Hmmm", murmelt er und klingt zufrieden. Ich versteife meine Beine und stelle mich gerade hin. Ein wenig Schmerz wird mich nicht besiegen.

Ein Lächeln spielt um seine Lippen, als würde er meine unausgesprochene Botschaft verstehen und fände sie süß. Er studiert mich sorgfältig und sieht mich prüfend an.

„Bist du bereit, dich umzudrehen? Ich werde es deinem Rücken härter besorgen", warnt er.

Ich hebe mein Kinn. „Machen Sie, was Sie wollen."

Mit einem Lächeln bindet er mich los und dreht mich um. „Von jetzt an bestimme ich, wo es langgeht." Er stützt mich ab und bewegt meine Arme und Beine, wohin er will. Erneut prüft er meine Finger und Zehen, um sicherzustellen, dass ich gut durchblutet werde. Er schiebt meinen Zopf über eine Schulter.

„Du hast einen hinreißenden Arsch", sagt er zu mir und streicht mit der Hand meinen Rücken und meine Flanke hinunter. Er hält inne, um eine Handvoll zu packen. „So stramm und prall und köstlich. Ich kann es kaum erwarten, ihn zu ficken." Mit diesem kleinen Versprechen, das mir die Kraft in den Knien raubt, tritt er zurück und peitscht meinen Rücken mit dem Flogger.

Ich drücke meine Stirn gegen das Holz und entspanne mich zu seinem Rhythmus. Links, rechts. Links, rechts. Blut rauscht, mein Atem fließt, ein und aus. Hitze kriecht über meinen Rücken und Arsch. Lucius verbringt besonders viel Zeit damit, meinen Hintern auszupeitschen, bis er sich warm anfühlt. Immer noch keine Schmerzen.

„Ich frage mich", murmelt er und lässt sein Hilfsmittel schnippen, sodass die Enden der Riemen zwischen meinen Schulterblättern beißen. Ein scharfer Stich, der fast so schnell vergeht, wie er gekommen ist. Hitze strömt durch mein Inneres.

„Nein", platze ich in Reaktion auf meine zunehmende Erregung heraus.

„Nein?", fragt Lucius. „Meinst du *Stopp*?"

Mein Safeword. Er testet mich.

Ich schüttle den Kopf. „Machen Sie weiter."

Er stößt ein missbilligendes Geräusch aus. „Hast du hier das Sagen?"

„Nein, Herr." Ich versuche, sanftmütig zu klingen.

Ein knurrender Ton entspringt seiner Kehle, der meinen Wolf mit tiefverwurzelter Unterwerfung erzittern lässt, peitscht dann jedoch weiter.

Ich packe die Fesseln, die meine Handgelenke umschließen, und halte mich fest. Lucius befreit sich von seiner selbst auferlegten Zurückhaltung und peitscht mich mit immer größerer Inbrunst aus, bis ich auf den Zehenspitzen stehe. Ich bin mir nicht sicher, ob ich versuche, der Peitsche zu entkommen, oder ob ich ihm mehr Haut entgegenstrecken will. Mein Körper ist in einer langen glatten Linie ans Kreuz gebunden und die Röte rauscht über meinen Körper hinweg wie eine Rose, die zu blühen beginnt. Ich schließe die Augen und senke den Kopf, während ich mich weiter an die Fesseln klammere. Ein schweres Einatmen hinter mir, ein Grunzen, gefolgt von einem köstlichen Schnalzen ist der einzige Beweis dafür, dass ich nicht allein bin. Ich stelle mir Lucius' Körper vor, wie er sich in die Schläge neigt, die

Schultern angespannt, der Unterarm hart wie Stahl, das Gesicht gefasst. Ich wünschte, ich könnte ihn sehen.

Ich wünschte, ich könnte meine Muschi an diesem polierten Holz reiben. Jeder Schlag treibt mich höher. Das Auspeitschen geht weiter und ich weiß nicht, wann es passiert ist, aber plötzlich schwebe ich. Ich schwebe in einer warmen, rosa Luftwolke.

„Du machst das so gut, Selene." Der glatte Griff des Floggers berührt die weichen Falten meiner Schamlippen, gefolgt von seinen Fingern. Ich wimmere.

„Du bist so nass. So köstlich. Ein saftiger Pfirsich, ich könnte dich einfach vernaschen." Ich zucke zusammen und er lacht. „Vielleicht später. Im Moment ist das hier alles, was ich will." Er reibt weiter und ich versuche, mich ihm zu entziehen.

„Was machen Sie da?"

Er schlängelt seinen Arm um mich herum und hält mich fest, sodass er mich weiter streicheln kann. Er legt sein Kinn auf meine Schulter und murmelt mir ins Ohr: „Fühlt sich das gut an?"

Meine Brust hebt sich, als mein Orgasmus sich nähert.

„Bitte mich um Erlaubnis, bevor du kommst."

Ich schüttle den Kopf. Mehr für meine eigene Entschlossenheit als als Antwort für ihn. Nein, ich werde nicht um Erlaubnis bitten. Nein, ich werde nicht kommen.

„Also gut." Er tritt zurück und ich sacke nach vorn. Mein Körper vermisst ihn sofort. Er wischt seine nassen Finger an meinem Arsch ab, bevor er seine Position hinter mir einnimmt. Die Peitsche fliegt erneut und der stechende Schmerz der weichen Lederriemen bereitet sich auf meinem Rücken aus.

„Es ist deine Entscheidung, Hündchen. Immer deine Wahl."

Wie kann das stimmen? Wie bin ich hier gelandet, willentlich gefesselt, sehnsüchtig nach Berührungen, Empfindungen und allem? Nach einer sanften Berührung. Nach einem stechenden Schauer. Nach irgendetwas.

„Du bist eine starke Frau." Er schlägt mir mit dem Flogger weiter über den Rücken. „Du willst es beweisen. Das verstehe ich. Aber Selene" – er hält inne, um näherzutreten und meinen Arsch mit den Riemen zu liebkosen, bis sich ein Kribbeln auf meinem Rücken ausbreitet – „es ist nichts Falsches daran, loszulassen. Du willst es." Seine Stimme wird tiefer und dunkler. „Ich will es. In Fesseln kannst du frei fliegen."

Ich weiß nicht, wovon zum Teufel er redet. Ich lehne mich an das Kreuz, hänge in den Handschellen und meine Finger streicheln die Ketten. Ich will meinen Rücken krümmen und meine Muschi an diesem Holz reiben. Ich will meinen Arsch nach hinten ausstrecken und ihn anflehen, mich härter zu peitschen.

„Härter", flüstere ich in die Maserung des Holzes.

„Was war das, Selene? Was willst du?"

„Härter. Mehr"

„Braves Mädchen." Er belohnt mich und wärmt mich mit jedem weiteren Schlag weiter auf. Ich winde mich und tänzle herum, während mich der Rhythmus auf meinem Rücken immer höhertreibt.

～

Lucius

DER RÜCKEN meines Hündchens ist ein hübsches rosa Gemälde, mit ein paar roten Striemen darin. Sie hat besser reagiert, als ich es mir erträumt hätte. Hat das Warmwerden genossen und war bereit, den nächsten Schritt zu tun. Ich hocke mich hin, um einen besonders grausamen Striemen auf ihrem Hintern zu inspizieren. Ihre Wandlerheilung setzt ein und durchflutet ihren Körper mit Endorphinen. Als ich mich erhebe, steigt mir ein Hauch ihrer saftigen Möse in die Nase.

Ich lege die Peitsche zur Seite und tue das, wonach ich mich bereits die ganze Nacht gesehnt habe. Ich streiche mit den Händen über ihren Körper, beruhige sie und nehme ihr heißes Fleisch in Besitz.

„Ooooh", seufzt sie unter meiner Berührung. Sie hat sich auch danach gesehnt.

Ich bin nicht völlig gütig. Ich quetsche und kneife und bewundere meine Spuren auf ihrer Haut. „Meine Striemen stehen dir gut, Hündchen. Ich sollte dich jeden Abend auspeitschen."

Sie zittert, aber die feuchten Lippen ihrer Muschi sagen mir, wie sie wirklich fühlt.

„Du warst so ein braves Mädchen", flüstere ich. „Ich werde dich jetzt anfassen und dich kommen lassen. Du wirst ganz lieb fragen müssen, wenn du kurz davor bist." Ich drücke meinen Körper gegen ihren, schlinge meinen linken Arm um ihre schlanke Taille und greife mit meiner Rechten zwischen ihre Beine. Sie ist so nass, dass meine Finger schon triefen, als ich ihre Klitoris finde und die empfindliche Stelle seitlich reibe. Sie steht kurz davor, drängt sich in meinen Arm und atmet stoßend. Ich halte sie fester.

„Bitte um Erlaubnis", befehle ich.

Noch immer stolz wirft sie den Kopf zurück. Aber als ich sie wieder berühre, schmilzt sie dahin. Ich reibe schneller und registriere ihre gerötete Brust und den rauen Atem. Sie hat es so gut gemacht; ich möchte sie belohnen. Aber zuerst ...

„Frage, Selene."

„Bitte ..."

Ja. „Komm für mich", knurre ich in ihr Ohr und knabbere an ihrem weichen Ohrläppchen. Ihr Körper zittert, zuckt und reagiert. Sie schreit auf, als sie zum Höhepunkt kommt.

Grandios.

„So ist es gut, Hündchen", säusle ich und halte sie fest. Ich lasse sie sich beruhigen und gegen den Holzrahmen sinken. Sie hat hart dafür gearbeitet. Eines Tages werde ich sie wieder und wieder in diese Höhen treiben, die ganze Nacht lang. Aber nicht heute Abend. Wir sind fertig.

Ich nehme ihr die Handschellen ab, lasse sie herunter und hebe sie in meine Arme. Ich trage sie zu meinem riesigen, lederbezogenen Chesterfield-Sofa, das zu diesem Zweck dem Kreuz zugewandt ist. Auf einem Beistelltisch warten eine Wasserflasche und ein kleines Handtuch. Ich öffne das Wasser und träufle ihr ein wenig in den Mund, bevor ich den Waschlappen befeuchte und sie sauberwische. Ich gebe ihr den Rest des Wassers, halte die Flasche für sie und wickele sie in eine weiche Decke ein. Ihre Wangen sind gerötet, die Lippen prall und betteln um einen Kuss. Um einen Biss.

Nicht heute Nacht. Ich lasse meine Zunge einmal über meine Reißzähne gleiten und setze mich schließlich mit meinem erschöpften Hündchen im Arm in den riesigen Sessel.

„Du bist wunderschön", sage ich zu ihr. „Das hast du gut gemacht. Sehr, sehr gut."

Sie seufzt glücklich.

Nach ein paar Minuten, setze ich mich auf und greife

nach dem Mini-Kühlschrank neben dem Sessel. Darin befinden sich Saft und Schokolade und alles, was für die Nachsorge meiner menschlichen Spielzeuge notwendig ist. Ich füttere sie mit der Hand. Sie trinkt reichlich und ihre dunklen Wimpern flattern.

Als sie fertig ist, schließe ich sie wieder in die Arme. Ihr Zopf hat sich gelöst und ich nehme mir einen Moment Zeit, um die fein gesponnene Seide ihres Haares über ihren Schultern auszubreiten. Nach einem Augenblick kuschelt sie sich mit einem weiteren Seufzer an mich. Ich erinnere mich an ihre Verwirrung, als ich ihren Kreislauf prüfte und ihr ein Safeword gab.

„Du hast das noch nie zuvor gemacht, oder? Du darfst mir antworten", füge ich hinzu, falls sie sich immer noch an das Sprechverbot erinnert, das ich ihr zuvor auferlegt hatte.

Sie leckt sich die Lippen. „Befehle von einem Gebieter entgegenzunehmen? Ich wurde ausgebildet, um ..."

Ich unterbreche ihre Geschichte. „Aber niemand hat sich je so um dich gekümmert, nicht so."

„Nein." Sie sieht unsicher aus. Ihr Körper sollte vor Endorphinen und unterwürfiger Begierde vibrieren. Aber ihre Gedanken scheinen zu rasen, als würde sie sich fragen, wie es weitergeht. Sie ist verwirrt, vielleicht ein wenig verstört.

Ich ziehe sie näher an mich und streichele ihren Hals durch ihr Haar, bis sie seufzt. „Ich werde viele Dinge von dir verlangen, Hündchen. Deine Unterwerfung. Deinen Gehorsam. Deine Furcht." Ein kleines Zittern geht durch sie hindurch und ich massiere ihr den Nacken, um es zu vertreiben. „Aber vor allem ..." Ich drehe meinen Kopf und flüsterte direkt in ihr wartendes Ohr: „Vor allem will ich deine Gedanken. Alle. Du musst dir keine Sorgen machen, mir zu gefallen. Ich werde dir sagen, was du tun sollst, und du wirst mir gehorchen. Ich werde jede Last und alle Sorgen tragen. Ich bitte dich nur darum, dass du mir gehorchst. Du kannst alles haben, was du willst, Hündchen, wenn du dich mir unterwirfst. Es gibt eine ganze Welt des Vergnügens, die wir erforschen können, und ich werde dein Führer sein. Ich kann dich in die Höhen der Ekstase treiben und dich sicher wieder nach Hause tragen."

Sie seufzt erneut, runzelt jedoch die Stirn. Ich streiche die Falten mit dem Finger glatt. „Hör auf, nachzudenken. Sei einfach."

Meine Rede beschert mir ein paar Minuten des Schweigens. Ich genieße das weiche, atmende Bündel in meinen Armen. Mein Haustier ist die reizvollste Mischung von Widersprüchen. In einer Minute kämpft sie und in der nächsten nutzt sie ihren starken Willen und ihre Kraft, um sich zu unterwerfen. Eine kühne Jungfrau, gekommen, um die Künste der Venus zu erlernen. Wenn ich sie nicht zerbreche, sollte sie für stundenlange Unterhaltung sorgen.

Als sie bereit ist, sich aufzusetzen, lasse ich sie. Ich halte meine Arme jedoch immer noch um sie geschlungen.

Sie blinzelt mich an. „Machen Sie das oft? Eine Unterwürfige ausbilden?"

„Nein. Ich habe einen Club devoter Subs, aber sie sind bereits ausgebildet. Die meisten kommen und wissen, was mir gefällt. Die Einzige, die ich selbst ausgebildet habe, war ..." Ich verstumme.

Sie errät, warum. „Die, die Sie geliebt haben?"

„Als sie zu mir kam, war sie begierig darauf, mir zu gefallen. Anders als manche, die ich kenne."

Mit schockierender Frechheit rollt sie mit den Augen.

Mein Lachen überrascht uns beide.

∼

Selene

Der Vampirkönig hat ein schönes Lachen. Sein ganzes Gesicht erstrahlt und die Schärfe seiner attraktiven Züge wird weicher. Das tiefe Glucksen, das seiner Brust entspringt, rauscht durch meinen Körper und lockert die Anspannung, die durch das freudige Beben erschüttert wird. Wärme durchströmt mich und weckt geheime Orte auf. Ich kann einfach nicht aufhören, auf ihn zu reagieren.

„Mit zehn Millionen kann man eine Menge Gehorsam kaufen", sagt Lucius mit einem Lächeln, das Sachen mit mir macht. „In deinem Körper gibt es kein einziges Fünkchen Gehorsam. Aber du wirst lernen, wie angenehm es sein kann."

Darüber rümpfe ich die Nase und er lacht erneut.

„Ich glaube, ich habe nicht mehr so viel gelacht, seit ..." Er hält inne, um nachzudenken. „Ich kann mich nicht erinnern."

„Es freut mich, dass ich Sie amüsiere", sage ich in einem trockenen Ton.

„Du bist das entzückendste Hündchen", verkündet er.

Oh, wie sehr ich es hasse, wenn er mich so nennt.

„Ich werde mich noch um eine letzte Sache kümmern und dann gehst du ins Bett. Allein", stellt er klar. „Damit du dich ausruhst."

„Das war es? Wir sind fertig für den Abend?" Ich wackle mit meinem Hintern auf seinem Schoß. Seine Arme umklammern mich fester, aber nicht bevor er sich mir etwas entgegenstreckt. Buchstäblich.

Er hält inne, um mich in diesen kaffeebraunen Augen ertrinken zu lassen, bevor er sagt. „Vorsicht, Selene. Das

Monster wird zu gegebener Zeit erwachen. Es gibt keinen Grund, es frühzeitig zu wecken."

„Ich glaube, es ist schon wach", witzele ich. Es scheint ein bisschen seltsam zu sein, seinen Schwanz als ‚Monster' zu bezeichnen, aber okay.

„Lucius greift mit seiner großen Faust in mein Haar und hält mich fest. „Vorsicht", warnt er, lächelt jedoch. „Ich bin bereits versucht, dich an die Grenzen der Ekstase zu treiben und deinen Körper auf alle erdenklichen Weisen zu gebrauchen, nach denen er sich sehnt."

Der Hauch von Erregung in meinem Duft scheint uns beide zu überraschen.

„Aber", erklärt Lucius mit erhobenem Finger, „du bist jung. Eine Jungfrau. In vielerlei Hinsicht eine Anfängerin."

Ich öffne den Mund, um zu widersprechen – ich bin jetzt neugierig auf all die Ekstase, die er verspricht – und er stopft mir zwei Finger in den Mund. So raubt er mir die Fähigkeit zu sprechen.

„Du wirst lernen, Hündchen. Es wird mir ein Vergnügen sein, dich zu lehren."

Mit einer Bewegung, die zu schnell ist, um ihr zu folgen, zieht er die Finger heraus, wischt sie an der Decke ab, packt mein Kinn und hält mein Gesicht fest. Sein verruchtes Lächeln macht mich schwach. Ich öffne die Lippen, bereit, dass er meinen Mund in Anspruch nimmt, aber er küsst nur meine Stirn.

„Nun. Ich werde dich jetzt bestrafen müssen. Ich habe dir vorhin gesagt, dass du nicht sprechen darfst." Er wirft mich übers Knie. Ich lande mit meinen Händen am Boden.

„So ist es gut. Genau so."

Ich trete mit den Füßen und er klemmt ein Bein über meine Knie. Mit der Hand schlägt er mir auf den Arsch und ich jaule, mehr vor Wut als vor Schmerz. Er versohlt mir den Hintern mit schnellen Schlägen weiter. Das Stechen durchdringt mich und bahnt sich einen direkten Weg zu meiner prallgeschwollenen Muschi. Mein Hintern brennt.

Ganz plötzlich entweicht jegliche Kampfeslust aus meinem Körper. Ich hänge schlaff wie eine Stoffpuppe über Lucius' Beinen.

„Braves Mädchen." Er hält inne und reibt mir den Hintern. Der Schmerz verschwindet und wandelt sich zu diesem Hochgefühl.

„Wundervoll, Hündchen", knurrt er. Er schiebt seine Finger unter mich und findet meine sensibelsten Punkte. Hält mich fest, als ich zapple. Er wird mir meinen Orgasmus entreißen und ich weiß nicht, ob ich mich winde, um ihn abzuwehren, oder mir wünsche, er würde schneller kommen.

„Du wirst aufhören, dir Sorgen zu machen", flüstert er, während er meine arme Klitoris bearbeitet. „Du brauchst dich nicht zu fragen, ob du mir gefällst oder nicht. Ich werde es dir sagen. Von jetzt an *bist* du einfach. Tu, was ich dir sage, und alles wird gut." Seine Stimme klingt ganz weit weg. „Lass dich gehen. Jetzt."

Keuchend breche ich zusammen. Lucius schiebt seine Finger in meine tropfnasse Muschi und treibt mich in größere Höhen. Wir kennen uns erst weniger als eine Nacht und er weiß ganz genau, wie er mich berühren muss.

Der Raum schwankt und ich liege erneut in seinen Armen. Das Vergnügen, der Schmerz, die Ereignisse der Nacht und die tobenden Empfindungen, die durch mich strömen, tragen meinen befriedigten Körper in die Bewusstlosigkeit. Ich schlafe ein und er säuselt: „Braves Mädchen."

4

S *elene*

EIN STREIFEN von Sonnenlicht fällt auf mein Gesicht. Ich trete mit den Beinen und befreie mich hektisch aus der Decke. Ich befinde mich in einem fremden Zimmer in einem fremden Bett. Als ich mich aufsetze, fällt mir alles wieder ein: die Auktion. Das Zehn-Millionen-Dollar-Gebot. Der König der Vampire hat mich gekauft und jetzt bin ich in seinem Haus.

Und das Erschreckendste von allem ist, dass ich wie ein Baby geschlafen habe. Keine Träume, keine Albträume. Kein Aufwachen, um nach Monstern in meinem Zimmer zu suchen. So gut habe ich schon nicht mehr geschlafen, seit bevor ich meine Familie verloren habe. Seit damals, als ich erfuhr, dass die Monster echt waren.

Ich hatte im Haus meines Vampirfeindes den besten Schlaf meines Lebens. Und schlimmer noch, ich bin in seinen Armen eingeschlafen. In Lucius' Gegenwart verliert mein Körper völlig den Verstand.

Ich rolle meine schweren Glieder aus dem Bett und strecke mich ein paarmal, bevor ich durch das luxuriöse Schlafzimmer schleiche.

Die Tür ist verschlossen. Natürlich. Ich bin eine Gefangene hier. Lucius ist klug genug, um zu wissen, dass mich zehn Millionen Dollar nicht zu willigem Eigentum machen.

Ich gehe ins Badezimmer, um mich frischzumachen. Dank einer Reihe hoher Fenster in der Nähe der Decke ist der Raum sonnig. Ich könnte ausbrechen, wenn ich es wollte, aber meine Mission ist noch lange nicht erledigt.

Sobald du in seinem Haus bist, musst du doppelt so wachsam sein, hatte Xavier gesagt. *Vampire sind besonders auf der Hut, wenn sie jemanden in die Nähe ihres Versteckes lassen. Frangelicos Schlafstätte wird gut bewacht sein.*

Wie komme ich dann nahe genug heran, um ihn zu töten?, hatte ich Xavier gefragt. Bevor er mir geantwortet hatte, hatte er so breit gelächelt, dass seine Reißzähne aufblitzten.

Ich spritze mir Wasser ins Gesicht und trinke aus dem Wasserhahn. Heute werde ich mich ausruhen, erkunden und mich so gut ich kann vorbereiten. Heute Abend beginnt die eigentliche Arbeit.

Für den Moment bin ich allein. Vampire schlafen tagsüber. Lucius wird möglicherweise einen Diener schicken, der sich um mich kümmert, aber bis dahin werde ich meine Kräfte auf die beste mir bekannte Art und Weise schonen.

Ich lasse mich auf alle viere hinab, strecke mich und verwandle mich in meinen Wolf. Eine Explosion von Gerüchen strömt durch mein Gehirn und meine Wolfsnase verrät mir, welche Düfte dieses Vampirbouquet ausmachen. Lucius lässt sein Haus regelmäßig reinigen. Das parfümierte Putzmittel, dass die Haushälterin benutzt, bringt mich zum

Niesen. Abgesehen von jemandem, der zum Putzen hier reinkommt, ist dieser Raum schon lange nicht benutzt worden, birgt aber immer noch den Duft von Vampiren.

Ich schnüffle alle Seiten und Ecken des Raumes ab. Als ich es bis zur Tür schaffe, veranlassen mich Stimmen, die von draußen erklingen, mich ans Fußende des Bettes zurückzuziehen. Ich stelle mein Fell auf und fletsche die Zähne, um so groß und gemein wie möglich auszusehen. Was Werwölfe betrifft, so bin ich von durchschnittlicher Größe, größer als ein normaler Wolf. In menschlicher Gestalt bin ich für Vampire tödlich, aber mein Wolf ist besser geeignet, um in engen Räumen zu kämpfen.

Drei Personen stehen im Flur und streiten sich. Eine Hand greift nach der Türklinke und schließt sie auf.

Er entdeckt mich sofort und grinst. „Aber hallo, kleines Wölfchen."

Mit gefletschten Zähnen bleibe ich standhaft. Zwei weitere Köpfe erscheinen im Türrahmen, um mich anzustarren. Einer von ihnen trägt einen Filzhut auf grauem Haar, der andere ist größer mit einer riesigen Brille im Gesicht. Sie riechen wie Gestaltwandler, aber ich kann ihre Tiere nicht erkennen. Ein Knurren entspringt meiner Kehle und der Dunkelhaarige hebt die Hände, als hätte ich eine Waffe gezogen.

„Ruhig, wir sind nur hier, um nach dir zu sehen. Beiße die Boten nicht." Sein irischer Akzent kitzelt meine Ohren. „Wir sind nur hier, um nach dir zu sehen."

Jemand muss ihm mit dem Ellbogen in die Seite gestoßen haben, denn er verzieht das Gesicht und fängt an zu zappeln. „Lass das."

„Sag ihr, dass Frangelico uns schickt ...", murmelt der Große mit der riesigen Brille.

„Das versuche ich ja!"

„Tu es, bevor sie uns auffrisst ..."

Die drei stürzen zu Boden, schubsen sich gegenseitig und fluchen. Ihr Duft ist ein verwirrendes Gemisch aus Werwolf, Federn und irischem Whisky. Meine Nase zuckt, aber ich kann mir nicht verkneifen, über ihre Eskapaden zu grinsen. Der Dunkelhaarige kämpft sich zuerst nach oben und stemmt sich auf die Knie, während seine Kumpels noch immer am Boden liegen. Die Brille des schlaksigen Typen hängt an einem Ohr und der Grauhaarige hat seinen Filzhut verloren.

„Ich bin Declan", verkündet der Ire. „Frangelico hat uns befohlen, nach dir zu sehen. Dir Essen und Wasser zu geben und solche Sachen." Er sieht sich um und schnappt sich den Filzhut einen Moment, bevor ihn der Grauhaarige erwischen kann. „Die anderen beiden Trottel können sich selbst vorstellen. Ich bin der Bestaussehendste."

„Ich bin Parker", erklärt der Grauhaarige, als er aufsteht und sich abstaubt. Er greift nach dem Hut und reicht ihn dem Großen.

„L-Laurie", stammelt der große Typ, der nach Federn riecht.

„Ich war noch nie im Haus eines Vampirs", bemerkt Declan. „Denkt ihr, wir sollten es auskundschaften?"

„Nein!", schreien sowohl Parker als auch Laurie.

„Großer Gott, kein Grund so zu schreien. Ich bin nicht taub, wisst ihr." Declan schiebt sich einen Finger ins Ohr und dreht ihn um. „Was sagst du, Wölfchen? Bereit, etwas frische Luft zu schnappen?"

Ich mustert sie eine Sekunde lang. Drei Gestaltwandler, unbekannte Tiere. Enge Freunde, die irgendwie für Frangelico arbeiten. Bedrohungsgrad: Null.

Ich belle einmal. Als sie den Raum verlassen, folge ich ihnen.

Dafür, dass sie noch nie in Frangelicos Haus waren, scheinen sie den Weg in die Küche bestens zu kennen. Die drei drängen sich zu einer geflüsterten Unterhaltung aneinander.

„Bleibt sie in Wolfsform? Sollen wir einfach mitspielen?"

„Ich schätze schon ... verhaltet euch einfach natürlich."

Parker schüttet Obst aus einer Schale und füllt sie dann mit Wasser. Er stellt sie für mich hin, während Declan den Kühlschrank öffnet.

„Was möchtest du essen? Steak?" Der Ire hält einen Finger hoch. „Oder Lasagne?" Er hält den zweiten hoch. Ich antworte mit einem einzigen Bellen.

„Gute Wahl." Er legt mein Steak auf ein Tablett, stellt es auf den Boden und weicht zurück. Die drei lehnen sich an den Tresen am anderen Ende der Küche, während ich mich über mein Frühstück hermache.

Sie unterhalten sich miteinander und werden langsam kühner. Wie sind diese drei Typen dazu gekommen, für den Vampirkönig zu arbeiten? Sie fragen sich dasselbe über mich.

Nach dem Frühstück lassen sie mich hinaus in den Garten und ich streife umher und erledige mein Geschäft an einem Saguaro-Kaktus. Ich schnüffle um einen Palo Verde-Baum herum und achte darauf, mich von den Springenden Kakteen fernzuhalten.

Ich verbringe den Rest des Morgens faulenzend auf der warmen Terrasse, schlafe und nage an dem Stück Knochen, das einer meiner Babysitter für mich dagelassen hat. Ich verhalte mich wie ein normaler Hund, während ich mir die Patrouillenzeiten der Wachen und die Standorte der Sicherheitskameras auf dem Anwesen einpräge.

Gegen Mittag kommt jemand an die Haustür. Declans

und Parkers überraschte Stimmen hallen durch das Haus. Sie nehmen die Lieferung entgegen und tragen sie – Kiste um Kiste voller Einkaufstüten – den Flur hinunter in Richtung meines Zimmers.

Ein paar Minuten später kommt Declan heraus, um nach mir zu sehen. „Frangelico, ähm, hat dir ein paar Sachen bestellt. Er muss drei persönliche Einkäufer rund um die Uhr für dich beschäftigt haben. Kleidung, Schminke und ...“ Er errötet und es fällt mir nicht schwer zu erraten, dass ein großer Teil der Beutel von einem hochwertigen Dessous Hersteller stammt. „Wir, ähm, haben alles in dein Zimmer gebracht. Du kannst sie selbst auspacken.“

Ich nicke und widme mich wieder meinem Knochen.

Der irische Wolf hockt sich ein paar Meter entfernt hin.

„Frangelico will, dass wir herausfinden, was mit deinem Rudel passiert ist. Hast du irgendwelche Hinweise, die du uns geben kannst, Mädel? Irgendwelche Anhaltspunkte?“

Was? Warum sollte Frangelico diesen Typen befehlen, mein Rudel zu finden? Was will er damit beweisen?

Er hatte gesagt, dass er meine Geschichte prüfen würde. Was wird er tun, wenn er herausfindet, wer ich bin? Dass ich der einzige Wolf bin, der entkommen konnte?

Declan kratzt sich den Kopf, als würde er sich fragen, wie ich in Wolfsform mit ihm kommunizieren soll. Ich werde ihm auf gar keinen Fall etwas erzählen, also starre ich ihn an, bis er wegschaut.

„Also gut“, sagt er und geht wieder hinein.

Ich döse ein paar Stunden lang, bevor sie mich zum Mittagessen hineinrufen. Dieses Mal gibt es Lachs.

„Hier Wölfchen, Wölfchen, Wölfchen.“ Parker schüttet eine Flasche vornehmes Fiji-Wasser in meine saubere Schüssel. Nur das Beste für das Haustier des Vampirkönigs.

Um drei versucht das Trio, mich mit Hundeleckerlies in

mein Zimmer zu locken. Ich spiele mit und lasse mich von ihnen wieder in meinem Zimmer einschließen. Sie haben nicht darum gebeten, meine Hüter zu werden. Mit ihnen habe ich kein Problem. Ich habe noch ein paar Stunden Zeit, bevor ich Frangelico wiedersehe, und muss meinen Verstand wie einen Holzpflock schärfen. Als sich das Licht in meinem Zimmer zu einer Bernsteinfarbe wandelt, verwandle ich mich zurück in meine Menschengestalt und kuschele mich zum Schlafen im Bett ein.

Ich erwache bei Sonnenuntergang. Irgendwie weiß ich es. Ich dusche und trockne mein Haar. Benutze den Lockenstab. Ich bin nicht sonderlich gut im Stylen, aber es gelingt mir, mein Haar zu zähmen. Frangelico scheint ein natürliches Aussehen zu bevorzugen, also lasse ich, abgesehen vom Lipgloss, auch die Schminke weg. Ich wühle mich durch diverse Hängekleider und etwa dreißig Einkaufstaschen und entscheide mich schließlich für einen koketten, kleinen Playsuit mit einem V-Ausschnitt aus gezackter Spitze. Keine Schuhe, kein BH, nur einen winzigen String-Tanga. In weiß. Ich bin immer noch Jungfrau und werde es den Vampir nicht vergessen lassen.

Schließlich stehe ich vor der Tür und kämme mir mit den Fingern durchs Haar, so dass es in sexy Wellen um meine Schultern fällt. Ich kneife mir in die Wangen und beiße mir auf die Lippe, aber wenn ich daran denke, was Lucius mir heute Abend antun könnte, erröte ich von allein.

Mein Plan ist einfach. Ich befinde mich in Lucius' Haus, aber ich bin noch nicht durch seine Abwehr gedrungen. Ich werde nie eine Chance bekommen, zuzuschlagen, wenn er mich nicht hereinlässt. Ich muss mir sein Vertrauen verdienen und dazu muss ich alle mir zur Verfügung stehenden Waffen einsetzen. Meine Schönheit, meinen Körper, meine Unterwerfung.

Ich muss ihn verführen.

Etwa eine Stunde nach Sonnenuntergang klickt meine Tür. Ich warte, aber niemand kommt herein. Als ich die Tür prüfe, stelle ich fest, dass sie aus der Ferne entriegelt worden war. Ich öffne sie weit und betrachte den dunklen Flur.

Irgendwie weiß ich, dass er auf mich wartet. Ich wette, dass eine Kamera auf meine Tür gerichtet ist, ganz zu schweigen von meinem Zimmer.

Bevor ich einen Schritt mache, erinnere ich mich daran, was er am Vorabend gesagt hatte, und seufze innerlich. Dies ist ein Test. Es ist dem Leben auf Xaviers Militärgelände sehr ähnlich. Alles ist immer ein Test und jedes Geschenk kommt zu einem hohen Preis. Ich habe Lucius meine Unterwerfung versprochen und ich werde sie ihm geben. Ich werde sein perfektes, kleines Haustier sein, bis ich mich schlussendlich gegen ihn wenden und ihm meine Unterwerfung so tief in die Kehle rammen werde, dass er daran erstickt.

Mit diesem barbarischen Gedanken, der mein Innerstes wärmt, lasse ich mich auf alle viere fallen und krieche.

Lucius

ICH HALTE DEN ATEM AN, als Selenes weißblonder Schopf erscheint. Ich lege mein Tablett mit den Übertragungen der Sicherheitskameras zur Seite, bevor sie um die Ecke kommt.

Sie stand solange in der Tür ihres Zimmers, dass ich sie fast hatte holen wollen. Aber dann war sie, in einer so anmutigen Bewegung, dass es mein Herz – und meinen

Schwanz – berührte, auf Hände und Knie hinabgesunken. Sie kniete für mich nieder. Um für mich zu kriechen. Noch nie zuvor war ich versucht gewesen, einer Unterwürfigen dauerhafte Fesseln anzulegen, aber diese Wölfin ist eine perfekte Mischung aus Trotz und der Bereitschaft zu gefallen. Es fällt mir leicht, mir lange gemeinsame Nächte vorzustellen. Sie, vor mir ausgestreckt, zitterndes vom Lichte des Feuers umschmeicheltes Fleisch, das nur auf meinen Biss wartet. Sie wäre meine. Meine ganz allein.

Als sie mit schwingenden Hüften näher zu mir kriecht, sieht sie mich mit blitzenden Augen an. Ich begegne ihrem Blick mit hochgezogener Augenbraue, sie zieht den Kopf ein und runzelt dann die Stirn über ihre natürliche Reaktion auf meine Dominanz. Trotz ihres Beharrens darauf, dass sie von Vampiren ausgebildet wurde, ist sie es nicht gewohnt, das am wenigsten dominante Raubtier im Raum zu sein.

Sie kaut auf ihrer Lippe. Dieser speziellen Angewohnheit werde ich ein Ende setzen müssen. Der Einzige, der sie beißen darf, bin ich.

Ich winke sie näher zu mir. Sie kriecht gut, schleichend wie eine Katze über den Boden, aber sie sollte ihren Rücken noch mehr durchdrücken, damit ihr Gesicht und ihr Arsch besser zur Geltung kommen. Ich werde es sie später als Teil ihres Trainings üben lassen. Es wird mir ein Vergnügen sein, sie zu unterrichten.

Sie nimmt vor mir zwischen meinen Füßen Platz, den blonden Kopf nach unten geneigt, die Hände mit den Handflächen nach oben auf ihren nackten Oberschenkeln. Der Einteiler, den sie gewählt hat, hängt über ihren nackten Brüsten hinunter. Wenn ich mich nach vorn beuge, kann ich bis zu ihren nackten Brustwarzen hinuntersehen.

„Ausgezeichnet, Hündchen." Ich lege meine Hand um ihren Hals, genieße ihren Schauder und positioniere sie auf allen vieren vor mir. Ich streiche mit einer Hand über ihre Wirbelsäule und drücke gegen ihr Kreuz, bis ihr Hintern weiter nach oben ragt. „Sieh mich an", murmele ich.

Sie blinzelt mir zu. Ihr Gesicht ist ungeschminkt und exquisit. Die spitze, kleine Nase, der geschwungene Mund, die dunklen Wimpern, die über die geröteten Wangen streichen. Sie schwankt leicht auf den Knien und ich rieche einen Hauch des Duftes ihrer nach oben gestreckten Möse.

„Gefällt es dir?", frage ich und sie errötet tiefer. Wie entzückend.

„Du machst das wirklich gut. Sag mir, was hat dich dazu gebracht, für mich zu kriechen?"

Sie leckt sich die Lippen, bevor sie antwortet. „Ich dachte ... Sie wollten ..."

„Ich wollte es, Hündchen. Tatsächlich und du hast es wunderbar gemacht. Aber ich will wissen, warum du, Selene, wählen würdest, für mich zu kriechen."

„Ich habe die Wette verloren."

„Hast du das?"

Sie dreht den Kopf so, dass ihr Haar ihr Gesicht verschleiert. Ich könnte ihr befehlen, mich anzusehen, aber ich lasse ihr die Illusion von Privatsphäre. „Ich schätze ... ich wollte Ihnen gefallen."

Die Wahrheit. Triumphierend richte ich mich auf. Ihr Duft bestätigt ihr Verlangen.

„Armes, süßes Hündchen. Ich habe dich den ganzen Tag vernachlässigt. Komm her." Ich öffne meine Arme. Sie beißt sich auf die Lippe und krabbelt auf meinen Schoß. Ich lege zwei Finger auf ihren Mund.

„Hattest du einen schönen Tag?"

Sie nickt und ich ziehe die Finger weg. „Sprich."

„Wer waren die Gestaltwandler, die mich heute besucht haben?"

„Mochtest du sie, Hündchen? Ich dachte, sie würden dir dringend nötige Unterhaltung bieten."

„Sie haben gesagt, dass sie nach meinem Rudel suchen."

„Ja. Ich möchte es finden."

„Warum?"

„Um deine Geschichte zu untermauern natürlich." Sie versteift sich in meinen Armen. Aha. „Möchtest du nicht, dass ich sie finde?"

„Ich ... es ist sehr lange her."

„Du könntest zu ihnen zurückkehren, wenn du dies wünschst."

Sie blinzelt mich an. „Was?"

„Nach dieser ... Erfahrung. Nachdem wir unseren Spaß gehabt haben. Hast du gedacht, ich würde dich für immer behalten?" Ich stupse sie an und genieße ihren erstaunten Ausdruck.

„Sie würden mich gehen lassen?"

„Warum nicht? Du kannst natürlich bleiben, wenn du das willst." Ich streichele ihr über den steifen Rücken. „In meinem Club wird es immer einen Platz für dich geben. Ich werde mich um dich kümmern. Aber wenn du zu deiner Familie zurückkehren willst, kannst du das tun."

Sie neigt ihren Kopf und ihr Haar verschleiert ihr Gesicht. „Meine Familie ist tot."

Hinter ihrem Rücken balle ich eine Faust. Das hatte ich vergessen. „Entschuldigung", sage ich und meine es auch. Sie schaut mich von hinter ihren schimmernden Haaren an. „Ich meinte, ich werde dich deiner Art zurückgeben, wenn du das wünschst."

Sie beißt sich erneut auf die Lippe, schaut durch meine Flügeltüren hinaus und Sorge breitet sich auf ihrer Stirn aus.

„Entspann dich, Hündchen. Ich wollte dir nur ein Geschenk machen."

„Ein Geschenk", wiederholt sie.

„Eine Gefälligkeit. Nach unserer gemeinsamen Zeit werde ich dich nicht länger einsperren. Wilde Tiere sollten frei sein." Ich streiche ihr das Haar aus dem angespannten Gesicht. „Woran denkst du, Hündchen?"

„Ich weiß nicht, was ich denken soll. Ich hätte nie gedacht, dass Sie mich freilassen würden."

Ich umschließe ihren Hals mit meinen Fingern und halte sie fest. „Noch nicht, Hündchen. Zuerst musst du es dir verdienen."

Sie leckt sich die Lippen und konzentriert sich sichtbar auf mich. „Was soll ich für Sie tun?"

„Komm." Ich erhebe mich mit ihr in meinen Armen. „Ich werde es dir zeigen."

Mit Selene steif in meinen Armen gehe ich zur Tür. Sie scheint immer unsicher darüber, was sie tun soll, wenn ich sie trage, und ich genieße es, sie aus dem Gleichgewicht zu bringen.

Die Wachen sehen mich kommen und ziehen die Türen auf. „Mr. Frangelico", grüßen sie mich und begleiten mich zur Limousine. Ich setze Selene auf dem Fußboden der Limousine ab und nehme meinen Platz ein. Sie sieht ein wenig benommen aus, also schnippe ich mit den Fingern und zeige auf eine Stelle vor meinem Sitz. Sie rutscht näher heran und begibt sich anmutig in eine unterwürfige Pose. Ich streiche ihr mit den Fingern durchs Haar und ziehe ihren Kopf zu meinen Knien heran.

„Entspann dich, Hündchen", befehle ich. Sie stößt einen Atemzug aus, der ausreicht, ihre Haare fliegen zu lassen, aber die Spannung in ihren Schultern lässt nach.

Die Limousine fährt die Straße hinunter in die Richtung

meiner Geschäftsräume. Bevor ich dort hinzog, hatte ich Tucson schon jahrelang auf dem Radar. Mein Aufenthalt in Hollywood hatte selbst mich, einen zweitausend Jahre alten Vampir, müde gemacht und abgestumpft. Die von mir gegründete Produktionsfirma ließ noch immer Geld in meine Kassen fließen, aber als es an der Zeit war, meinen Tod vorzutäuschen und weiterzuziehen, war ich mehr als glücklich gewesen, eine neue Stadt zu finden, die ich heimsuchen konnte. L.A. fühlt sich trotz all seines Glamours alt an. Wie ein Schrein, in dem sich Jungfrauen für den Ruhm opfern.

Wir fahren an einem Kino vorbei, das flächendeckend mit Plakaten des neuesten Kassenschlagers beklebt ist. Die Hauptdarstellerin kam durch meine Agentur zu Ruhm und Ehre. Sie war eine meiner Entdeckungen. Sie hatte mir angeboten, mich für eine Rolle zu ficken, aber ich hatte es alles satt. Hatte die falsche Bräune satt, die retuschierten Fotos, die Geschäftemacherei und die Gier, die alles übertrifft, sogar den Wunsch nach menschlichem Kontakt. Wenn Sex ein Werkzeug ist, eine Waffe, um eine letzte Rolle zu gewinnen, wird das Leben hohler, als es selbst ein abgestumpfter Vampir ertragen kann. Ich kam nach Tucson – oder besser gesagt, zog mich dorthin zurück – um etwas Echtes zu finden. Zwei Körper, die sich in der Nacht begegnen. Ungezügelte, unberechenbare Leidenschaft.

Aber es ist sinnlos. Die Leute sehen mich an und sehen meine Rolle. Vampirkönig. Antiker Herrscher. Selbst meine Nachkommen wenden sich schließlich gegen mich und versuchen, mir die Macht zu nehmen. Mein Gesicht ist das erste, das sie sehen, wenn sie sich als Vampire erheben und mein Gesicht ist das letzte, das sie sehen, wenn sie sich gegen mich wenden. Sie greifen an und ich töte sie. Einer nach dem anderen erlöschen die Sterne und ich bleibe allein in der Dunkelheit zurück.

„Herr?", ertönt eine leise Stimme bei meinem Knie. „Geht es Ihnen gut?"

Ich seufze wie ein viktorianischer Schönling. Die Männer dieser Epoche waren nutzlos, obwohl einige wenige von ihnen halbwegs anständige Gedichte geschrieben haben.

„Es geht mir gut, Hündchen. Ich bin nur ein wenig ... gestresst."

Selene blinzelt zu mir auf und die dunklen Wimpern umrahmen ihre ozeangrauen Augen. Sie hat keine Angst vor mir, nicht wirklich. Ihr Wolf scheint mich zu akzeptieren. Tagsüber, als ich sie nicht beschützen konnte, hat er sich in den Vordergrund gedrängt.

Ihr Haar streicht über mein Bein und ich gleite mit den Fingern durch die seidigen Strähnen. „Selene", sage ich laut und hebe eine Haarsträhne an meine Lippen. Sie errötet, als hätte ich einen sehr persönlichen Körperteil von ihr geküsst – was ich vorhabe zu tun. Bald. „Die Göttin des Mondes. Ein passender Name für einen Werwolf."

Sie schnieft. „Das ist ein Mythos. Wir müssen uns nicht wegen des Mondes verwandeln."

„Es gibt viele falsche Mythen über uns. Über unsere beiden Arten. Ich zum einen liebe Knoblauch."

Darüber lächelt sie. „Die mit Knoblauch gefüllten Oliven haben es verraten. Sie sind Italiener, stimmt's?"

Bei ihrer direkten Frage ziehe ich die Augenbrauen hoch.

„Es tut mir leid." Sie wendet sich ab.

„Nein, das tut es nicht", schelte ich sie und ziehe an ihrem Haar. Es tut ihr überhaupt nicht leid.

„Ist es unhöflich, Fragen über die Vergangenheit eines Vampires zu stellen?"

„Nicht unhöflich. Unverschämt. Du hast Glück, dass es mir Spaß macht. Aber sei vorsichtig, Hündchen. Treibe es zu weit und ich werde diesen süßen Mund knebeln müssen." Ihre Wimpern flattern und ich lehne mich zurück. „Ich habe ein paar Jahrhunderte in Italien verbracht, ja. Revierkämpfe zwischen den Stadtstaaten. Hurerei und Essen mit den Medicis. Es wurde ermüdend und der zunehmende Fokus der Kirche auf das Aufspüren und Auslöschen von Bösem oder Hexen wurde unangenehm. Ich floh in die neue Welt, in der es viel Wildnis und Deckung für Monster gab, die nachts jagen."

„Sie halten sich für ein Monster?", flüstert sie dem Teppich zu.

„Ich weiß, dass ich eins bin. Eine Kreatur des Hungers und der Dunkelheit. Je älter ich werde, desto mehr wachsen meine Perversionen."

Ihre Kehle zieht sich zusammen. „Sie tun Leuten weh."

„Das tue ich", sage ich langsam mit sinkender Stimme. „Ich genieße es." Ich ziehe ihren Kopf zurück und entblößte ihren Hals. „Genau wie du."

Ihr Kopf zuckt und ich festige meinen Griff. „Streitest du es ab?"

„Ich mag keinen Schmerz."

„Nicht nur Schmerz." Ich streiche mit dem Finger von ihrem Kinn bis hin zur weichen Säule ihres Halses und genieße ihre Bemühung, nicht um sich zu schlagen. „Schmerz und Vergnügen hängen davon ab, wie der Körper sie registriert. Es sind zwei Seiten derselben Medaille. Wenn ich eine Untergebene auspeitsche", beim Wort *auspeitschen* rauscht ein Zittern durch sie hindurch, „dann bewege ich sie auf Messers Schneide. Lasse sie über zwei Abgründen schweben. Auf einer Seite – immenser Schmerz. Auf der anderen – grenzenloses Vergnügen." Ich strecke meine Hand aus und schwenke sie hin und her, während sie darauf starrt. „Sie wissen nie, in welche Richtung sie fallen werden."

„Das ist es also. Sie mögen es, die Kontrolle zu haben."

„Ich mag es nicht nur, Hündchen." Ich schlinge ihr Haar um meine Faust, bis sie mit straffer Kehle und zitternden Lippen an einer weißgoldenen Leine gefangen liegt. „Ich lebe dafür."

Die Limousine kommt zum Stehen. Ich halte sie noch einen, dann zwei, dann drei lange Momente in dieser Position fest, bevor ich sie loslasse. „Wollen wir?"

Ich helfe ihr aus der Limousine und führe sie zur Club-tür. Die Tür ist unverschlossen, aber es ist niemand drin, ganz so wie ich es angeordnet habe. Selene klammert sich an meinem Arm fest, während wir durch den dunklen Garderobenbereich gehen und die Treppe in die Dunkelheit hinuntersteigen.

„Was ist das für ein Ort?", fragt sie mit gedämpfter Stimme.

Als Antwort darauf drücke ich auf eine verborgene Taste und schaltet das erste Licht ein. Der vordere Teil des Raumes ist dem Entspannen gewidmet. Eine von hinten beleuchtete Bar steht einer Reihe von niedrigen Tischen und Polstersesseln gegenüber. Ich warte darauf, dass Selenes Augen sich anpassen, und beleuchte die zweite Hälfte des Verlieses. Scheinwerfer erscheinen überall in dem riesigen Raum und strahlen auf die schweren Holzmö-bel, die im Boden verschraubt sind.

Andreaskreuze, Prügelbänke, Holzpferde, lange, mit Leder bezogene Tische – ein gut ausgestattetes BDSM-

Verlies. Ein Paradies für Doms. Die Hölle und der Himmel zugleich für eine unterwürfige Sub.

Ich lege den letzten Schalter um und eine ganze Wand leuchtet auf. Selene keucht bei der Zurschaustellung von hängenden Floggern, Shibari-Seilen, Peitschen, Paddeln und Rohrstöcken.

Ihr Schock ist erfrischend. War ich jemals so unschuldig? Sie dreht den Kopf, ihre Augen leuchten auf und sie nimmt alles in sich auf. Ihre Brustwarzen sind scharfe Spitzen. Nicht so unschuldig. Zumindest ein Teil von ihr ist fasziniert.

Ausgezeichnet.

„Nun, Hündchen." Ich berühre ihr Haar, um sie zu erwecken. „Wie findest du das?"

Sie blinzelt. Leckt sich die Lippen. Und sagt das Letzte, was ich erwartet hätte: „Niemand erwartet die Spanische Inquisition."

5

S *elene*

DER VAMPIRKÖNIG TRITT HINTER MICH, ein riesiger dunkler Schatten an einem furchterregenden Ort. Sein Lachen hallt um mich wider, umschließt mich wie eine warme Decke und dringt in meine Adern. Von dem Geräusch wird mir schwindelig, wie von einem Glas Whisky auf nüchternen Magen. Ich schwanke ein wenig und er schlingt einen großen Arm um meine Taille.

„Willkommen im *Toxic*, Hündchen."

„Dieser Ort ... gehört Ihnen?" Ich habe von diesem Vampir-Nachtclub gehört und von den Gerüchten, was er wirklich ist: ein als Disco getarntes BDSM-Verlies. Manche Vampire sind Sadisten und ziehen es vor, wenn ihre Opfer devote Masochisten sind. Süßblut nennen sie sie. Das Blut hat mehr Geschmack, wenn sich Endorphine darin befinden, die als Reaktion des Körpers auf Schmerz ausgestoßen werden.

„Alles, was du siehst."

„Alles, was das Licht berührt", murmele ich. Ein freches Mundwerk ist ein gutes Mittel, um Angst zu verstecken. Lucius lacht erneut und gluckst weiter, während er mich vorwärtsschiebt.

Wir sind auf halbem Weg zur Mitte des Raumes, wo ein schwerer Thron auf einer erhöhten Plattform steht, der von einem Scheinwerfer, der die mittelalterliche Pracht zur Schau stellt, angestrahlt wird, als die Stille plötzlich Sinn ergibt.

„Niemand ist hier."

„Natürlich nicht", schnurrt Lucius in mein Ohr. „Du bist mein wertvollster Besitz. Ich will dich nicht zur Schau stellen, jedenfalls jetzt noch nicht."

Ich denke an die Party, die er in einem Monat veranstalten will. „Aber eines Tages?"

„Eines Tages." Er entfernt sich von mir und nimmt seinen Platz auf dem Thron ein. Ein König in seinem Königreich. In seinem natürlichen Lebensraum. „Bist du bereit, deine Ausbildung zu beginnen?"

Bin ich das? Ich drehe mich auf der Stelle und nehme mir genügend Zeit, um die Wand mit den Werkzeugen zu inspizieren. Die Wand des Schmerzes. Ich habe in meinem Training schon Schlimmeres gesehen und mich schlechter gefühlt, aber das hier ist anders. Es ist privat. Sinnlich. Nur wir beide sind hier. Lucius, der seine Hemdärmel hochschiebt, um köstlich starke Unterarme zu entblößen. Und ich, mit meinen Brustwarzen, die sich gegen meinen Einteiler strecken, und mit meiner pulsierenden Muschi.

Ich habe keine Angst davor, dass Lucius mir wehtun könnte. Ich habe Angst, dass es mir gefallen könnte.

Lucius schnippt mit den Fingern und sofort bin ich neben ihm. Auf den Knien mit geneigtem Kopf und hinter dem Rücken verschränkten Armen.

„Die Spielchen sind vorbei", sagt er zu mir. „Wenn wir hier sind, wirst du meinen Befehlen gehorchen oder bestraft werden. Keine Ausreden, keine Ausnahmen. Du wirst mich jederzeit *Herr* nennen, es sei denn, ich habe dir befohlen, nicht zu sprechen. Verstanden? Du darfst sprechen."

Ich schlucke. „Ja, Herr."

„Ich werde vielleicht wünschen, dass du dich auszieht oder kriechst. Du wirst sofort gehorchen oder die Konsequenzen zu spüren bekommen. Und, Hündchen, die Konsequenzen werden dir nicht gefallen. Hast du irgendwelche Fragen?"

„Was sind die Konsequenzen?", frage ich und füge schnell noch ein „Herr?" hinzu.

Seine dunklen Augen blinzeln mich an. Er genießt diese ... Session, dieses Spiel, was auch immer es ist. „Missachte mich und finde es heraus."

Mein Blick zuckt zur Wand des Schmerzes hinüber. Er beugt sich vor, greift nach meinem Kinn und zieht meine Aufmerksamkeit zu sich zurück. „Gehorche mir und ich werde dich belohnen. Die Belohnungen wirst du lieben. Du hast gestern Abend eine Kostprobe davon bekommen."

Ja. Ich werde diese Orgasmen niemals vergessen. Ich will mehr davon.

„In einem Monat werde ich dich meinem Königreich präsentieren. Eine königliche Gefährtin. Alle werden dich begehren. Du wirst für sie auftreten und dir deine Freiheit verdienen."

„Und das hier." Er greift zum Beistelltisch hinüber, öffnet eine Schublade und zieht eine Schachtel heraus. Ein schweres, silbernes Halsband liegt auf einem schwarzen Samtkissen. Lucius nimmt es heraus und Diamanten funkeln mich an. „Ein Halsband für eine Königin. Ich beabsichtige, dich für meinen Bedarf auszubilden, und nur für meinen. Du wirst vor niemandem niederknien ... außer vor mir."

Interessant. Xaviers Informationen hatten nichts darüber ausgesagt, dass er so besitzergreifend mit seinen Unterwürfigen ist.

Ich öffne den Mund und warte, bis er seinen Kopf leicht neigt und mir die Erlaubnis zu sprechen gibt. „Und nach der Party ... Herr?"

„Dann steht es dir frei zu kommen und zu gehen, wann du willst. Es steht dir frei, zu deinem Rudel zurückzukehren, wenn du das wünschst. Deine ultimative Unterwerfung ist der Preis für deine Freiheit, aber danach kannst du dein Halsband nehmen und gehen."

Ich schwanke auf meinen Fersen. Er will mich trainieren, mich dazu bringen, ihn zu wollen. Ich bin ein Hilfsmittel für seine Demonstration von Macht. Wenn er mich dazu bringen kann, seinen Befehlen zu folgen ...

„Und wenn ich bleiben will?"

„Es wird hier immer einen Platz für dich geben. An meiner Seite."

„Als Ihre devote Sub? Oder damit Sie mich herumreichen können, wie es Ihnen gefällt?"

„Unsere Vereinbarung hat ein natürliches Ende, aber ich würde mich weiterhin um dich kümmern. Du würdest hier arbeiten. Und du würdest dich nur von dir gewählten Vampiren unterwerfen."

Ich neige den Kopf, als würde ich darüber nachdenken. Er denkt, er wird meine Abwehr zerschlagen. Ich werde seine zerschlagen – und in dem Moment, in dem er mir den

Rücken zukehrt, werde ich mich gegen ihn wenden. Alles läuft genau nach Plan.

„In Ordnung", sage ich. „Ich bin bereit."

Er streckt eine Hand aus und deutet auf die Wand des Schmerzes. „Wähle."

Ich richte mich auf. Starre ihn an und atme tief durch, bevor ich aufstehe. Die Reihe der Werkzeuge verschwimmt, als ich näherkomme. Ich greife das, was mir am nächsten ist, einen Lederriemen mit einer abgewinkelten Spitze, der an einem langen Griff befestigt ist. Als ich zu Lucius zurückkehre, lasse ich mich vor ihm auf die Knie und biete es ihm mit gesenktem Kopf an. Die Benimmregeln des High Protokolls machen die Dinge leichter, vor allem, wenn ich mich für eine lange Nacht stähle.

Lucius nimmt die Peitsche und legt sie zur Seite, bevor er mich an sich zieht.

„Hast du Angst?"

Ich ziehe den Kopf ein. „Das brauchst du nicht. Ich werde dir nichts tun." Seine großen Hände streichen über meinen Körper, massieren meine Schultern, bis ich schmelze, finden meinen Widerstand und zerschlagen ihn. Seine Berührung fühlt sich gut an. Ich liebe und hasse es zugleich, wie ich auf ihn reagiere.

„Ich weiß nicht, ob ich das tun kann", platze ich heraus.

„Du musst überhaupt nichts tun. Wenn wir in einer Session sind, bin ich mir über alles an dir bewusst – jede Bewegung, jedes Zucken, jedes Zittern. Deine Rolle ist es, dir meiner bewusst zu sein. Ich werde deine Welt sein, dein Gott." Er schließt seine großen Hände um mein Gesicht und zieht meinen Kopf zurück, um mir in die Augen zu sehen. „Gib dich mir hin, Selene. Ich werde dich niemals fallenlassen."

Lucius

MEIN HÜNDCHEN WINDET sich auf meinem Schoß, zu nervös, um stillzusitzen. Sie ist sowohl nervös als auch neugierig, eine erfrischende Kombination. Ich platziere sie auf ihren Knien vor mir auf dem Boden und lege ihr das Halsband an. „High Protokoll", sage ich zu ihr, sie nickt und senkt sofort den Kopf. Ihr Keuchen veranlasst mich, ihr Kinn zu greifen. „Was ist denn, Hündchen?"

„Brauchen Sie mich?" Sie mustert die Wölbung in meiner Hose. Hat sie Angst? Ist sie begierig? Bei der aufgesetzten Maske auf ihrem Gesicht würde so mancher Vampir neidisch werden.

„Nicht jetzt, Hündchen", sage ich zu ihr. „Du musst es dir verdienen." Ihre Augen weiten sich leicht. Sie ist nervös. Sie ist wirklich eine Jungfrau.

„Du brauchst ein neues Safeword, Hündchen. Etwas Einmaliges."

„Gebüsch?", schlägt sie vor und ich verkneife mir ein Grinsen.

„Das wird reichen."

Ich sitze einen Moment lang schweigend da und lasse ihre Vorfreude ansteigen. Sie zappelt und schiebt ihr Hinterteil erst über die eine, dann über die andere Ferse. Ihre weit aufgerissenen Augen blinzeln schnell, ihre Atemzüge verkürzen sich. Sie sieht mir ins Gesicht und ich schaue zurück.

„Aufstehen und entkleiden." Ich gebe den Befehl kurz und knapp. Prägnant.

Sie springt sofort gehorsam auf. Ihr Playsuit fällt in

einem Häufchen zu Boden und sie steht nackt vor mir. Ihre hübschen Brustwarzen ragen hervor, ihre Möse ist taufrisch und reif zum Nehmen.

Mein Schwanz pulsiert schmerzhaft an meinem Bein, aber ich bin ein Meister der Kontrolle. Ein Vampir in meiner Position muss es sein. Ich bin nicht wie ein brünstiger Wolf, der seinem Verlangen nachgibt und seine Gefährtin auf brutale Weise markiert. Nein, ich warte auf den richtigen Zeitpunkt. Bringe sie zum Zittern. Bringe ihr Gehorsam bei. Meine Befriedigung erhalte ich in meiner Herrschaft über sie, nicht aus primitiver Erlösung meiner Männlichkeit.

Langsam erhebe ich mich von meinem Thron, greife nach der Leine und befestige sie an ihrem Halsband. „Komm, Hündchen. Ich bin begierig darauf, deine blasse Haut erneut zu zeichnen." Ich nehme den Drachenschwanz und ein Lederpaddel mit.

Ihr entgeht nichts davon. Ihre weit aufgerissenen Augen nehmen alles mit einem Anflug von Angst auf. Ich deute mit dem Kinn in die Richtung einer Prügelbank. „Dort drüben. Lehn dich über die Bank, Hündchen."

Mir entgeht der Schauder nicht, der ihr über den Rücken läuft, aber sie gehorcht wortlos und kniet sich über die Bank.

Ich fessele ihre Hand- und Fußgelenke und stelle sicher, dass sie fest sitzen. Ihre Muschi sieht zu köstlich aus, um sie nicht zu berühren, also streiche ich mit einem Finger über den feuchten Schlitz und verteile ihr natürliches Gleitmittel bis zu ihrer Klitoris.

Sie streckt mir den Arsch entgegen und ich versohle ihn, hart.

Sie ist ein Wolf, also bedeutet Schmerz wenig. Alle Spuren, die ich hinterlasse, heilen fast augenblicklich.

Manche Vampire lieben Gestaltwandler-Subs aus diesem Grund. Andere hassen sie – sie bevorzugen Menschen, die tagelang die volle Härte der Bestrafung spüren werden.

Ich selbst hatte nie eine feste Meinung dazu, aber in diesem Moment bin ich froh, dass Selene ein kleiner Wolf ist. Ich will sie zu sehr beschützen, als dass ich möchte, dass sie dauerhafte Beschwerden verspürt, selbst um des Vergnügens willen.

„Bereit für deine Schläge, Selene?"

Sie antwortet nicht, also verpasse ich ihrem Hintern einen weiteren Hieb.

„Ja, Herr."

Ihre Worte sind etwas mürrisch, aber mir entgeht ihre Atemlosigkeit nicht. Sie ist aufgeregt, aber ihr Stolz verbietet ihr, es zuzugeben.

Ich schließe meine Hand um den Griff des Lederpaddels. Es ist ein herrliches Instrument, flach und klatschend. Es eignet sich hervorragend zum Aufwärmen – etwas härter als der Flogger oder meine Hand, aber immer noch leicht und stechend.

Ich lasse es einmal über die Mitte ihrer Pobacken klatschen und höre zu, wie sie nach Luft schnappt. Der bloße Klang bereitet mir Vergnügen. Ich schlage sie erneut und halte für ihre Reaktion inne. Dann beginne ich ernsthaft und versohle ihr fest und schnell die bleichen Pobacken.

Die Intensität überrascht sie, denn sie keucht und windet sich und drückt ihre Handgelenke in die Handschellen. Ich liebe die Art und Weise, wie sich ihr Hintern zusammenzieht und bebt. Nach etwa dreißig Schlägen gewinnt sie die Kontrolle über sich selbst. Die Endorphine beginnen zu wirken, während das Blut in ihren Arsch strömt und ihn rosig färbt. Sie verlangsamt die Atmung und hält still, während sie die Schläge tapfer einsteckt.

Also höre ich natürlich auf.

„Wird dir warm, meine Hübsche?" Ich kneife ihr grob in eine Pobacke.

Sie knurrt ein wenig, überhaupt nicht unterwürfig.

Ich lache leise. „Ich glaube, dieser Arsch braucht etwas, worum er sich zusammenziehen kann, während ich ihn versohle, denkst du nicht auch?"

Sie ist klug genug, nicht zu antworten.

Ich nehme eine Tube Gleitmittel aus meinem Werkzeugkasten und überziehe einen kleinen Analplug aus rostfreiem Edelstahl damit. „Öffne dich für deinen Plug, Hündchen."

Sie spannt sofort den Schließmuskel an.

Ich warte.

Nach einem Moment stößt sie einen Atemzug aus und entspannt ihren Hintern. Ich drücke die gewölbte Spitze gegen ihre enge Rosette und übe leichten Druck aus. Nach einem Augenblick lockern sich die Muskeln. Ich drücke den Plug nach vorn und sie schreit erschrocken auf.

„Ruhig, Hündchen. Atme. Atme tief aus."

Ich warte, bis sie gehorcht, und drücke den Plug tiefer hinein, bis er richtig sitzt. Sie wimmert und ein Zittern erschüttert ihren inneren Oberschenkel. Ihre Säfte laufen aus ihrer Möse hinunter.

„Braves Mädchen." Mit dem Paddel versohle ich ihr weiter den Hintern, etwas leichter dieses Mal, aber mit der Absicht, ihr Fleisch zu erschüttern und zu bewirken, dass sich der Plug in ihr dreht und bewegt.

Sie stöhnt und keucht. Zappelt und schnappt nach Luft.

Ich halte inne und drehe den Plug, ziehe ihn einen Zentimeter heraus, bevor ich ihn wieder hineinschiebe. Ihr überraschtes Keuchen macht mich hart wie Stahl.

„Du wurdest nicht verkostet, aber ist dieser Arsch auch jungfräulich, kleiner Wolf? Du darfst sprechen."

„Ja, Herr", wimmert sie.

„Aber es gefällt dir doch, nicht wahr?"

„Nein!", keucht sie sofort.

Ich halte inne und warte, dass sie ihren Fehler korrigiert, aber sie tut es nicht. Also greife ich nach dem Drachenschwanz. „Nein, *Herr*, meinst du?"

„Nein, Herr", stimmt sie schnell zu.

„Zu spät, Liebes." Ich lasse den Griff des Gerätes schnappen und das Lederband peitscht auf ihre Pobacken herab.

Sie schnappt nach Luft und ihre Schultern spannen sich an.

Ich warte volle zehn Sekunden, bevor ich ihr den zweiten Schlag verpasse, dann nur zwei Sekunden vor dem nächsten. Ich behalte den Rhythmus unberechenbar, aber langsam, und treibe sie in eine schmerzverursachte Euphorie, in der jeder beißende Schlag eine Einladung ist, tiefer zu sinken. Sich völlig hinzugeben.

Und sie tut es, schnell. In dieser Hinsicht ist sie auf jeden Fall ausgebildet worden. Es ist eher der Teil der Lust, der ihr fremd zu sein scheint. Wer waren diese Idioten, die sie trainiert haben?

Aber warum bin ich überrascht? So viele Gebieter kennen nur Grausamkeit und Gier nach Macht. Es mangelt ihnen an Subtilität, die notwendig ist, um das wahre Gleichgewicht von Dominanz und Unterwerfung zu erreichen.

Ich reibe ihr gründlich den Hintern und warte, während ich dem Klang ihrer hektischen Atemzüge lausche. Als sie sich beruhigen, belohne ich sie, indem ich langsam über ihre Klitoris streichele.

Sie stöhnt. Ich umkreise sie mit dem Zeigefinger und reibe ein wenig stärker.

Gleichzeitig bewege ich den Analplug und ihr Atem wird wieder keuchend.

„Bettle", befehle ich. Ein einziges Wort. Eines, das sie wahrscheinlich hasst.

Die Innenseiten ihrer Oberschenkel zittern. Sie ist nasser als ein Ozean, aber ich kann sie noch nicht kommen lassen. Besonders dann nicht, wenn sie nicht betteln will.

Ich gehe zur Vorderseite der Prügelbank herum und öffnete den Reißverschluss meiner Hose.

Sie sieht mich mit ihren blaugrauen Augen an. Lust und Verwirrung kämpfen auf ihrem Gesicht miteinander.

„Befriedige mich, Selene, und ich werde dich kommen lassen."

Sie befeuchtet ihre Lippen mit der Zungenspitze.

Ich ziehe meinen Schwanz heraus und reibe ihn über ihre vollen Lippen. Sie leckt mit nachlässigen, unkoordinierten Bewegungen um die Spitze herum. Ohne den Gebrauch der Hände ist es schwieriger.

Ich stoße in ihren Mund und ficke ihn langsam. Ich weiß, dass viele Doms den Rhythmus ändern, sodass eine Sub nicht folgen kann, damit sie sich verschluckt und würgt und ängstlich wird. Solche Spiele spiele ich nicht. Ich will, dass sie es genießt, mich zu befriedigen, also mache ich es ihr leicht. Langsame Stöße in ihren Mund, nicht zu tief.

Jetzt zeigt sich ihr Training. Sie zieht ihre Wangen nach innen und saugt fest, während ihre Zunge unter meinem Schwanz herumwirbelt.

Ein Schauder der Lust strömt bis zu meinen Fersen hinab durch meinen Körper.

Diese kleine Wölfin ... sie macht solche Sachen mit mir.

Ich packe ihren Hinterkopf und ficke ihren Mund

schneller. „Braves Mädchen. Du bist so eine gute Schwanz-
lutscherin, nicht wahr? Mach weiter so ... ja genauso." Die
Lust überkommt mich schneller, als ich es erwartet hätte.
Meine Augen rollen in meinen Kopf zurück.

„Ich komme", warne ich. Ich sprudele in ihren Mund
und sie schluckt meine Essenz klaglos hinunter.

Ich streiche ihr das Haar zurück und lasse meinen
Daumen über ihre weiche Wange gleiten. „Braves
Mädchen", lobe ich sie. „Du hast deinen Gebieter erfreut."
Stetig erhebt sie ihren Blick zu meinem. Es liegt ein unaus-
gesprochener Appell darin.

„Ja, ich lasse dich jetzt kommen, meine Schöne. Du
verdienst die Belohnung."

Ich schnalle sie nicht los. Dafür will ich sie gefesselt
haben. Ich schreite hinter sie und ficke sie noch ein paarmal
mit dem Analplug, bevor ich ihn herausziehe. Dann lecke
ich sie von der Klitoris bis zum Anus und wieder zurück. Ich
schiebe ihre Oberschenkel auseinander und schlemme
zwischen ihren Beinen, erkunde ihre Schamlippen und
ficke sie mit meiner Zunge. Als sie stöhnt, höre ich auf und
versohle ihr die Muschi – fünf feste Hiebe.

Sie quietscht, stöhnt und windet sich in ihren Lederfes-
seln, die ihre Knöchel und Handgelenke fixieren.

Ich wiederhole die ganze Sache – verwöhne sie zunächst
mit meiner Zunge und versohle ihr dann die Muschi. Nach
vier weiteren Runden ist sie ein schluchzendes Wrack.

„Bitte ... bitte, Herr. Lassen Sie mich kommen. Ich muss
jetzt kommen. Bitte, ich halte es nicht mehr aus", stammelt
sie.

„Glaubst du, dass du es verdienst, jetzt zu kommen?" Ich
versohle ihr die Muschi.

„Ja! Ja, Herr."

Ich schlage sie erneut, noch dreimal. Dann schiebe ich

meinen kleinen Finger in ihren engen Kanal und ficke sie damit.

„Du darfst jetzt kommen." Ich schaffe es, majestätisch zu klingen. Kaiserlich sogar, aber in Wahrheit bin ich genauso bewegt wie sie. Die Lust schießt mir durch die Glieder, obwohl ich gerade erst in ihrem Mund gekommen bin.

Nichts hat mich im gesamten letzten Jahrhundert so sehr erregt, wie meine stolze, schöne Wölfin derart die Fassung verlieren zu sehen.

Sei vorsichtig, Lucius. Lass sie dir nicht unter die Haut gehen. Verliere deinen Fokus und dir wird die Richtung des Putsches entgehen.

Selenes innere Wände umklammern meinen kleinen Finger wie ein Schraubstock und ihre Oberschenkel zittern, als sie kommt und kommt. Sie drückt ihren Bauch gegen die gepolsterte Lederbank und reibt ihre nackten Brüste mit jedem Atemzug daran.

Ich unterdrücke ein Stöhnen.

Als sie fertig ist, schnalle ich sie ab, wickele sie in eine Decke ein und trage sie zu meinem Thron. „Geht es dir gut, Hündchen?" Ich setze mich mit meiner wertvollen Fracht auf meinem Schoß in meinen Sessel.

Ihr Kopf fällt nach hinten, die Lippen sind geschwungen und ihre Augen von Glückseligkeit vernebelt. „Ich bin noch nicht tot."

Ich lache leise.

„Ich werde dich verzehren, so wie du mich verzehrst, und wenn wir beide Glück haben, Hündchen, werden wir nicht vor Lust sterben."

Es war ein Fehler, sie jungfräulich zu lassen. Trotz all ihrer Stärke hat sie keinerlei Abwehr gegen eine langsame Verführung.

Ich genieße ihr warmes Gewicht. Sie dreht sich in meinen Armen um und murmelt etwas.

„Was war das, Hündchen?" Ich streiche ihr das Haar über den Rücken.

„Ich wusste nicht, dass es sich so anfühlen würde", flüstert sie.

„Wie fühlt es sich denn an?"

Ihre Lippen formen die Worte, aber es kommt kaum ein Ton heraus. „Gut. Es fühlt sich gut an."

6

S *elene*

„DER SONNENAUFGANG NAHT. WIR MÜSSEN GEHEN", sagt Lucius zu mir. Ich erwache in seinen Armen.

„Ich habe die Zeit vergessen." Diese Nacht fühlte sich an, als hätte sie für immer und ewig gedauert. Wenn ich es nicht besser wüsste, würde ich denken, dass Lucius es genossen hat, mit mir auf seinem Thron zu kuscheln. Er lässt mich auch nicht zum Wagen laufen.

Die Schatten spielen über seine patrizischen Züge, als sich der Wagen in Bewegung setzt. Selbst wenn er nicht der König der Vampire wäre, wäre Lucius ein guter Fang.

Sein Aussehen ist Teil seiner Macht, eine feine Klinge der Schönheit, die tief schneiden kann. Der Mittelpunkt der Konzentration dieser Schönheit und Macht zu sein ist eine berauschende Erfahrung. Ist es das, was er jede Nacht tut? Unterwürfige zu fesseln und sie zu verzaubern?

Als ich ihn frage, verzieht er die Lippen – entweder wegen meiner Frage oder wegen meiner Frechheit. „Nicht jede Nacht. Ich brauche niemanden zu fesseln. Ich dominierte jeden, den ich treffe."

„Das weiß ich." Fast rolle ich mit den Augen, aber ich halte mich selbst davon ab, eine solche Göre zu sein. „Ich meinte …"

„Ich weiß, was du gemeint hast, Hündchen", unterbricht er mich und fährt leise fort: „Ich habe den Club noch nie für meinen persönlichen Bedarf reserviert."

„Oh." Ich versuche, die Wärme zu ignorieren, die mich durchströmt. Ich kann einfach nicht anders. Ich fühle mich besonders. Lucius sieht belustigt aus und ich gebe mir mental einen Tritt. Es sollte mir egal sein, was Lucius von mir denkt. Ich sollte mich nicht so benehmen, entspannt und glücklich in seinen Armen.

Ich versuche, mich ihm zu entziehen und er festigt seinen Griff. Seine Lippen finden mein Ohr. „Beeindrucke ich dich?" Er reibt sich an meinem Haar.

„Nein", lüge ich. Seine Arme umklammern mich, als er lacht. Gott, dieses Lachen. Ich könnte darin baden.

„Ich glaube schon."

Ich beiße mir auf die Lippe und wünschte, ich wäre besser darin, Dinge vor ihm zu verbergen.

„Werden Sie mir von ihr erzählen? Von ihrer Vampirgeliebten?"

Lucius seufzt. Er lehnt sich auf dem Sitz zurück und zieht mich mit sich. Für ein paar Minuten schweigt er und kuschelt sich in mein Haar, so als wäre er ein großer Hund, der von einem kleinen Kätzchen fasziniert ist. Ich sollte steif und verängstigt sein, gefangen in den Armen eines größeren Raubtieres, aber nein, mein dummer Wolf liebt die Aufmerksamkeit. „Georgianna war meine erste Sub. Und meine letzte. Es gab noch andere Subs, die ich im Club angestellt und mit anderen Vampiren geteilt habe, aber keine wie sie. Ich lernte sie kennen, als sie noch ein Mensch war, aber selbst als Vampir war sie so lebendig. So voller Leben."

„Haben Sie sie verwandelt?"

„Nein. Sie gehörte einem anderen." Er kräuselt die Lippen. „Er hat ihr süßes Wesen ausgenutzt und sie verwandelt."

Es schnürt mir die Kehle zu. Warum habe ich das überhaupt gefragt? Er hat Georgianna offensichtlich geliebt. Vielleicht hat ihn ihr Tod zu dem skrupellosen Herrscher gemacht, der er heute ist. „Sie waren nicht einverstanden?"

„Ich bin kein Heuchler. Ich begehrte sie genau so sehr, wie er es tat, aber ich hätte es anders gemacht. Einen Vampir zu erschaffen ... erfordert ein empfindliches Gleichgewicht der Kräfte. Am Anfang sind sie so abhängig. Sowohl physisch als auch emotional." Er starrt aus dem Fenster auf die vorbeiziehende Wüste. „Am Anfang würden sie alles tun, um einem zu gefallen."

„Und später?"

Ich spüre die Veränderung, noch bevor er seine Finger zurückzieht. Ich möchte mich gegen seine Hand drängen und wie ein williges Haustier still um die Rückkehr seiner Berührung betteln.

„Irgendwann hassen sie dich." Sein Ton ist förmlich und distanziert. „All die Liebe geht zu Ende."

Als die Limousine anhält, ist der Himmel über den Bergen bereits heller. Die Nacht schwindet, um der Morgendämmerung Platz zu machen. Uns läuft die Zeit davon, aber Lucius scheint das nicht zu stören.

Er besteht darauf, mich in sein Haus zu tragen und zu baden. Sein Schwanz ist so hart, dass er von seinem Körper absteht, aber er macht keine Anstalten, sich noch einmal zu befriedigen. Lucius, der Gebieter, weicht Lucius, dem guten Dom, der sich ohne einen Hauch von Grausamkeit oder Egoismus um seine Gefangene kümmert. Er wäscht und trocknet mich ab und trägt mich dann in mein Zimmer. Er legt mich aufs Bett und breitet mein Haar auf einem Handtuch aus, damit die nassen Strähnen das Kissen nicht berühren. Während der ganzen Zeit legt er seine hingebungsvolle Maske niemals ab.

Ich muss daran denken, dass er ein Monster ist. Ein Mörder von Unschuldigen. Ich darf nicht vergessen, was er meiner Familie und meinem Rudel angetan hat.

Aber als ich ihn prüfend ansehe, kann ich in den Patrizierzügen seines Gesichtes keine Spur von Grausamkeit entdecken. Mit den Fingerspitzen streicht er sanft über meinen Hals und meine Stirn und ich gleite tiefer in seinen Bann. Mein Verstand hält noch immer an meinem Racheplan fest, aber mein Körper ist nur allzu bereit, ihn zu verwerfen.

„Wie viele Vampire haben Sie verwandelt?", frage ich ihn, als er sich seitlich neben mir ausstreckt, den Kopf auf seiner linken Hand abstützt und mit seiner freien rechten durch meine Haare spielt.

„Zu viele, um sie zu zählen."

„Sind Sie alle hier? In Tucson?"

„Ja. Sie folgen mir. Am Anfang sind sie auf mein Blut angewiesen, um zu überleben. Ich entwöhne sie, aber alte Gewohnheiten lassen sich nur schwer brechen."

„Wow. Ich wusste nicht, dass es hier so viele Vampire gibt." Tucson ist groß, aber so groß nun auch nicht. Wenn er unzählige Vampire verwandelt hat und sie alle hier leben ... wie viele Quadratkilometer braucht ein Vampir, um zu jagen? Teilen Sie das Territorium nach Entfernung oder

Bevölkerung oder potenziellen Opfern auf? So oder so ist es ein Wunder, dass die Nachrichtendienste der Menschen noch keinen Wind davon bekommen haben. Seltsames Verschwinden, blutverschmierte Leichen ...

„Du verstehst es falsch, Hündchen. Es sind nicht mehr sonderlich viele meiner Nachkommen übrig."

„Warum nicht?"

„Ich habe es dir gesagt, Hündchen, sie wenden sich gegen mich. Ich erlaube keinen Ungehorsam. Verräter leben nicht lange."

„Oh", erwidere ich schwach. „Natürlich nicht."

Lucius spielt weiter mit meinem Haar, als würden wir über das Wetter sprechen. Er nimmt eine Strähne und streichelt damit über meine Wange, als er murmelt: „Was glaubst du, wie mein Schöpfer gestorben ist?"

Ich kann nicht glauben, dass ich hier neben dem Vampirkönig liege und über Tod und Politik spreche. „Ich nehme an, Sie sind nicht durch ein Mandat der Massen König geworden", murmele ich.

Er lacht leise und kitzelt mein Gesicht mit meinen Haaren.

„Was ist mit Georgianna passiert? Lebt sie noch?"

„Nein", sagt Lucius und zieht die Hand weg. Ich presse die Lippen zusammen, um ihm nicht noch mehr Fragen zu stellen, und nach ein paar Augenblicken streichelt er erneut meine Stirn.

Ich starre an die Decke. Draußen färbt sich der Himmel satt marineblau. Die hohen Fenster umrahmen einen hellen Stern. Venus. Der Morgenstern. Die Morgendämmerung kommt und Lucius wird mich jede Sekunde verlassen.

Für den Augenblick scheint er jedoch damit zufrieden zu sein, neben mir zu liegen und mich anzusehen. Ist das normal? Bin ich so faszinierend? Zweitausend Jahre und sowohl sein Schöpfer als auch seine Geliebte starben durch seine Hand, sowie auch unzählige andere Vampire, die er erschaffen hat.

„Im Laufe der Jahre ist also jeder, der ihnen nahestand, auf die eine oder andere Weise gestorben?"

Das schwere Schweigen ist meine Antwort.

„Klingt einsam", sage ich in Richtung Decke.

„Hündchen." Sein Seufzen quietscht in meinem Ohr. „Du hast ja keine Ahnung."

Selene

IN DEN NÄCHSTEN Tagen verfalle ich einem Traum. Lucius muss den Club *Toxic* die ganze Woche lang geschlossen haben, denn er nimmt mich immer wieder dorthin mit, um mich zu trainieren.

„Ich werde dich einreiten, Hündchen. Werde dich unterwerfen ..."

Vielleicht liegt es daran, was er mir über Georgianna erzählt hat, oder wie sehr ich ihr ähnlich sehe, aber ich bemühe mich aus irgendeinem Grund um Lucius Anerkennung, so als würde ich mit seiner ersten Sub konkurrieren.

Ich bin nicht eifersüchtig auf seine erste Liebe. Das bin ich nicht. Ich will Lucius nur genauso verführen, wie er mich verführt.

Ich rede mir ein, ich sei schlau und sammle nur Informationen. Aber ich habe keinerlei Fortschritte gemacht, um einen Weg zu finden, seine Wachsamkeit zu umgehen. Die einzigen Male, wenn er nicht auf der Hut ist, sind nach einer Session. Und ich kann ihn wohl kaum während der

Nachsorge pfählen. Er würde es nicht erwarten, aber ich wäre selbst nicht in der Lage, ihn zu überlisten. Nicht solange ich mich noch von der Ekstase erhole, die er in mir auslöst.

Es gibt Zeiträume, in denen Lucius mich alleinlässt, um sein Imperium zu regieren, aber er beansprucht mich immer vorher. Ich schlafe, während er weg ist, und wenn ich aufwache, ist er bei mir, bereit, wieder zu spielen.

Eines Nachts, nach einer berauschenden Session, wache ich auf, als er sich über mich beugt.

„Was ...?", krächze ich und er bringt mich zum Schweigen.

„Alles ist gut, mein Hündchen. Es ist nur ein Albtraum." Er muss die Frage auf meinem Gesicht gelesen haben, denn er erklärt: „Du hast im Schlaf geschrien."

„Ich ..." Ich schlucke, um meine Kehle zu befeuchten. „Habe ich das?"

„Hier." Er reicht mir ein Glas Wasser. Ich wache oft auf und finde Wasser und Schokolade auf meinem Nachttisch. Es ist seine Art, sich um mich zu kümmern, wenn er nicht persönlich hier sein kann, wenn ich aufwache.

Ich trinke und reibe über mein Gesicht, um die Spinnweben aus den Ecken meines Geistes zu vertreiben. Ich habe schon Albträume, seit meine Familie getötet wurde, aber niemand, noch nicht einmal meine Pflegemutter, hat jemals mein Zimmer betreten, um mich zu trösten. Ich war immer allein.

Das Bett wölbt sich und er umschließt mich. Sein großer Körper wickelt sich um meinen. Er ist so groß, dass ich in seiner Umarmung völlig untergehe. Meine Füße reichen gerade mal bis zu seinen Waden. Ich strecke meinen Hals, um ihn anzusehen. „Was machen Sie da?"

„Darf ich die Nacht nicht mit meiner Sub verbringen?"

Er streicht mir das Haar von der nackten Schulter und küsst meinen Hals. Seinen linken Arm schwingt er um meine Mitte und zieht mich an sich, als ich mich zu einer Kugel zusammenrolle. Das ist verrückt.

Der Vampirkönig will kuscheln? Auf welchem Planeten lebe ich denn?

„Schlafenszeit", flüstert er. „Keine Monster mehr unter deinem Bett. Ich bin das einzige Monster hier." Seine Stimme hat einen selbstironischen Unterton. „Und vor mir brauchst du keine Angst zu haben. Nicht heute Nacht."

Ich schließe meine Augen und versuche, seine Anwesenheit zu ignorieren. Es funktioniert nicht. Sein Körper berührt mich von Kopf bis Fuß und selbst wenn er später mein Bett verlässt, ist er das Erste, woran ich denke, wenn ich aufwache. Und das Letzte, woran ich denke, bevor ich einschlafe.

Ich fange an zu vergessen, ihn zu hassen.

7

S *elene*

AM NÄCHSTEN TAG laufe ich in meiner Wolfsform umher und folge schnüffelnd einer alten Hasenfährte, als etwas über meinem Kopf hinunterflattert. Ein Stück Papier, das im Wind weht. Ich fange den Zettel mit meiner Pfote ein. Mein Körper versteift sich. Es ist die Kopie eines alten Fotos. Selbst verblasst sind die Linien des Bildes klar. Ich kauere mich hinter einen Kaktus und mein Wolf wimmert. Ich kann einfach nicht aufhören, das Papier auszubreiten und immer wieder anzusehen, obwohl ich genau weiß, was das Foto zeigt. Ich habe es schon tausendmal gesehen. Xavier hatte es an die Wand der Sporthalle gehängt, in der ich den Umgang mit dem Rundholz erlernte. Ich kämpfte mit vermummten Gegnern, bis meine Muskeln brannten, und wenn ich stürzte – irgendwann stürzte ich immer – starrte ich auf das Bild und biss die Zähne zusammen.

Nacht für Nacht ertrug ich seine Prügel, während ich das Foto des Massakers nicht aus den Augen ließ. Ich humpelte zu den Duschen, wusch mir das Blut von der Haut und fiel ins Bett, wobei ich ein Stöhnen unterdrückte. Ich lag dort, mein Körper ein einziger riesiger Bluterguss, und das Foto hatte sich vor meinem geistigen Auge eingebrannt.

Körper, die in einem Raum liegen, ausgestreckt, dort wo sie gerade hingefallen waren. Ich erinnere mich an diesen Raum – eine alte Elchhütte, die zu einem Gemeindezentrum umgebaut worden war. Ein Treffpunkt des Rudels, mit einem alten Billardtisch und einem vergilbten Ansel Adams Poster, das schief an der Wand hängt. Ein Wolf liegt mit seiner Gefährtin im Arm und beschützt sie sogar im Tod. Ein anderer schaut direkt in die Kamera, die Augen getrübt, die Kehle herausgerissen.

Das ist es, was Lucius mit meinem Rudel gemacht hat. Ich weiß nicht, warum er sie zum Tode verurteilt hat. Xavier hatte mir erzählt, dass nur wenige von ihnen gebissen wurden. Die Jüngeren, die sich am meisten gewehrt hatten, waren von Lucius aus der Hütte entführt worden. Er hatte sie in seinem privaten Versteck festgehalten, um von ihnen zu trinken, bis sie starben. Davon hat Xavier allerdings keine Fotos, nur Berichte von Augenzeugen.

Die Brise zupft an dem Foto und ich drücke meine Pfote in die Mitte. Xavier hat es für mich hiergelassen. Er und seine Leute beobachten mich genau in diesem Moment. Er weiß, dass ich schwach war. Er weiß, dass ich die Erinnerung brauche. Er will nicht, dass ich vergesse, warum Lucius sterben muss.

Alter Schmerz zerreißt mein Herz und vergiftet mein Blut.

Ich schiebe einen Stein auf das Foto, um es an Ort und

Stelle zu halten, während ich ein Loch grabe. Ich muss den Beweis vergraben, dass Xavier hier war.

Sobald das Foto in einem Loch in der Nähe des Kaktus begraben liegt, gehe ich in mein Zimmer zurück, verwandle mich und ziehe mir ein enges Leibchen und eine lockere Hose an. Dieses Haus birgt den Schlüssel zu Lucius' Gruft. Vampire sind klug, geheimnisvoll und schnell wie eine Natter. Sie sind die ultimativen Raubtiere. Aber tagsüber schlafen sie wie die Toten. Ich bin bereits in sein Haus gedrungen und habe die Rolle der Unterwürfigen gespielt, bis ich tagsüber frei und unbeaufsichtigt zurückgelassen wurde. Wenn ich seinen Schlafplatz finden kann, könnte ich ihn pfählen. Meine Mission könnte bei Sonnenuntergang beendet sein.

Zuerst ziehe ich einen Holzstuhl in den Schrank und tue zugunsten der Kameras so, als würde ich ihn benutzen, um auf etwas zu klettern, bevor ich die Türen schließe, das Holzbein des Stuhles abbreche und mit einem geschmuggelten Messer aus der Küche einen Pflock schnitze.

Ich verlasse mein Zimmer mit dem Pflock unter meiner Kleidung versteckt und gehe direkt in Lucius' Schlafzimmer. Ich habe meine Tage allein und als Wolf herumstreifend in diesem Haus verbracht. Es ist ganz natürlich, dass Wölfe herumschnüffeln, nicht wahr? Also sollte Lucius nicht ahnen, wonach ich wirklich suche. Nach seiner Gruft. Oder vielmehr nach dem kalten Vampirgeruch, der ihnen immer dann anhaftet, wenn sie aus ihrem Grab aufsteigen.

Der Geruch von kaltem Stein strömt von irgendwo in diesem Raum aus. Ich habe ihn schon früher bemerkt, aber meine dummen Gefühle haben mich langsam gemacht. Nicht mehr.

Ich setze einen gelangweilten Gesichtsausdruck auf und schlendere durch das Zimmer, bis ich mich aufs Bett fallenlasse. In der Ecke befindet sich nur eine Kamera. Ich beginne, meine Hand in meine Hose zu schieben, rümpfe die Nase vor der Kamera und ziehe einen Stuhl hinüber, um sie herunterzureißen. Jetzt kann ich eine richtige Suche vornehmen. Ich suche nach Kameras, versteckten Verkleidungen, nach allem, was mir einen Hinweis auf einen geheimen Eingang zu einem gesicherten Raum oder einer unterirdischen Kammer geben könnte.

Selbst ohne die Kamera, die jede meiner Bewegungen überwacht, wird meine Suche offensichtlich sein. Lucius wird wissen, was ich im Schilde führe, es sei denn, mir fällt ein triftiger Grund ein, weshalb ich verdächtige Stellen der Trockenmauern zerschlage. Der Wolf ist aus dem Sack und ich werde einem sowieso bereits paranoiden König meine Handlungen erklären müssen. Wenn ich ihn nicht finde und töte, ist mein Leben heute Nacht vorbei.

Ich sollte diese Gruft besser finden.

Den gesamten Nachmittag suche ich, während die Sonne wie ein natürlicher Countdown beginnt, unterzugehen. Als das Haus vom dichten, goldenen Licht der sich nähernden Dämmerung durchströmt wird, habe ich jeglichen Anschein von Diskretion vergessen. Ich rase durch die Schlafzimmer, reiße Wandbehänge und Gemälde herunter, streife mit den Fingern über jeden Türsturz, jede Stuhlleiste und jedes Stück Stuck. Ich klopfe jede Wand ab und ziehe auf der Suche nach falschen Paneelen Bücher aus den Regalen.

„Komm schon, komm schon", hauche ich und taste die Wand hinter einem Stück Regal ab, während ich mit einem Auge das Fenster im Blick behalte. Mein Wolf ist außer sich, krallt unter der Oberfläche und kämpft, um mich zu beschützen. Ich befinde mich in einem Wettlauf mit der untergehenden Sonne und ich verliere.

Vampire, die so alt wie Lucius sind, haben mehr als die üblichen Abwehrmechanismen, hatte Xavier einmal gesagt.

Lucius ist alt, aber er hat die Moderne angenommen. Er wird zusätzliche Schutzmaßnahmen haben, technologischer und anderer Art. Aber vielleicht habe ich mich zu sehr darauf versteift, Anzeichen von Sicherheitstechnik zu finden.

Ich trete in die Mitte des Raumes, schließe meine Augen und erweitere meine Sinne. Mein Wolf ist mit mir hier und wartet darauf, mir den Weg zu zeigen. Ich lasse mich auf alle viere fallen und schnüffle in einer geraden Linie zu dem unbenutzten Kamin hinüber. Ich habe hier schon einmal in meiner Wolfsform herumgeschnüffelt, aber etwas hat mich von dort vertrieben. Die natürlichen Abwehrmechanismen eines Vampirs, älter als die Technik, kommunizieren mit dem ursprünglichen Teil von mir. *Geh weg,* sagt der Geruch um den Kamin herum. *Hier lauert Gefahr.* Gefahr oder ein Vampir?

Ich krieche in den Kamin hinein und ignoriere das unheimliche, kribbelnde Gefühl, das sich auf meiner Haut ausbreitet. Ich taste nach einem Hebel, einem falschen Ziegelstein oder nach irgendetwas. Ich weiß nicht, was ich berührt habe, aber in einer Minute stehe ich noch auf den bemalten Steinen – zu makellos, als dass jemals ein Feuer darin gebrannt haben könnte – und in der nächsten Minute rutsche ich mit offenem Mund und einem stummen Schrei durch einen glatten Tunnel. Ich lande aufrecht stehend auf meinen Füßen und taste blind in den dunklen Gang. Über meinem Kopf blinzelt mir das Licht aus dem Schlafzimmer zu. Ich habe den Geheimgang zu Lucius' Versteck gefunden. Ja!

Das Paneel über mir schnappt zu und schließt mich in der Dunkelheit ein.

Scheiße.

Ich springe hoch und zwänge mich in den Tunnel, sodass ich dagegen schlagen kann. Nichts rührt sich. Ich taste mit den Fingern um die Dichtung herum und suche nach Rissen. Nichts.

Ich lasse mich auf die Füße fallen und erkunde den lichtlosen Tunnel. Er ist eng und schmal. Würde Lucius' massiver Körper überhaupt hier hineinpassen? Ich strecke meine Arme und Beine aus und messe nach. Es wäre eng, aber der Vampirkönig könnte passen. Zumindest hoffe ich das. Andernfalls habe ich einen falschen Gang gefunden. Eine Falle.

Ich habe riesige Scheiße gebaut. Xavier würde mich bestrafen, wenn er das wüsste. Ich würde eine Tracht Prügel begrüßen, wenn es bedeutet, dass Lucius mir nicht das Genick brechen wird.

Die Minuten vergehen und die Mauern scheinen sich um mich herum zu schließen. Die Luft ist abgestanden und erdrückend. Ich habe ein schlechtes Gefühl bei der Sache. Wie lange bin ich schon hier? Die Dämmerung ist doch mit Sicherheit schon eingebrochen. Lucius muss wach sein. Er wird die Zerstörung sehen, die ich in seinem Haus verursacht habe, und genau wissen, was los ist. Wenn er mich findet, bin ich tot.

Ich falle zu Boden und rolle mich zusammen. Vielleicht kommt er mich nicht holen. Wenn er weiß, dass ich eine Spionin bin, könnte er mich einfach hier in diesem dunklen, luftleeren Gefängnis verrotten lassen. Er müsste nur ein wenig warten und ich wäre nicht mehr sein Problem. Es würde nur drei Tage dauern ...

Ein Lichtstrahl erscheint über meinem Kopf und ich atme erleichtert auf. Frische Luft strömt über mein Gesicht. Ich springe auf und klettere auf verzweifelter Jagd nach dem

Licht durch den engen Raum. Halb hyperventilierend, halb weinend tauche ich aus dem Tunnel auf und hieve mich über die Kaminschwelle. Süße Freiheit.

Über mir räuspert sich jemand. Lucius nackte Füße stehen nur ein paar Meter von mir entfernt. Ich springe auf die Beine und stürze mich auf ihn.

Der Pflock schneidet durch die Luft. Lucius verschwimmt vor meinen Augen. Der Wichser ist blitzschnell. Ich verliere das Gleichgewicht. Eine große Hand umklammert mein Bein und lässt mich zu Boden krachen. Ein Tritt gegen mein Handgelenk und ich lasse meine Waffe fallen. Er tritt den Pflock weg. Er rollt in den Kamin und verschwindet mit einem Klappern in der Falle.

Ich falle wie ein gefangener Fisch auf den Teppich und blinzele dem hellen Licht entgegen. Kein Tageslicht, nicht mehr. Die Sonne ist untergegangen. Meine Zeit ist abgelaufen.

Lucius beugt sich über mich. „Du warst ein geschäftiges kleines Hündchen", murmelt er ohne Belustigung. „Hast deine niedliche Nase in Dinge gesteckt, die dich nichts angehen. Wie soll ich dich bestrafen?" Die Kälte in seinem Ton lässt mich erschaudern.

Ich keuche auf dem Teppich. Ich habe meine Karte gespielt und er weiß jetzt, dass ich sein Feind bin.

Ich bin so am Arsch.

Lucius

MEIN SÜSSES HÜNDCHEN zittert am Boden. In den vergangenen Nächten war ich oft in dieser Position. Habe mich über sie gebeugt, während sie sich in Ekstase zu meinen Füßen rekelte. BDSM ist ein Spiel, bei dem jeder gewinnt.

Heute Abend ist es kein Spiel. Ich wusste, dass sie aus einem bestimmten Grund hier ist, aber ich hätte nicht gedacht, dass sie so dreist wäre zu glauben, dass sie mich schlagen kann.

Jetzt weiß ich es. Der Schleier ist gelüftet.

„Ich fühle mich geschmeichelt, Hündchen. Du hast dir so viel Mühe gegeben, mich zu finden." Ich werfe einen spöttischen Blick auf die Zerstörung des Raumes.

Sie lässt sich auf den Rücken fallen und starrt mich an. Eine Kämpferin bis zum Schluss. „Bringen Sie es hinter sich."

„Was glaubst du, was ich tun werde?"

Sie zuckt mit den Schultern, rollt sich zur Seite und landet in der Hocke. Selbst im Stehen wäre sie mir nicht gewachsen und sie weiß es. „Ich weiß es nicht. Mich töten und foltern?"

„Du erwartest die Spanische Inquisition also doch." Ich grinse, als ich sie an ihren eigenen Monty Python-Witz erinnere.

Sie lächelt nicht.

„Vielleicht werde ich dich foltern. Den wahren Grund herausfinden, warum du hier bist. Aber ein Vampir gegen einen Gestaltwandler ist wohl kaum ein fairer Kampf." Ich neige meinen Kopf zur Seite. „Wer hat dich dazu angestiftet?"

„Niemand", knurrt sie.

„Nein?" So klug Selene auch sein mag, aber die Auktion, mich dazu zu bringen, für eine Frau zu bieten, die wie meine verlorene Georgianna aussieht – der ganze Plan stinkt nach Vampir. Meine Nachkommen müssen dahinterstecken, gemeinsam mit Xavier. „Du willst mich also töten? Warum?"

„Aus Rache."

Nun halte ich inne. „Rache?"

„Für die, die Sie getötet haben."

„Ach, Hündchen. Du wirst dich etwas genauer ausdrücken müssen", spotte ich. „Ich bin sehr alt und hatte viele Opfer. Sind es Menschen, die ich getötet habe? Habe ich zuerst ihr Blut gesaugt?"

„Ficken Sie sich", schnappt sie und rollt sich auf die Füße. Ihr Blick fällt sehnsüchtig auf den Kamin. Sie wünscht sich den Pflock zurück.

„Vielleicht später. Jetzt bin ich in der Stimmung für ein Spiel." Ich trete zurück und knöpfe mein Hemd auf.

Sie erstarrt, bereit zur Flucht. „Was machen Sie da?"

„Ich bereite mich auf das Spiel vor." Ich lasse mein Hemd fallen.

„Welches Spiel?"

„Hast du schon jemals von einem Spiel gehört, dass sich Zu-Fall-bringen nennt? Nein? Das macht nichts, Hündchen. Es ist ganz einfach. Du rennst weg und ich fange dich und wenn ich dich fange, gewinne ich. Bist du bereit?"

Ihr Kopf zuckt hin und her. Mit großen Augen tritt sie zurück.

„Pech gehabt. Es geht los", sage ich zu ihr. Als sie innehält, zische ich: „Lauf."

Mit leerem Gesicht rennt sie zur Tür. Ich gebe ihr einen Vorsprung und warte, bis sie gegen die Tür stößt, bevor ich hinter ihr herlaufe. Ihre blassen Beine schießen den Flur hinunter und rutschen ins Wohnzimmer. Ich schieße in Vampirgeschwindigkeit los und beobachte, wie sie durch das Haus rast. Als sie die Flügeltüren erreicht, ist sie fast auf allen vieren. Ein weißer Wolf segelt durch den Innenhof und springt in die Wüste. In einem blassen Blitz aus Fell bewegt sie sich auf die Bergkette zu. Ich folge ihr, abwechselnd gehend und dann streckenweise mit übernatürlicher Geschwindigkeit. Sie rennt und rennt, vergrößert den Abstand zwischen uns jedoch nie.

Ich kann den Moment genau sehen, in dem ihr bewusst wird, dass sie mir nicht entkommen kann. Sie verlangsamt ihre Geschwindigkeit und streckt mir die Schnauze entgegen, als ihr gesunder Menschenverstand die Oberhand gewinnt.

Ich rase auf sie zu. Gestaltwandler sind schnell, aber Vampire sind schneller. Ich rase so schnell, dass sie mich verschwimmen sieht, aber sie erwartet es. In letzter Sekunde weicht sie aus und duckt sich unter einen Kaktus. Ich verfehle sie, aber ihr gequältes Jaulen verrät mir, dass sie erfahren hat, dass es nicht das Klügste ist, sich unter einer stacheligen Pflanze zu verstecken.

Ich pirsche mich um den Saguaro herum und finde sie winselnd auf dem Boden liegend. Stacheln stecken in ihrer Seite, wo sie dem Kugelkaktus zu nahe gekommen ist.

Als ich sehe, dass sie verletzt ist, lässt meine Wut sofort nach.

„Armes Hündchen", säusele ich. Sie sträubt sich, als ich mich neben sie kauere. Aber nachdem ich mit den Fingern schnippe, hält sie schließlich still. Ich ziehe die langen Kaktusstacheln aus ihr heraus und durchsuche ihren dichten Pelz, um jede einzelne zu finden, während sie so gefügig wie ein Golden Retriever daliegt.

„Verwandle dich", befehle ich und sie gehorcht. Zurück in ihrer menschlichen Form heilt ihre Haut bereits. Sie sinkt in die Hocke und jault, als sie sich über dem Boden krümmt.

„Hoppla" ich beuge mich vor und ziehe einen Stachel

aus ihrer Hüfte. „Der ist mir wohl entgangen. Bist du verletzt?"

„Nur eine Fleischwunde", murmelt sie.

Selbst wenn ich wütend auf sie bin, bringt sie mich zum Lachen. Ich gleite mit einer Hand an ihrer Flanke hinunter und suche nach weiteren Stacheln.

„Stopp." Sie springt aus meiner Reichweite.

„Wie bitte?" Meine Stimme ist gefährlich leise.

„Hören Sie einfach auf." Ihr Kopf ist nach unten geneigt. Sie weiß, dass sie unartig war. „Hören Sie auf, so nett zu mir zu sein."

Aha. Meine Handlungen verwirren sie. Gut.

„Du hast mich enttäuscht, Hündchen." Ich wische mir die Hände ab. „Und dafür wirst du bezahlen."

Ihre Augen blitzen auf. Sie hat keine Angst, bei weitem nicht. „Was werden Sie mit mir tun?"

Ich packe ihr Kinn. „Keine Sorge, Hündchen. Ich werde dich nicht töten. Du machst mir viel zu viel Spaß."

Ihr Gesicht zuckt und sie versucht, mir den Kopf zu entreißen. Ich lege meine beiden Hände um ihr Gesicht und sie sagt schnell: „Machen Sie, was Sie wollen."

„Oh, das werde ich", verspreche ich ihr. „Aber ich will dir nicht mehr wehtun, als du es ertragen kannst. Und weißt du, warum?"

„Weil Sie ein kranker Wichser sind", murmelt sie und wendet den Blick ab.

„Vielleicht. Aber du, Selene, du faszinierst mich. Du willst dich nicht unterwerfen und tust es dennoch."

„Das stimmt nicht. Es ist nur gespielt."

„Das ist es nicht. Es ist, wer du bist."

„Sie kennen mich nicht. Sie wissen nicht, wer ich bin. Was ich bin."

„Noch ein Grund mehr, dich am Leben zu behalten. Du

wirst mir alle deine Geheimnisse erzählen, eines nach dem anderen."

„Sie könnten mich einfach bezirzen. Mich dazu zwingen, Sie zu lieben. Dann wäre es vorbei."

„Ich sagte dir doch bereits, dass ich dich niemals bezirzen würde. Ich halte meine Versprechen, Hündchen."

Sie schließt die Augen. Sie sieht so müde aus, wie ich mich fühle. Jemand muss sie zu diesem Plan angestiftet haben und dieser Jemand sollte dafür bezahlen. „Du bist so jung. Zu jung, um so abgestumpft zu sein. Du bist unschuldig ..."

„Ich werde Sie niemals lieben", platzt sie heraus.

Ich reiße die Augen weit auf. „Liebe, Hündchen? Ich habe nie etwas von Liebe gesagt. Ich habe zweitausend Jahre auf dieser Erde verbracht, die meisten davon als Geschöpf der Finsternis. Jeder, den ich je geliebt habe, ist tot. Liebe ist nichts. Vergänglich. Gefühle. Am Ende zerfällt alles zu Staub. Alles."

„Außer Sie", sagt sie und müht sich aufzustehen. „Sie leben weiter und immer weiter und immer weiter."

Ich sollte ihre Frechheit korrigieren, aber sie hat recht.

„Sie sollten mich Sie töten lassen. Es wäre eine Gnade."

Sie ist so aufrichtig, dass ich in Gelächter ausbreche. „Du bist erfrischend, Hündchen. Die Erste, die mich überreden will, mein Leben wegen meines ... wie nennt man es gleich ... Überdrusses zu beenden?"

„Sie sind nicht glücklich", beharrt sie. „Sie haben das Leben satt. Jeder kann es sehen. Welchen Sinn hat es nach einer Weile noch?"

„Das Leben. Das Leben selbst ist der Sinn des Lebens."

„Ein Leben ohne Liebe", sagt sie. „Ist es das wert?"

„Nein. Nein, das ist es nicht. Aber Liebe ist nichts. Eine Farbe am Himmel vor der Dämmerung. Wunderschön, vergänglich. Sie verflüchtigt sich so schnell, wie sie gekommen ist."

„So wie Menschen. Wie wir Wandler." Sie schließt die Augen erneut und Schmerz verzerrt ihr Gesicht. Sie ist zu jung, um sich des Todes so bewusst zu sein. Sich ihm so furchtlos gegenüberzustellen.

„Wie fühlt es sich an? Für eine Sache zu kämpfen?"

Sie öffnet die Augen. „Einsam. In gewisser Weise bin ich genauso einsam wie Sie."

„Solche Ehrlichkeit." Ehrfürchtig schüttle ich den Kopf.

„Nun, ich dachte, ich würde sterben." Ihr Blick schweift zu mir, fast so, als warte sie immer noch darauf, dass ich ihr den Todesstoß versetze.

Stattdessen greife ich fest in ihr Haar und ziehe ihren Kopf zurück. „Alle Kreaturen sind dem Tode nahe. Du bist sterblich. Der Tod ist nur eine Frage der Zeit. Und jetzt sag es mir. Warum versuchst du, mich umzubringen? Wer hat dich dazu angestiftet?"

Sie presst ihre Lippen zusammen.

„Ich werde es aus dir herausholen", sage ich in samtweichem Ton. „So oder so."

„Sie könnten mich einfach bezirzen", sagt sie und sieht mir direkt in die Augen. So wagemutig.

„Ich habe dir bereits gesagt, ich würde dich nicht manipulieren. Ich halte meine Versprechen." Und damit sie nicht denkt, ich sei ganz uneigennützig, füge ich noch hinzu: „Außerdem wäre unser Spiel vorbei, wenn ich dich bezirze. Wo bleibt denn da der Spaß?" Ich ziehe an ihren Haaren und benutze sie wie eine Leine, als ich sie losmarschieren lasse.

Sie schweigt den ganzen Weg zurück zum Haus. So sanft wie ein Lamm. Die meisten Tiere akzeptieren ihr Schicksal, wenn sie von einem größeren Raubtier gefangen werden. Selene ist niemand, der irgendetwas akzeptiert, also vermute ich, dass sie neugierig darauf ist, was ich tun werde.

Ich kette sie an eine Säule auf der Terrasse, während ich zurück ins Haus gehe, um meine Vorbereitungen zu treffen. Erst als sie auf einem Tisch, den ich drinnen aufgebaut habe, gefesselt auf dem Rücken liegt, wird sie wieder gesprächig.

„Warum haben Sie so viele Vampire erschaffen, wenn sie sich am Ende alle gegen Sie wenden?"

„Weil ich, wie du mich immer wieder so gern erinnerst, Hündchen, allein bin. Trotz aller Wahrheit darüber, was Liebe wirklich ist, hege ich die Hoffnung, eines Tages eine Familie zu haben, die mich liebt."

„Das ist traurig." Sie senkt den Blick und bemerkt vielleicht, dass ich nicht so ehrlich zu jemandem wäre, der noch lange zu leben hätte. „Hat das, was ich getan habe, Sie verletzt?"

„Was?" Ich atme tief ein und kämpfe gegen den Drang an zu lachen. „Nein, Hündchen. Ich wusste von Anfang an, dass du geschickt wurdest, um mich zu täuschen."

„Seit der Auktion?" Sie scheint entsetzt zu sein.

„Natürlich."

„Warum haben Sie dann für mich geboten?"

„Es klang nach Spaß."

„Das ist also alles, was ich bin. Ein wenig Unterhaltung?"

„Ja." Ich neige den Kopf und erinnere mich daran, was sie zuvor gesagt hatte. *Ich werde Sie niemals lieben.* „Warum? Hast du etwa gedacht, du könntest mehr sein?"

„Nein", murmelt sie und entspannt sich. Sie ist schlaff und gefügig, als ich die Elektroden der TENS-Maschine anschließe und den Stromfluss an meiner eigenen Haut prüfe. Wenn sie glaubt, dass der heutige Abend Spaß und Spiel sein wird, wartet eine große Überraschung auf sie.

Als ich zurücktrete, ziehen sich ihre Mundwinkel hoch.

„Warum lächelst du?"

„Darum." Ihre Schultern sinken nach unten, als sie seufzt. „Ich habe getan, wozu ich hergekommen bin."

„Mich zu töten?"

„Oder beim Versuch zu sterben."

„Du bist doch noch gar nicht tot", betone ich.

„Ich nehme an, dass Sie sich bald darum kümmern werden."

„Oh nein, Hündchen." Ich hebe das Reizstromgerät mit den baumelnden Bleidrähten und wedle es vor ihren weit aufgerissenen Augen herum. „So leicht werde ich es dir nicht machen."

8

S *elene*

Iᴄʜ ʟᴇʜɴᴇ mich zurück und versuche, mich zu entspannen, während Lucius Elektroden auf meinen Arm klebt. Es ist nur Folter. Das habe ich erwartet.

„Lass uns ganz leicht beginnen", murmelt er und hält das Steuergerät so, dass ich jeden Knopf daran sehen kann. Er dreht den Regler und Strom fließt durch die Elektrode auf meiner Haut. *Atme, atme einfach.* Wenn ich mich entspanne, tut das Gefühl weniger weh, selbst wenn er den Regler weiterdreht und meinen Arm zucken lässt.

Er befestigt weitere Elektroden an meiner Hüfte und der Oberseite meiner Beine. Die Fesseln hindern mich daran, meine Beine zu schließen, aber er ignoriert die dünnhäutigen, empfindlichen Stellen an meinen inneren Oberschenkeln ... für den Moment. Der Stromfluss geht von Null auf Höchstspannung und lässt mich zusammenzucken. Meine

Muskeln ziehen sich zusammen, verkrampfen sich und entspannen sich schließlich, überwältigt vom Strom. Er meidet alle empfindlichen Stellen, die von Kaktusstacheln durchbohrt worden waren, und stimuliert meine großen Muskeln. Es tut nicht weh – tatsächlich fühlt es sich sogar gut an, wie eine Massage.

Nach ein paar Minuten der Eingewöhnung an die Elektrizität, die über meine Haut strömt, verschiebt er die Elektroden und bedeckt meine Brustwarzen mit den haftenden Pflastern.

„Das dürfte interessant werden." Der erste Stromstoß schießt direkt zwischen meine Beine und explodiert dort.

„Fick mich", ich werfe den Kopf zurück und knirsche mit den Zähnen.

„Nein, Hündchen. Erst, wenn du es dir verdient hast." Lucius spielt nicht. Er bewegt die Elektroden näher an meine Schamlippen heran. Meine Muschi ist prall und schmerzt. Bei jedem Stromstoß verkrampfen sich meine inneren Muskeln.

„So feucht", sagt Lucius. „Ich frage mich ..." Die Vibration kommt in kurzen Schüben, kribbelt in meinen empfindlichen Stellen und treibt meine Erregung in die Höhe. Als er das Gerät schließlich abschaltet, wimmere ich und meine Hüfte zuckt hilflos. Ich weiß nicht, ob ich will, dass er aufhört oder mir mehr gibt ...

„Sieh dich mal an", murmelt er, während er mit dem Finger durch das tropfnasse Chaos zwischen meinen Beinen gleitet. „Du liebst es." Er spielt mit meiner Klitoris und beobachtet mein Gesicht genau.

„Stopp ...", flüstere ich.

„Aber warum, Hündchen? Weil es wehtut? Oder weil es dir gefällt?"

Ich beiße mir auf die Lippe, um ihm nicht zu antworten.

Beides. Bei seinem dunklen Lachen stellen sich mir die Haare auf den Armen auf. Er hält mir das Gerät direkt vors Gesicht, damit ich dabei zusehen kann, wie er den Regler ganz nach oben dreht. Der Strom schießt durch meine Schamlippen und lässt sie prall werden. Mein Körper empfindet den elektrischen Stromfluss als schmerzlich angenehm und reagiert auf die Stimulation. Meine Klitoris ist ein Blitzableiter. Noch eine Minute und mein Höhepunkt durchzuckt mich. Weißglühende Hitze verblendet mein Gehirn.

Er klebt eine der Elektroden zwischen meine Arschbacken und bedeckt meinen empfindlichen Anus damit. Ich spanne alles an und mein Gesicht brennt, als sich mein Orgasmus erhebt. „Nein ...“

„Gefällt es dir?", fragt er.

Vergeblich presse ich meine Lippen zusammen. Eine weitere Runde endet in einem Orgasmus und ich stöhne.

„Lass uns mal etwas anderes probieren." Er greift nach einem Violet Wand mit einem Glaskolben und nimmt sich Zeit mir stimulierende, elektrische Schocks zu verpassen. Meine Brüste schwellen an.

Foltert er mich? Oder treibt er mich in neue Höhen der Lust? Ich erhebe mich höher und höher, aber je höher ich fliege, desto tiefer werde ich fallen.

„Warum bist du hier?", murmelt er, als er eine Elektroschock-Pause einlegt. „Wer hat dich dazu angestiftet? Warum willst du mich töten?"

„Sie haben mein Rudel getötet", platze ich heraus.

„Dein Rudel", wiederholt er mit gerunzelter Stirn.

Meint er das ernst? Ich winde mich in meinen Fesseln. Noch nie zuvor wollte ich einen Vampir so gern enthaupten. „Sie erinnern sich nicht? Ich weiß ja, dass Sie ein Monster sind, aber ein ganzes Massaker zu vergessen ...“

„Sei still." Er schreitet am Ende des Tisches auf und ab und hält inne, um mit seinen Fingern zwischen meinen gefesselten Füßen zu trommeln. „Du sagst, ich hätte dein ganzes Rudel getötet? Wie sind sie gestorben?"

„In ihrem eigenen Territorium abgeschlachtet worden. In ihrem Clubhaus, in ihren eigenen Häusern." Auch meine Familie, aber ich erwähne sie nicht.

„Ich habe kein ganzes Rudel getötet. Einen Werwolf vielleicht. Oder mehrere in einem Kampf, aber nur, weil sie unter dem Bann eines Vampires standen und zuerst angegriffen haben."

Ich knirsche mit den Zähnen und reiße an den Manschetten. Tränen brennen in meinen Augen, aber ich weigere mich, sie fließen zu lassen und vor diesem Monster Schwäche zu zeigen. Irgendwie macht es alles noch schlimmer, dass er nicht zugeben will, was er getan hat. „Sie haben sie getötet."

„Wer sagt das?"

Ich schüttle den Kopf.

„Hatten sie Beweise?"

„Ja."

„Beweise, dass ich es war und nicht ein anderer? Ein anderer Vampir?" Er umrundet den Tisch und bleibt neben meinem Kopf stehen.

Ich funkele ihn an. „Sie waren es." Es muss so sein. Welchen Grund hätte Xavier zu lügen?

„Denk mal darüber nach", rät er mir leise. Er streicht mit den Fingern über meinen Oberkörper und dann durch das Tal zwischen meinen Brüsten. Ich sollte schimpfen und toben, seine Berührung abwehren, aber mein Rücken krümmt sich, drückt meine Brüste hoch und bettelt nach all dem Vergnügen, das er mir bereiten kann. „Ich töte keine Unschuldigen."

„Sie lügen." Ich kämpfe gegen die köstliche Empfindung an.

„Dazu habe ich keinen Grund", fährt er völlig vernünftig fort. „Warum sollte ich ein ganzes Rudel ausschalten und es dann vertuschen?"

„Ich weiß es nicht. Sie sind ein kranker Wichser."

Er tadelt mich. „Recht frech für jemanden, der an einem TENS-Gerät hängt. Ich sage dir was, Hündchen. Erfreue mich heute Nacht und ich gebe dir Declans Nummer und ein Telefon, um ihn anzurufen. Dann kannst du selbst sehen, was er ausgegraben hat."

Ich schüttle den Kopf. „Ich weiß nicht, welches Spiel Sie spielen, aber es wird nicht funktionieren."

„Ich spiele kein Spiel. Ich spiele mit dir."

Die nächsten paar Minuten spielt er mit mir und ringt meinem widerstandsfähigen Körper einen Höhepunkt nach dem anderen ab. Er kniet neben dem Tisch und behält sein Gesicht nahe bei mir, während sich mein nackter Körper über ihm windet.

Erst als er mir eine Pause gönnt, den Strom abschaltet, alle Elektroden entfernt und mir einen Schluck Wasser gibt, sage ich zu ihm: „Declan wird nichts über mein Rudel herausfinden. Sie sind alle tot. Jemand hat sie umgebracht."

Er bietet mir noch einen Schluck Wasser an, hält die Flasche für mich fest und wischt die verschütteten Tropfen von meinen Lippen. „Er und seine Freunde sind wirklich sehr gut darin, die Wahrheit auszugraben. Zumindest stecken sie ihre Nasen immer in anderer Leute Angelegenheiten. Du kannst später mit ihnen sprechen."

„Wenn ich die heutige Nacht überlebe", keuche ich.

„Ja." Seine dunklen Augen funkeln, aber er versucht

nicht, mich umzubringen. Nicht so, wie Xavier es vorausgesagt hat.

Hätte ich Xavier so angegriffen, wie ich Lucius angegriffen habe, wäre ich tot.

„Hast du genügend Wasser getrunken?", fragt Lucius. Ich nicke und wende mich ab, um ein Lächeln zu verbergen. Selbst wenn er mich „foltert", kümmert er sich um meinen Flüssigkeitshaushalt.

„Warum lächelst du?"

„Nichts. Sie sind so ein guter Dom."

„Ja", er lehnt sich zu mir. „Ich mache mein Spielzeug nie kaputt. Nicht wenn es mir so viel Spaß macht. Und jetzt raus mit der Sprache." Die schelmischen Züge verschwinden und wir sind zurück in der Session. „Wie bist du zu der Auktion gekommen?"

Ich schließe die Augen. Ich darf meinen Mentor nicht verraten.

„Ich werde es aus dir herauskitzeln", schwört Lucius. Es gelingt ihm nicht, aber er tut sein Bestes.

„Hassen Sie mich?", keuche ich, als er eine weitere Pause einlegt. Dieses Mal macht er meine Arme und Beine los und massiert sie, bevor er mich erneut fesselt.

„Nein, Hündchen. Ich hasse dich nicht."

„Was dann? Was werden Sie mit mir tun?"

Er hebt den Violet Wand und streicht mit dem Finger über den knisternden Glaskolben. Im gedämpften Licht und dem unheimlichen Schein der Glassonde sieht er wie ein verrückter Wissenschaftler aus. „Ich habe es dir von Anfang an gesagt. Ich werde dich zu der Meinen machen."

Lucius

. . .

„NEIN, NEIN, NEIN", jammert sie. Mein Hündchen ist so stark, aber nach Stunden endloser Orgasmen gibt auch die stärkste Sub schließlich nach.

„Nimm es, Hündchen." Ich drücke den Hitachi an ihre Klitoris und drehe das TENS-Gerät auf. Ich stimuliere sie, bis ihre Beine zittern.

„Nein." Sie lässt den Kopf sinken und Tränen laufen über ihr Gesicht. „Ich kann nicht mehr."

„Aber du bist doch noch gar nicht tot", wiederhole ich den Monty Python-Witz und ringe ihrem unwilligen Körper einen weiteren Höhepunkt ab.

„Ist jemals jemand an zu vielen Orgasmen gestorben?", murmelt sie. Ich streiche ihr Haar zurück und zwinge sie, ein Glas Wasser zu trinken, bevor ich ihr ein grausames Lächeln schenke.

„Lass es uns herausfinden."

Der Himmel draußen wird heller. Die Morgendämmerung ist nur noch eine Stunde entfernt und ich muss lange davor wieder sicher in meiner Gruft eingeschlossen sein. Ich reibe sie mit dem Handtuch ab, lasse sie vom Tisch steigen, trete an ihre Seite und helfe ihr, zu den aufgebauten Hilfsmitteln zu schwanken, die ich vor den offenen Terrassentüren aufgestellt habe.

Sie lehnt sich mit weichem und strahlendem Gesicht an mich. So unterwürfig. Ihr Gehorsam lauert unter ihrer harten, äußeren Schale und wartet auf einen Dom, der stark genug ist, ihr wahres Selbst herauszulocken. Dieser Dom bin ich.

Sie kämpft nicht gegen mich an, als ich sie auf der Ledereinheit platziere und ihre Hand- und Fußgelenke sichere. „Diese Fesseln werden sich zu einem bestimmten Zeitpunkt automatisch lösen."

„Was ist das?" Sie blinzelt auf den sattelähnlichen, halbrunden Sitz zwischen ihren Beinen.

„Ein Sybian."

Sie reißt die Augen weit auf, als sie den Markennamen erkennt. Sie sitzt auf einem riesigen Vibrator und weiß es.

Ich halte inne, um meine Hose zurechtzurücken. Ich quäle mich genauso sehr wie sie. Meine Reißzähne und mein Schwanz pulsieren, weil ich unbedingt tief in sie sinken will. Aber bei dieser Session geht es um sie. Sie muss lernen, wo ihr Platz ist.

„Also gut." Ich hocke mich vor ihr hin. „Ich werde ein kleines Spiel mit dir spielen. Du wirst hier sitzen und ..." Ich halte inne, als sie ihren Kopf hin- und herwirft.

„Ich kann nicht ..."

„Hmm." Ich gebe vor, nachzudenken. „Wie wäre es dann damit. Du sagst mir, für wen du arbeitest. Sag es mir und ich werde mich um sie kümmern. Du kannst dich hinlegen, ein kleines Nickerchen halten ..."

„Sie foltern mich mit Orgasmen?"

Ich grinse. „Damit hast du nicht gerechnet, was?"

„Nun, nein. Niemand erwartet Orgasmusfolter."

Ich ziehe den Kopf ein, um ein Lächeln zu verbergen, und nutze den Moment, um ihre Fesseln zu prüfen. Ich lasse sie mit den Fingern und Zehen wackeln und prüfe ihren Kreislauf.

„Lucius", jammert sie, als ich aufstehe. „Ich kann das nicht."

„Ich weiß, Hündchen. Ich weiß. Es ist so schwer." Ich verspotte sie. Ich bin nachsichtig mit ihr und sie weiß es. Alles zwischen uns ist ein Spiel. „Aber du hast dich doch freiwillig dafür gemeldet, nicht wahr? Nacht für Nacht meiner Gnade ausgeliefert zu sein."

„Ich fühle mich wie Scheherazade", murmelt sie. „Anstatt mir eine neue Geschichte ausdenken zu müssen, muss ich für Sie kommen."

„Macht mich das zu einem verrückten Sultan?" Ich streiche mir übers Kinn und lache über den Blick, den sie mir zuwirft. Selene bringt mich an einem Tag mehr zum Lachen, als ich in einem ganzen Jahrhundert gelacht habe.

„Sie sind gemein."

„Wie soll ich mich denn verhalten, wenn ich erfahre, dass du mich ermorden wolltest? Hast du gedacht, du könntest hier hereinspazieren und meine Gruft einfach so finden? Dachtest du wirklich, es wäre so einfach?"

Sie beißt sich auf die Lippe und ich fahre fort: „Mach dir nichts draus. Ich wusste, dass du in eine Verschwörung gegen mich verwickelt bist."

„Sie wussten es?"

„Natürlich wusste ich es. Es war alles so offensichtlich – deine Ähnlichkeit mit Georgianna, die Auktion. Was sonst hättest du sein sollen?"

„Aber wenn Sie es wussten, warum ...?"

„Warum was, Hündchen?"

„Warum haben Sie sich dann all diese Mühe gemacht?" Sie zerrt mit den Händen an ihren Fesseln. „Mich hierherzubringen. Mich zu trainieren. Mich dazu zu bringen, mich in Sie zu ..."

„Dich wozu zu bringen?"

„Mich zum Kommen zu bringen. All diese intensiven Dinge zu tun, aber sie mich genießen zu lassen. Mich gut fühlen zu lassen."

„Habe ich das getan? Ich nehme an, ich konnte einfach

nicht widerstehen, dich auf diese Weise zu beherrschen. Du kämpfst so köstlich dagegen an und am Ende ..."

„Verliere ich?"

„Oh nein, Hündchen. Du gewinnst. Wir gewinnen beide." Ich hebe die Fernbedienung des Sybian hoch und schalte ihn ein. Das Gerät erwacht mit einem subtilen Summen zum Leben.

„Nein, Lucius", keucht Selene auf dem Ledersitz. „Ich kann nicht."

„Sag mir, für wen du arbeitest. Wer hat dich bei der Auktion betreut und das alles geplant?"

Sie schüttelt den Kopf und ich verstärke die Intensität der Vibrationen. Sie wirft den Kopf zurück und schreit auf, während sich ihre Brust von einem Höhepunkt nach dem anderen rötet. Ich lasse sie ein paar Minuten allein und komme dann mit zwei weiteren Spielzeugen zurück.

„Oh, danke", schluchzt sie, als ich sie losbinde. Ich lasse sie lange genug frei, um etwas Wasser zu trinken und etwas zu essen. Ich werde vor meinem Schlaf einen Blutbeutel leeren, damit ich nicht außer Kontrolle gerate. Ein guter Dom behält immer die Kontrolle.

Sie zappelt, als ich sie zurück zu der Einheit führe und wimmert, als ich sie darauf platziere.

„Aber, aber, Hündchen. Es soll keinen Spaß machen."

„Sie sind böse", keucht sie.

„Du bist gut", murmele ich. „So, so gut. Nun", – ich hocke mich vor sie hin – „werden wir ein kleines Spiel spielen. Ich ziehe mich für den Tag zurück und lasse dich hier so ..." Sie wimmert und ich erhebe meine Stimme. „Weil ich möchte, dass du etwas erlebst, was ich nicht kann."

„Und was ist das?" Ihre Stimme ist scharf, verängstigt. Sie denkt, ich werde sie den ganzen Tag auf dem Sybian sitzen lassen.

Das werde ich nicht. So grausam bin ich nicht. Ich habe einen Wecker gestellt, sodass sich die Maschine abschaltet und die Fesseln in einer Stunde gelöst werden.

„Sieh dir den Sonnenaufgang an."

Mit weit aufgerissenen Augen wird sie regungslos.

„Das ist es, was ich tun würde, wenn ich lebendig wäre. Ich würde nie wieder einen Sonnenaufgang verpassen."

Sie ist angespannt und zittert. Ihr Körper bebt in Erwartung der kommenden Höhepunkte. Ich kämme ihr mit den Fingern das Haar zurück und massiere ihren verspannten Nacken. Ihr Puls hämmert unter meiner Handfläche.

„Genieße es, Hündchen. Dein Leben ist kurz, aber wenigstens hast du das Licht." Und ich lasse sie zurück, um das zu erleben, was ich nicht mehr kann.

S*ELENE*

I*CH ZIEHE UND ZERRE*, aber es nützt nichts. Die Fesseln halten. Ich könnte mir natürlich auch meinen eigenen Arm abbeißen. Würde ich in einer schrecklicheren Situation feststecken, würde ich das auch tun. Aber etwas sagt mir, dass Lucius nicht lügt, wenn er sagt, dass er mich nicht töten will … noch nicht. Für ihn ist das alles ein Spiel. Es bereitet ihm zu viel Vergnügen, mir Schmerzen zuzufügen. Warum sollte er mich auf einen Sybian gefesselt zurücklassen, nachdem er mich wieder und wieder zum Orgasmus gezwungen hat.

Es ist etwa eine halbe Stunde her, seit er gegangen ist. Meine inneren Muskeln schmerzen vom vielen Zusammenziehen. Meine Klitoris ist wund davon, mit der Hüfte auf dem verdammten Sybian zu zucken. Zwischen meinen

Beinen brummt die Maschine vor sich hin. Sie befindet sich in einer Einstellung, bei der die Vibrationen in Wellen zu- und abnehmen. Ich bekomme ein paar Sekunden Erleichterung, bevor sich mein Orgasmus wieder auf einen weiteren schmerzhaften Höhepunkt zubewegt.

Sieh dir den Sonnenaufgang an. Ausgerechnet, von allen lächerlichen Dingen. Lucius ist verrückt geworden. Ihr Alter treibt diese Vampire in den Wahnsinn.

Ich beuge mich vor und wünsche mir, ich könnte mich von dieser Foltermaschine befreien. Wie sie unter mir vibriert, erinnert mich nur daran, dass Lucius mich nicht gefickt hat. Immer noch nicht. Worauf zum Teufel wartet er noch?

Außerhalb der Terrasse erstreckt sich die Wüste in einem Gewirr aus mondbeschienenen Kreosoten und Kakteen. Ein Hase springt über die Terrasse und zögert mit nach oben gestreckten Ohren. Er zittert.

„Hüpf weiter", befehle ich. Das brauche ich wirklich noch, dass das Killerkaninchen von Caerbannog Zeuge meines demütigenden Zustandes wird. „Ich meine es ernst. Zwing mich nicht, dort runterzu...", stottere ich, als der Sybian wieder zum Leben erwacht. Dieses Mal nehmen die Vibrationen rasch zu und ich stöhne. Meine Beine verkrampfen sich und meine wunde Muschi pulsiert. Meine Schamlippen sind taub. Wenn ich es bis zum Sonnenaufgang schaffe, kann ich froh sein, wenn ich überhaupt laufen kann.

Als ich wieder aufblicke, ist der Hase verschwunden, davon gesprungen in die Wüste. Die Berggipfel werden von zartem Blau umrahmt und strahlen sanft im sich nähernden Licht.

Sieh dir den Sonnenaufgang an.

Vermisst Lucius dies so sehr? Wie würde ich mich

fühlen, wenn ich nie wieder einen Sonnenaufgang sehen könnte. Niemals einen Sonnenuntergang erleben würde. Die Schönheit des Lichts. Ich sehe zu, wie der Tag anbricht und tue so, als wäre es das letzte Mal, dass ich einen Sonnenaufgang sehe. Ich präge ihn mir ganz genau ein.

Der erste Hauch des Sonnenlichts an der Bergwand ist weich. Die Vögel singen. Einige von ihnen flattern von ihren Ästen, im Morgenlicht sicher vor Raubtieren. Die Erde erwärmt sich und die rote Wüste erwacht zum Leben. Die Schatten schrumpfen zu Flecken satter Dunkelheit, die sich hinter den Saguaros erstrecken. In der Hitze des Tages werden diese Schatten willkommene, kühle Rastplätze sein, aber in diesem Moment, in dem die Dunkelheit flieht und die Nacht schwindet, wäscht die Morgendämmerung die Welt mit Licht und Vogelgesang rein. Dieses Wunder geschieht jeden Tag, ist jedoch alles andere als alltäglich. Gezwungen zu sein, es mitzuerleben, lässt mich dem verdammten Vampir fast dankbar sein.

Fast. Als die Sonne die Berggipfel erklimmt, keuche ich durch einen weiteren Höhepunkt.

Plötzlich verstummt der Sybian.

Die Vögel zwitschern weiter. Mein Freund der Hase springt zwischen zwei Kugelkakteen umher und schnüffelt an ihren Früchten.

Das Haus hinter mir ist leer, sein Herrscher sicher in seinem Versteck eingeschlossen. Lucius hat die Morgendämmerung von Tucson, dieses glorreiche Schauspiel, noch nie gesehen. Zweitausend Jahre endloser Nacht. Eine einsame Existenz in der Dunkelheit.

Die Verschlüsse an meinen Handschellen lösen sich. Ich bin frei.

Dem Schicksal sei Dank. Lucius ist ein barmherziger König.

Zumindest zu mir.

Ich stehe vom Sybian auf. Der Schrei meiner Muskeln verblasst im Vergleich zur Schwere in meinem Herzen.

Und in diesem Moment weiß ich es.

Ich hasse Lucius Frangelico nicht.

MEINE MUSKELN ÄCHZEN, als ich schnell dusche. Es wäre schön, die Badewanne zu füllen und mich einzuweichen, aber ich vergeude sowieso schon Zeit.

Ich muss von hier verschwinden. Lucius weiß, dass ich hier bin, um ihn zu töten. Er sagt, dass er mich nicht töten wird, aber wer weiß schon, welche Spielchen er spielt.

Alles ist verworren und durcheinander. Mein Feind ist nicht der, für den ich ihn gehalten habe. Oder habe ich jegliche Perspektive verloren?

Ich ziehe mir eine Jeans und ein T-Shirt an und schnappe mir eine Tasche, um ein paar Sachen zu packen, als ich es sehe. Auf dem Nachttisch, der vorher leer war: ein Handy. Es ist schwarz und sieht simpel aus, kein schickes Smartphone, aber ich wette, es ist nicht nachverfolgbar. Lucius löst sein Versprechen ein. *Ich halte meine Versprechen, Hündchen.*

Eine Nummer ist darin gespeichert. Declans.

Ich drücke das Handy gegen meinen Mund. Anrufen oder nicht? Ich könnte abhauen, zu Xavier laufen und ihm sagen, dass ich versagt habe. Ich kann Lucius nicht töten.

Ich meine ... ich werde ihn nicht töten.

Selbst wenn ich es könnte, was ich nicht vollständig für möglich halte, könnte ich mich nicht dazu durchringen.

Xavier wird mich für mein Versagen bestrafen. Aber er ist nicht schuldlos. Je mehr ich herausfinde, desto mehr vermute ich, dass er mich angelogen hat. Wie würde er reagieren, wenn ich Antworten verlangte?

Nicht gut. Einer von uns würde sterben.

Vielleicht ist es an der Zeit, dass ich meine Hände von Vampiren reinwasche. Ich könnte weit weglaufen und hoffen, nie wieder den Weg eines Vampirs zu kreuzen.

Oder ... ich könnte hierbleiben.

Beim Vampirkönig bleiben, dem angeblich grausamen, definitiv dominanten Herrscher, der mir mehr Fürsorge und Güte entgegengebracht hat, als ich sie seit Jahren erfahren habe.

Mein Körper sehnt sich nach ihm. Selbst nach allem, was er mir angetan hat. Besonders nach allem, was er mir angetan hat.

Ich drücke auf „Anrufen" und lege das Telefon hin, bevor ich meine Meinung ändern kann. Welchen Sinn macht es, Declan anzurufen? Warum sollte ich ihn nach meinem Rudel suchen lassen? Wenn er irgendwie herausfindet, dass es nicht Lucius war ... was soll ich dann tun?

Dumm. Ich sollte auflegen. Ich greife in genau dem Augenblick nach dem Telefon, als Declan abnimmt.

„Hallo?" Die Stimme des Iren klingt angespannt.

„Hier spricht Selene."

„Je-sus, ich dachte schon, du wärst Frangelico, der mich tagsüber anruft. Mir ist fast das Herz stehen geblieben."

Ich kann mir ein Lächeln nicht verkneifen. „Nein, ich bin es nur. Ich bin Lucius' ..." Sub? Geliebte? Haustier? Sklavin? Ich verziehe das Gesicht.

„Ich weiß, wer du bist, Mädel", rettet mich Declan. „Frangelico hat mich angerufen und gesagt, dass er die Untersuchung jetzt dir überlässt. Ich kann dir erzählen, was wir bis jetzt gefunden haben, wenn du willst."

„Ich ..." Die Kamera in der Ecke fällt mir ins Auge. „Ja,

ähm, zuerst muss ich etwas erledigen. Kann ich dich in zehn Minuten zurückrufen?"

Zehn Minuten später habe ich mich aus dem Herrenhaus geschlichen. Die Wüste bietet nicht viel Schutz, aber ich verlasse das Haus, entferne mich, ohne von den Wachen gesehen zu werden und gehe den Berg hinunter. Als ich Declan erneut anrufe, fragt er mich, wo ich bin und ob ich hungrig sei. Und so lande ich mit Declan, Parker und Laurie bei In-N-Out Burger. Das Trio ist genauso merkwürdig, wie ich sie in Erinnerung habe. Möglicherweise noch merkwürdiger.

Sie streiten sich ganze zehn Minuten lang um Pommes und Soßenpäckchen, bevor ich mich räuspere.

„Stimmt ja, Mädel." Declan beugt sich vor. Die drei haben sich auf die Plätze mir gegenüber gedrängt. Wahrscheinlich können sie einander so das Essen besser stehlen, nehme ich an. „Dein Rudel."

„Psst", warnt Laurie.

„Entschuldige", sagt Declan in einem übertriebenen Flüstern. „Wir haben uns deine Auktionsakte besorgt. Haben die Adresse zurückverfolgt, aber sie war gefälscht."

Das wusste ich. Xavier würde meine Spuren besser verwischen.

„Also haben wir die Wandler-Sklavenhändler gefragt. Das sind wirklich fiese Typen. Sie wollten uns nichts verraten, aber wir haben etwas nachgehakt und schließlich deine Geburtsurkunde gefunden. Selene Black aus dem Black Pine Rudel." Er knallt ein Dokument auf den Tisch. Ich prüfe die Namen meiner Eltern.

Ich kann es einfach nicht glauben. Lucius hatte recht, diese Jungs sind gut.

„Von da an war es einfach", fährt Parker fort. „Die menschlichen Nachrichten haben über das Massaker berichtet. Ein benachbartes Rudel musste kommen, um sich um den Schlamassel zu kümmern – den Leichenbeschauer bestechen und die Toten beschlagnahmen. Sie gaben es als Tat eines Serienmörders aus. Glücklicherweise gab es nicht allzu viele Bissspuren, sodass sie als Nadelspuren oder ähnliches durchgehen konnten. Der Blutsauger, der dein Rudel erledigt hat, war in Eile und schlampig. Hat nicht getrunken, sondern sie einfach liegenlassen."

„G-geht es d-dir gut?", fragt Laurie und legt eine Hand in die Nähe von meiner, ohne mich tatsächlich zu berühren.

„Ja." Ich finde meine Stimme wieder. „Ich wusste es. Ich habe ein Bild vom Gemeinschaftshaus gesehen ... von danach."

„Also", sagt Declan nach einer langen Pause. „Nun, wir dachten, wir würden unseren Radius erweitern. Ein paar andere Rudel in der näheren Umgebung befragen, um zu sehen, ob jemand weiß, was passiert ist."

„Ja. Hört sich gut an." Ich drücke meinen Mund auf meine Hand.

„Mein h-herzliches Bei-l-leid", stottert Laurie leise.

Ich zucke mit dem Kopf. „Es ist schon lange her. Glaubt ihr ..." Ich schlucke. „Glaubt ihr, ihr könntet euch umhören und auch herausfinden, was mit meiner Familie passiert ist?" Ich sage ihnen das Datum, an dem meine Familie gestorben ist. Laurie sieht sogar noch angeschlagener aus. Declan starrt auf den Tisch.

„Erinnerst du dich an irgendetwas von dieser Nacht?", fragt Parker.

Ein Blitz des Schmerzes schießt durch meine Schläfe. „Nein." Ich reibe mir den Kopf. „Nichts. Es muss traumatisch gewesen sein. Normalerweise bekomme ich Kopfschmerzen, wenn ich versuche, mich daran zu erinnern."

Declan und Parker werfen sich Blicke zu.

„Glaubt ihr ...?" Ich sammle mich wieder, bevor ich die Nerven verliere. „Glaubt ihr, ihr könnt den Vampir finden, der das getan hat?"

„Ich weiß es nicht, Mädel", sagt Declan grimmig und mit angespannten Kiefer. „Aber wir werden es versuchen."

～

Lucius

DIE LUFT in meiner Gruft verdichtet sich mit Einbruch der Nacht. Die Magie, die mich zu dem macht, was ich bin, kribbelt in meinem Körper und erweckt meine Sinne. Ich öffne die Augen. Die Nacht dehnt sich vor mir aus, erfüllt von köstlichen Möglichkeiten. Ich muss ein Haustier fangen und es bestrafen oder belohnen.

Ich schmecke die Luft, als ich meine Gruft verlasse.

Ich rechne fest damit, dass Selene weggelaufen ist. Kein Problem. Ich werde sie finden. Ich werde ihr nichts tun – ich würde dem kleinen Wolf nie etwas antun, aber ich bin noch nicht fertig mit ihr. Ich bleibe stehen, als ich ihren frischen Duft wahrnehme. Selenes Zimmertür steht offen, aber sie ist immer noch hier, irgendwo im Haus. Nach allem, was zwischen uns vorgefallen ist, ist sie nicht weggelaufen.

„Hündchen", rufe ich und schleiche barfuß über den Teppich auf die verräterischen Geräusche zu. Sie sitzt auf dem Sybian, die Hände und Füße durch die Fesseln gerutscht.

Oh Scheiße. Habe ich sie nicht freigelassen? Ich eile an ihre Seite. „Warst du den ganzen Tag hier?"

„Nein." Sie schenkt mir ein müdes Lächeln. „Ich bin gegangen, als die Fesseln sich geöffnet haben, aber ich wollte zurück sein, bevor Sie aufwachen. Ich wollte, dass Sie mich so finden."

„Warum, Hündchen?" Ich streichele über ihren nackten Rücken. Sie ist ein Wunder. Noch nie, nicht in zweitausend Jahren, habe ich jemanden wie sie gekannt.

„Ich wollte Ihnen eine Freude machen", flüstert sie, schließt ihre Augen und schmiegt sich an meine Hand. Sie befindet sich in diesem süßen Zustand nach einer Session, wenn all ihr Widerstand verflogen ist.

„Oh, Hündchen" ich streiche ihr das verschwitzte Haar zurück. „Das hast du. Das tust du."

Sie wimmert, als ich sie vom Sybian hebe. Als ich sie ins Badezimmer trage, schlingt sie ihre Arme um meine Schultern und lehnt sich an mich, bis ich sie zu einem warmen Bad überreden kann.

„Ich gehe davon aus, dass du mich nicht länger töten willst."

„Das ist noch unentschieden." Ihre Mundwinkel zucken nach oben. „Ich habe mit Declan und seinen Freunden gesprochen. Sie suchen nach meinem Rudel. Sie sagten, sie würden mir helfen, und ich glaube ihnen. Ich glaube, ich kann ihnen vertrauen."

„Das kannst du. Sie helfen Wandlern aller Art und hassen jeden, der die Schwachen bedroht." Mein Mund verzieht sich mit Selbstspott. „Sie sind mir etwas schuldig, sonst würden sie nie für mich arbeiten."

„Das ist nicht wahr", überrascht sie mich. „Sie sprachen in den höchsten Tönen von Ihnen. Sie sagten, Sie wären in Ordnung ... für einen Blutsauger."

Ich lache leise und halte ihr eine Flasche Wasser an die Lippen.

Sie schluckt und sieht mir in die Augen, während sie trinkt. Als sie fertig ist, lässt sie ihren Kopf mit einem

Seufzer zurückfallen. „Ich nehme an, wir haben einen Waffenstillstand?"

„Waffenstillstand", stimme ich zu. „Und jetzt sei still und lass dich von mir umsorgen." Sie schließt die Augen und ich wasche sie, massiere ihre Füße, ihre Waden, ihre Zehen. Als ich mit ihr fertig bin, ist sie schlaff und geschmeidig mit von der Wanne rosa gefärbter Haut. Ich gleite mit einer Hand an ihrem inneren Oberschenkel hinunter. Sie presst die Beine zusammen und entzieht sich mir mit einem Wimmern.

„Arme Muschi", säusele ich und gebe ihr ein paar Schmerzmittel. Ihre Wandlerheilung hat eingesetzt und hat ihre Schamlippen, bis auf ein paar wenige verbleibende Schwellungen geheilt, aber ich will nicht, dass sie irgendwelche Schmerzen hat. Sie lehnt sich zurück und lässt mich ihr Haar waschen.

Als ich mich zu ihr beuge, öffnen sich ihre Lippen und sie schluckt.

„Schhh", sage ich zu ihr. „Sei einfach still."

Sie schüttelt den Kopf.

„Hündchen. Gehorche mir."

„Ich habe mir den Sonnenaufgang angesehen", flüstert sie mit heiserer Kehle. Sie setzt sich auf und greift nach meiner Hand. „Alles begann mit einem Glühen. Ein gelbes Licht auf den Bergen. Der Himmel hatte sich bereits marineblau gefärbt ..."

Erstarrt sitze ich da, während Selene jede Minute der Morgendämmerung beschreibt.

Als sie fertig ist, leckt sie sich die Lippen. „Habe ich es gut gemacht?"

Ich blinzele. „Hündchen. Das war perfekt."

∽

SELENE

ALS ICH ERWACHE, bläst mir kühle Luft über das Gesicht. Neben mir rührt sich ein riesiger Körper aus seiner Bewegungslosigkeit und streicht mir die Haare aus dem Gesicht.

„Hündchen. Du bist wach."

„Sie sind immer noch hier?"

„Wo sollte ich denn sonst sein?" Er spielt weiter mit meinem Haar, breitet es über meiner Schulter aus, schließt es in seine Faust. Er ist besessen damit. „Geht es dir gut?"

„Immer noch nicht tot."

Wir sind zusammen. Allein. Der Raum ist mir vertraut. Sein privates Schlafzimmer und ich liege auf dem riesigen Himmelbett gegenüber von dem Kamin, in dem ich zuvor eingeschlossen war.

Ich nehme an, er hat mir verziehen, dass ich sein Schlafzimmer auseinandergenommen habe.

Ich schlinge meine Beine durch seine.

„Hündchen, nein. Du hast Schmerzen."

Ich nehme seine Hand und lege sie auf meinen Unterleib. „Ich bin bereit. Ich will es."

Mit glitzernden Augen lässt Lucius seine Hand tiefer gleiten. „Du weißt aber schon, dass du nicht wirklich unterwürfig bist."

„Das habe ich Ihnen doch gesagt." Ich rolle mit den Augen und beginne zu stöhnen.

„Du warst immer zu mutig für dein eigenes Wohl. Selbst wenn du vor mir niederkniest, zeigst du keine Angst."

Ich schnaube. „Ich habe mich immer vor Ihnen gefürchtet. Ich bin nicht dumm."

Er kneift mir in die Brustwarzen. Der Schmerz summt durch meinen Körper und bringt meine Sinne zum Singen.

Ich schlinge mein nacktes Bein um seine Hüfte und locke ihn näher heran, wohl wissend, dass ich ihn zu nichts zwingen kann, was er nicht tun will.

„Ich will es."

„So unverschämt." Er schmiegt seine Lippen an mein Kinn. Ich drehe den Kopf und jage seinem Kuss hinterher. Er hält ihn zurück, spielt mit seinen Lippen über mein Gesicht, während er mich mit seinem schweren Körper an Ort und Stelle hält und mich zwingt, seine Dominanz zu akzeptieren. Als er seinen Mund schließlich auf meinen drückt, stoße ich ein triumphierendes Knurren aus.

Er beendet den Kuss und starrt mich zufrieden an, während sein Schwanz in seiner harten, ablenkenden Länge gegen meinen Oberschenkel stößt.

„Du bist ein Alphaweibchen, Selene. In jedem Rudel würdest du ganz oben stehen."

Ich zucke bei der Erwähnung eines Rudels zusammen. Er erkennt meine Betroffenheit, denn er schiebt seine Hand an mir hoch. „Hündchen, ich wollte nicht ..."

„Es ist in Ordnung", unterbreche ich ihn. „Ich weiß, was Sie meinten. Aber ich bin jetzt nicht in einem Rudel."

„Nein. Du bist hier bei mir."

„Im Haus des Vampirkönigs."

„Im Bett mit einem Monster."

Ich strecke meinen Hals, um sein Ohr zu finden. Ich kann gegen seine Anziehungskraft nicht länger ankämpfen, nicht mehr. „Es gibt keinen Ort, an dem ich lieber wäre."

Mit einem eigenen Knurren packt er meine Handgelenke und drückt sie neben meinen Hüften aufs Bett, während er sich nach unten arbeitet.

„Halte still", befiehlt er, als er meine Muschi erreicht. Sein heißer Atem spielt über meine rasierte Haut und bringt mich dazu, zu versuchen, mich ihm zu entziehen.

Seine Reißzähne kratzen über meine nackte Muschi und ich zittere, weil er so gefährlich ist.

„Mein Hündchen, so süß, so verführerisch." Er schmiegt sich an meinen inneren Oberschenkel. „Weißt du, dass genau hier eine Arterie verläuft?" Seine Zunge wirbelt über die empfindliche Haut, gefolgt von seinen knabbernden Zähnen. „Köstlich. Ein wahrhaftes Buffet, genau hier."

Tun Sie es. Beißen Sie mich. Ich möchte betteln, aber meine Muschi muss zu saftig und appetitlich aussehen, da er seinen Kopf dreht und mich mit einem langen Lecken belohnt. Ich bin von der Elektrostimulation des Vorabends gut geheilt, kann mir aber ein Wimmern nicht verkneifen, als er meine Schamlippen mit seiner Zunge peitscht und mich zum Höhepunkt treibt. Mit den Händen drückt er meine Beine auseinander, während ich meine Fäuste in das Bettlaken grabe.

„Flehe mich an, bevor du kommst", befiehlt er und ich fange sofort an zu brabbeln.

„Bitte ... Herr, Lucius ..."

„Komm. Jetzt." Er fügt seinem Befehl zwei Finger hinzu, mit denen er gegen meinen G-Punkt drückt, und ich komme so heftig, dass es mich fast entzweireißt.

Ich keuche noch immer, als er sich über mir erhebt, meine Handgelenke packt und mich füllt. Ich wurde von seinen Fingern und Dildos gedehnt, aber nichts bereitet mich auf das Gefühl seines Schwanzes vor: Hart. Dominierend. Perfekt. Meine Augen tränen, so schön ist es.

„Hündchen", keucht er und bewegt sich mit sanften Stößen, während sich ein neuer Orgasmus in mir anbahnt. Er ist riesig und dunkel über mir und erfüllt meine ganze Welt. Noch nie war ich jemandem so nahe. Ich wollte noch nie jemandem so nahe sein, wie ich Lucius nahe sein will.

Ich schlinge meine Beine um seine kreisende Hüfte und

ziehe ihn näher in mich. Unsere Körper treffen aufeinander, nass vor Schweiß wiegen wir uns aneinander, nachdem wir uns kaum voneinander gelöst haben. Ich kralle mich an seinem breiten Rücken fest und markiere ihn auf meine Weise. Seine Pupillen weiten sich, die Augen so dunkel, dass sie schwarz und wild werden. Der Vampirkönig fickt mich und ich bringe ihn dazu, die Kontrolle zu verlieren.

„Vielen Dank", flüstere ich.

„Verdammt", murmelt er, als seine Augen über mein Gesicht wandern. „So süß." Seine Hüfte rollt gegen meine und drängt seinen Schwanz tiefer. „Wirst du für mich kommen?"

„Ja ..."

„Ja?"

„Ja, bitte, Herr, darf ich kommen?"

„Braves Mädchen." Er beschleunigt seine Stöße und meine Beine beginnen zu zittern. „Komm, meine Schöne. Komm für mich."

Ich schreie auf und werfe den Kopf zurück, als sein Schwanz meinen Muttermund rammt. Es ist zu viel, es ist nicht genug, es ist genauso, wie ich es mag. Die Empfindung dehnt sich aus, aufwühlend, reißend, spaltend. Glückseligkeit strömt in meinen Kopf und schießt bis in meine Zehen hinunter. Meine inneren Muskeln umklammern Lucius' dicken Schwanz, bis er stöhnt.

Ich werfe den Kopf zurück und entblößte meinen Hals. „Beißen Sie mich", dränge ich. Der verruchte Schimmer in seinen Augen schießt Nervenkitzel durch mich hindurch. Aber er bewegt sich nicht.

„Lucius, kommen Sie schon. Beißen Sie mich." Ich schnappe mit den Zähnen nach ihm.

Er knurrt, packt meine Handgelenke und fixiert sie, während er mit der Hüfte schneller stößt. „Du gibst hier nicht die Befehle." Er schlingt seine Hand um meinen Hals und ich werde schwach wie ein Kätzchen, das am Nacken hochgehoben wird.

Meine Brustwarzen sind wie gemeißelte Spitzen, die über seine feste Brust reiben, als er mich näher an sich zieht. Seine Reißzähne zwicken mein Ohr und ich spüre den winzigen Stich in meiner Muschi. Er beißt fester zu, hart genug, um die Haut zu durchdringen. „Mmmm", murmelt er und leckt mein Ohrläppchen. Ich komme härter, wohl wissend, dass er mein Blut leckt und mich schmeckt.

～

Lucius

MEINE WOLFSFRAU HEULT UNTER MIR, während sich ihre Muschi wie ein Schraubstock um mich zusammenzieht. Der Tropfen ihres Blutes erblüht auf meiner Zunge, während ich mich in ihr ergieße. Ich greife zwischen uns, reibe über ihre Klitoris, bis sie heftig zuckt und die Augen in einem letzten Höhepunkt verdreht. Ich lecke mir die Lippen, entziehe mich ihr und bewundere das glänzende Rosa ihrer armen, geschundenen Muschi. Ihr Geschmack macht süchtig. Ich habe noch nie etwas so Süßes probiert.

Ich lege mich neben sie und streichle mit den Fingern über ihr Gesicht, zwischen ihren Brüsten hinunter und könnte ewig so liegen und sie beobachten.

Aber wie immer muss es mein Hündchen weitertreiben.

Sie schlingt die Arme um meine Schultern und schmiegt ihren Mund an mein Ohr. „Beißen Sie mich", flüstert sie. „Ich will es spüren."

Ich ziehe meinen Kopf zurück, um ihr Gesicht zu studieren. „Zu Beginn könnte es wehtun."

Furchtlos wie immer sieht sie mir in die Augen. „Schmerz kann ich ertragen."

„Ja, ich weiß, dass du das kannst." Ich löse mich von ihr und signalisiere ihr stillzuhalten, während ich mich zwischen ihren Beinen niederlasse. „Ich mache es gut für dich", verspreche ich und gleite an ihrem Körper hinunter. Ich dringe mit den Fingern in sie ein und treibe sie langsam zum Höhepunkt. Sie reagiert, so wie sie es immer tut. Kämpft gegen die aufsteigende Lust an und lässt sie mich ihr entlocken. Als sie bei ihrem Höhepunkt stöhnt, drehe ich sie um und stoße in ihre enge Muschi hinein. Ihre inneren Wände sind heiß und umklammernd, pulsierend von ihrem Orgasmus und quetschen mich wie eine Faust zusammen. Ich spieße sie auf, ziehe sie in meine Arme und beuge ihren Körper zurück. Ein Orgasmus endet und ein anderer beginnt und entreißt meinem wunderschönen Hündchen einen Schrei aus der Brust. Ich schwinge einen Arm um ihre Mitte, halte sie fest und hebe sie hoch, während ich sie von hinten nehme. Mit meiner freien Hand streiche ich ihr das Haar vom Hals.

„Halt still", sage ich zu ihr und nagele sie mit einem kräftigen Stoß fest. Ich packe ihren Hals und drücke ihren Kopf zur Seite. „Es wird ein bisschen wehtun." Ich neige meinen Kopf zur anderen Seite und durchbohre ihre süße Haut mit meinen Reißzähnen. Ein Zwicken, als ich in sie dringe, der versprochene schmerzhafte Moment. Ihre Muschi zieht sich zusammen. Ich nehme einen starken Zug und Lust strömt durch mein Gehirn, als der süße Rausch frischen Blutes auf meine Zunge trifft. Ich habe eingelagertes Blut getrunken, damit ich mehr Kontrolle habe, wenn ich mit meinem Hündchen zusammen bin. Aber jetzt, da ich sie gekostet habe, kann ich nie wieder zurückkehren. Sie ist köstlich. Selene stöhnt und meine Reißzähne pumpen ein Lustserum in ihren Körper.

Sie kommt und schreit meinen Namen, während ich sie immer weiter mit meinen Reißzähnen und meinem Schwanz durchbohre.

Als es vorbei ist, reinige ich sie mit einem feuchten Tuch. Ich lasse sie ein Glas Wasser trinken und noch eine Schmerztablette nehmen. Ich will nicht, dass sie auch nur den geringsten Funken von Unbehagen verspürt. Es sei denn, ich foltere sie.

Das Bett neigt sich unter meinem Gewicht und sie rollt nahe an meine Seite. Ich küsse ihre verschwitzte Schläfe. „Wie fühlst du dich?"

Sie öffnet die Augen. „Ich bin immer noch nicht tot."

Ich streichle ihren Hals. „Bist du dir sicher?" Ich drehe ihr Kinn zu dieser und jener Seite und untersuche die Bissspuren, die ich an ihrem Hals hinterlassen habe.

„Werwölfe markieren sich gegenseitig, wenn sie sich verpaaren", murmelt sie.

„Wünschst du dir etwa, dies wären Spuren eines Paarungsbisses?"

„Nein." Ihr Körper versteift sich.

„Bist du dir sicher? Werwölfe verpaaren sich fürs Leben."

Sie wendet ihr Gesicht ab und zeigt mir ihr Profil. „Ich bin nicht an einem Gefährten interessiert. Niemals."

Ich greife nach ihrem Kinn und ziehe sie zu mir zurück. „Du bist zu jung, Hündchen. Du weißt nicht, was du willst."

„Einen Gefährten will ich nicht. Ich will nicht riskieren …"

„Ihn zu verlieren?"

Sie schweigt.

„Wir alle sterben", erinnere ich sie.

„Außer Sie", murmelt sie finster.

„Außer ich. Aber selbst ich könnte wählen, mich dem Tag zu stellen."

Das erregt ihre Aufmerksamkeit. „Würden Sie das tun? Eines Tages?"

„Wenn ich jemals jemanden über alles liebte. Über die Vernunft hinaus und sie sterblich wäre, dann Ja. Wenn sie stirbt, würde ich der Morgendämmerung ins Auge sehen."

Eine tiefe Falte erscheint zwischen ihren Brauen und ich drücke mit dem Finger darauf, um sie zu glätten.

„Wie du siehst, sind wir beide gleich. Wir weigern uns, der Liebe nachzugeben. Und weißt du auch warum?"

„Weil wir unfähig sind, mit jemandem zusammen zu sein?"

„Nein", sage ich zu ihr. Etwas, das sie bereits weiß. „Weil wir zu tief und zu viel lieben."

Sie kuschelt sich an mich. „Deshalb gefällt mir das hier."

„Nun, Hündchen, ich fühle mich geschmeichelt. Du magst mich?"

„Nein, nicht Sie. Das hier." Sie drängt sich an mich. „Kuscheln. Mit einem Vampirkönig."

„Ich kann dich niemals von hier fortgehen lassen. Es würde meinen Ruf zerstören."

„Sie werden mich töten, wissen Sie noch?", gähnt sie. „Oder ich werde Sie töten."

„Du sprichst so leichtfertig von Leben und Tod, Hündchen."

„Ich bin bereit."

„Du bist jung", erinnere ich sie. „Du solltest dein Leben nicht wegwerfen."

„Belehren Sie mich?" Ihre Augen weiten sich.

„Ja. Du vergeudest dein Leben für eine dumme Sache."

„Es ist keine dumme Sache."

„Mich zu ermorden? Töricht und unmöglich."

„Nun, Sie müssen das ja sagen", grummelt sie. „Sie wollen nicht ermordet werden."

„Nicht nur das", sage ich und bin überrascht, dass es die Wahrheit ist. „Jemand, der so jung und hübsch ist wie du, sollte sein Leben nicht darauf vergeuden, mit mir besessen zu sein."

Sie wirft mir einen Blick zu. „Besessen, hm?"

Ich drücke die Muskeln in ihren Händen und Armen. „Du hast kämpfen gelernt. Hast du dir vorgestellt, gegen mich zu kämpfen?"

„Ja", antwortet sie angespannt.

„Keine Sorge, Hündchen. Ich werde dich nicht länger ausfragen."

„Wollen Sie nicht wissen, warum?"

„Ich lebe schon seit langer Zeit. Ich habe eine große Anzahl von Gräueltaten begangen." Ich drehe sie auf die Seite, damit ich sie von hinten umarmen kann. „Du hast eine sehr menschliche Auffassung von Gerechtigkeit. Bereut es der Löwe, die Gazelle getötet zu haben? Es ist das Gesetz der Natur. Der Kampf ums Überleben."

„Und wenn ein Löwe sinnlos und unnötig tötet, sollte er dann sterben?"

„Wenn er stärker ist als seine Beute, dann nicht. Er hat das Recht zu töten."

„Glauben Sie das wirklich? Dass Sie ein Recht dazu haben zu töten? Wo ist denn Ihre Menschlichkeit?"

„Sie blutete genau wie mein Leben aus, als das Vampirvirus überhand nahm."

Sie hält still. „Sie haben also keinen Sinn für Moral."

„Doch, Hündchen, den habe ich. Ich war sehr moralisch, besonders im Vergleich zu meinen Kollegen."

„Würde Georgianna sagen, dass Sie moralisch sind?"

Ich verberge ein Lächeln. Selenes Besessenheit mit meiner früheren Liebe ist vielsagender, als sie es weiß. Mein kleines Hündchen hat Gefühle für mich. „Möglicherweise. Ich habe sie gut behandelt. Ich weiß, du hast keinen Grund, mir zu glauben ..."

„Ich glaube Ihnen", widerspricht sie mir leise und sieht mir in die Augen. Keine andere Kreatur schaut mir in die Augen wie Selene. Ihr Mangel an Furcht ist keine Prahlerei. Sie will mich ansehen, also tut sie es. Sie ist möglicherweise das einzige Geschöpf, das mich wirklich sieht. „Sie behandeln mich auch gut", sagt sie. „Also kann ich glauben, dass Sie nett zu ihr waren."

„Bis sie mich verraten hat. Ich habe sie getötet. Sie hat versucht, mich umzubringen und ich ... nun, ich bin das größere Raubtier."

„Sie haben sie geliebt."

„Ja. Und ich glaube, sie hat mich auch geliebt."

„Was?"

„Ein verliebter Vampir, ist das so unmöglich?", necke ich.

Sie schüttelt leicht den Kopf. „Sie hat Sie geliebt und wollte Sie töten? Warum?"

Mein Herz wird schwer, wenn ich daran denke. „Weil es ihr von ihrem Schöpfer befohlen wurde, Selene."

„Von ihrem Schöpfer?"

„Er war ein Vampir genau wie ich, alt, mächtig. Er hat sie zum Leben erweckt. Er liebte sie wie eine Tochter, dachte ich. Aber jetzt weiß ich, dass er mehr von ihr wollte."

Selene rümpft die Nase. „Igitt."

„Ja. Das Band zwischen Schöpfer und seinen Nachkommen ist eine heikle Beziehung und er hat sie ausgenutzt. Er befahl ihr, mich zu töten, und ich bezweifle, dass sie auch nur daran gedacht hätte, Nein zu sagen." Mein Seufzen streicht durch Selenes Haar. „Das habe ich noch nie jemandem erzählt."

„Warum erzählen Sie es mir?"

„Ich weiß es nicht. Vielleicht weil du genauso aussiehst wie sie. Du erinnerst mich daran, wie ich mich gefühlt habe, als ich mit ihr zusammen war. Jung. Verliebt."

„Verliebt."

Sie ist so lange still, dass ich fast glaube, sie ist eingeschlafen.

„Lucius?", fragt Selene mit leiser Stimme.

„Ja, Hündchen?"

„Was passiert danach? Wie geht es weiter?"

„Was möchtest du denn?"

„Ich möchte ... es gibt Dinge, die ich gern getan hätte."

„Mich zu töten?", erwidere ich trocken.

„Das schon ... aber auch andere Dinge. Diese Wandler in Käfigen. Ich wollte sie retten."

„Was, wenn sie dort sein wollen?"

„Sie wollen es nicht. Die Auktionen sind eine Abscheulichkeit. Ich würde sie gern unterbinden."

Ich möchte dasselbe, obwohl sie das nicht weiß. „Wie wäre es ... wenn du mir hilfst, und ich helfe dir?"

„Wie?"

„Du bleibst als meine Unterwürfige bis zum Monatsende hier." Das wird mir genügend Zeit geben, meine Feinde aus dem Weg zu räumen. „Im Gegenzug werde ich die Auktionen stoppen."

„Und alle anderen Wandler freilassen?"

„Ja. Kein Gestaltwandler wird mehr einem Vampir dienen. Es sei denn, sie wollen es."

„Sie werden es nicht wollen", sagt sie.

„Du klingst so sicher. Ein Gestaltwandler, der in einen

Vampir verliebt ist? Ist das so etwas Unmögliches?",
frage ich.

Sie hebt den Kopf und begegnet meinem Blick. Die Luft
zwischen uns lädt sich auf. Kleine elektrische Blitze
schießen zwischen ihr und mir.

„Ein Monat", stimmt sie mit heiserer Stimme zu. „Dann
ist es vorbei."

„Ein Monat." Ich nicke und ziehe sie zurück in meine
Arme. „Jetzt sei still. Wir haben viel zu tun." Ich greife zum
Nachtisch und schnappe mir die Fernbedienung.

Sie vergräbt ihr Gesicht in meinem Nacken. „Keine
Session mehr. Ich kann nicht mehr …"

„Schhh." Ich lache leise. „Ist schon gut, Hündchen.
Dieser Teil des Abends ist vorbei."

Ich drücke einen Knopf und über dem Kamin öffnet
sich ein Paneel. Ein Flachbildfernseher kommt zum
Vorschein. Ein weiterer Knopf und der Bildschirm flackert
auf.

Monty Python – Die Ritter der Kokosnuss beginnt zu spielen. Selene ist regungslos.

„Bequem?", flüstere ich. Mit auf den Bildschirm gerich-
teten Blick nickt sie. „Gut. Entspann dich", befehle ich.
Einen Moment später kichert sie über die ‚schwedischen'
Untertitel. Sie sitzt noch immer steif auf meinem Schoß und
wehrt sich gegen meine Anweisung.

Irgendwann bewegt sie sich und ich halte sie fest.

„Ich muss pinkeln", schmollt sie und ich lasse sie mit
dem Versprechen gehen, dass sie gleich wiederkommt.

„Geht es dir gut?", frage ich sie, als sie erneut den Raum
betritt und am Fußende des Bettes steht.

„Nur eine Fleischwunde", sagt sie mit der Stimme des
Schwarzen Ritters.

Ich öffne meine Arme. „Komm her", befehle ich ihr, als

sie zögert. „Ich möchte dich festhalten." Sie beißt sich auf die Lippe und krabbelt auf meinen Schoß. Eine Sekunde später seufzt meine unterwürfige Wölfin glücklich. Der Abspann läuft weiter und wir lachen gemeinsam.

Es wird nicht ewig währen. Aber nichts währt für immer.

~

Selene

Am nächsten Tag wache ich mittags auf. Das Bett ist leer und ich fühle mich beraubt. Ich hatte nicht erwartet, dass er so sein würde. Ich hatte nicht mit der Güte, dem Hass, der Wut und der Liebe gerechnet, alles miteinander verworren. Aber wann immer er weg ist … vermisse ich ihn.

Er sagt, er habe mein Rudel nicht getötet. Wem soll ich glauben? Meinem Mentor, der alles geopfert hat, um mir die Chance auf Rache zu bieten, oder Lucius?

Vertraue ich meinem Kopf oder meinem Herzen?

„Ich bin so ein Idiot." Ich reibe mir den Schlaf aus den Augen. Ich bin in den Vampirkönig verschossen.

Ein Gestaltwandler, der in einen Vampir verliebt ist. Ist das so etwas Unmögliches?

Er ist ein Vampir und nicht irgendein Vampir – der König. Ich bin ein Wolf. Welten trennen uns, so weit wie die Sonne vom Mond entfernt ist.

Es ist sinnlos. Ich bin in ein Monster verliebt. Und es macht mir noch nicht einmal etwas aus.

~

Bei Einbruch der Nacht findet mich Lucius auf der Terrasse. Ich gehe auf und ab.

„Hündchen?"

Ich schiebe meine wilde Mähne zurück. Ich habe gebadet, nachdem meine Babysitter gegangen waren, habe mich sonst aber nicht zurechtgemacht. Ich konnte es nicht ertragen, umgeben von seinem Duft im Haus zu sein. „Sie nennen sich selbst ein Monster. Warum?"

„Ich habe Dinge getan, Selene", sagt er sanft. „Dinge, die ich bereue. Nicht was du denkst, aber ich habe getötet. Menschen wehgetan. Aber das ist schon lange her." Er breitet seine Hände aus. „Die Welt war damals anders."

Auch wenn es dumm ist, glaube ich ihm. „Warum waren Sie bei der Auktion?"

„Ich habe gehört, dass sie Wandler versteigern."

„Sie wussten es vorher nicht?" Xavier hatte es so klingen lassen, als wären die Auktionen Lucius' Idee gewesen.

„Ich wusste, dass es Vampire mit einer Vorliebe für Wandlerblut gibt, die sich Gespielinnen suchen. Aber Gestaltwandler sind nicht unsere natürlichen Opfer. Ich wusste nicht, dass Wandler-Sklaventreiber die schwächsten Arten jagen und sie an den Höchstbietenden versteigern."

„Sie wussten es nicht?"

„Nein. Ich gestehe, ich hatte den Kopf im Sand. Aber jetzt, da ich davon weiß, werde ich der Sache ein Ende setzen. Und das nicht wegen unserer kleinen Vereinbarung", fügt er hinzu. „Ich hatte schon lange zuvor geplant, dies zu tun."

„Tatsächlich?" Ich schüttle den Kopf. Mir ist schwindelig. Lucius ist nicht der Verbrecher, für den Xavier ihn ausgibt. Oder doch?

„Es ist nicht völlig uneigennützig. Es gibt Beweise, dass meine Schöpfungen einen Plan geschmiedet haben, sich gegen mich zu erheben." Er schüttelt den Kopf und sieht aus, als hätte er die von einem Kleinkind mit Fingern gemalten Bilder an der Wohnzimmerwand gefunden und nicht eine Gruppe erwachsener Vampire, die einen Putsch planen. „Ein paar von ihnen hatten die Idee, dass sie Gestaltwandler zu Vampiren machen können, um eine Armee zu bilden, die meine Herrschaft stürzen kann."

„Wandler verwandeln? Wie das?"

„Genau wie Menschen in Vampire verwandelt werden", sagt er und streicht sich über das Kinn. „Mehrfacher Blutaustausch gefolgt von einem Austausch von Herzblut – dem stärksten Blut im Körper. Der neue Wirt muss im Sterben liegen, damit das Herzblut ihn am Leben hält. Sein Sterben ermöglicht es dem Vampirvirus, die Oberhand zu gewinnen."

„Ist das möglich? Haben Sie es je getan?"

„Einen Wandler verwandelt? Nein. Das würde ich nie tun. Eine solche Kreatur wäre ... eine Monstrosität."

Ich zucke zusammen.

„Nicht ganz Gestaltwandler, nicht ganz Vampir. Mächtiger als beide. Wenn es machbar wäre, natürlich. Nur wenige Vampire sind stark genug, um mehr von unserer Art zu erschaffen. Es braucht ein starkes Opfer und einen starken Schöpfer. Vielleicht ist das der Grund, warum meine Nachkommen es mit Wandlern probieren. Sie hatten mit Menschen kein Glück und haben beschlossen, es mit einer stärkeren Spezies zu versuchen."

„Und hat es funktioniert? Ist es möglich?"

„Das weiß ich nicht. Ich glaube es nicht – zumindest bezweifle ich, dass einer meiner Nachkommen herausgefunden hat, wie man es macht." Er hält inne. „Es gibt einen Weg, Wandler so mächtig wie Vampire zu machen, aber niemand kennt ihn."

Ich trete einen Schritt vor. „Wie?"

„Durch unser Blut." Er betritt die Terrasse und kommt näher, während ich noch versuche, zu verstehen, was er gemeint haben könnte. Er neigt den Kopf und schaut zu mir herab. „Soll ich es dir zeigen?"

SELENE

„JA.", sage ich. Ich weiß nicht, zu was genau ich einwillige. Aber ich stecke zu tief drin, um es nicht zu tun.

„Komm zu mir", befiehlt Lucius. „Näher. So ist es gut."

„Was ... was wollen Sie tun?"

„Ich werde von dir trinken." Er streicht mir das Haar von der Schulter. „Dann wirst du von mir trinken."

„Was? Nein ..." Ich atme tief ein, als seine Reißzähne in meinem Hals versinken. Ein kleines Zwicken und dann kommt die Glückseligkeit. Mein Körper zittert von dem berauschenden Gefühl.

„Alles in Ordnung?", murmelt er.

„Nur eine Fleischwunde."

„Du bist dran, Hündchen." Er schneidet sich in die Brust und drückt meinen Mund gegen die Wunde. Der erste Geschmack von Blut ist süß und es prickelt auf meiner Zunge.

„Spürst du es?", fragt Lucius.

Ich schnappe nach Luft, als das Adrenalin durch meine Venen rast. Meine Glieder kribbeln mit einem Überschuss von Energie. Mein Herz scheint schneller zu schlagen und meine Sinne schärfen sich.

Ich bin Super-Selene, die Kriegerin.

„Ein Wettrennen." Lucius zeigt auf einen Saguaro-Kaktus in der Ferne.

Ich laufe ihm nach und bewege meine Beine, so schnell ich kann – und dann rase ich derart blitzschnell dahin, dass ich verschwimme. Die Landschaft rauscht vorbei, bis ich taumelnd stehen bleibe. Ich habe den Kaktus vor ihm erreicht und bin noch nicht einmal erschöpft. Mein Körper pulsiert vor Kraft.

Ich drehe meine Hände, Handflächen nach oben und studiere sie zitternd. „Wird mich das verwandeln?"

„Nein, Hündchen. Es ist ein harmloser Austausch. Um eine Kreatur zu verwandeln, muss sie im Sterben liegen."

Gut. Dann bin ich in Sicherheit. „Wie lange wird es anhalten?"

„Es kommt darauf an, wie viel Blut du trinkst. Die Wirkung lässt mit der Zeit nach. Bis dahin bist du genauso mächtig wie ein Vampir. Vielleicht sogar noch mächtiger."

Ich starre Lucius an.

„Lauf mit mir." Er streckt seine Hand aus.

Ich lächle ... und sprinte in Richtung Berge los. Sein Lachen verfolgt mich und ich laufe schneller, während er mir dicht auf den Fersen ist. Vielleicht lässt er mir das Gefühl, ihm überlegen zu sein, aber er hat recht. Ich bin so viel stärker, als ich es jemals war. Mit seinem Blut, einer Superdroge, die durch mich fließt, könnte ich sogar einen Vampirkönig zur Strecke bringen ...

„Hier entlang", ruft er und verschwindet rasend schnell zwischen zwei Felsblöcken. Ich folge ihm, weiche Felsen aus, während wir den Bergweg erklimmen und roter Staub hinter uns aufwirbelt. Der Pfad endet auf halber Strecke, also suche ich mir meinen eigenen Weg, springe von Fels zu Fels und erklimme Klippen, bis wir den Gipfel erreichen.

Die Sterne hier oben sind heller und der Mond zum Greifen nah.

Mit einem Zischen in der Luft steht Lucius hinter mir und schlingt seine Arme um mich.

„Ich kann die Ewigkeit sehen", flüstere ich und erhebe meine Hände zu dem endlosen Blau, während ich das silberne Licht in mich aufsauge. Er dreht mich zu sich um, packt mein Haar mit seiner Faust und nimmt meinen Mund in Besitz. Ich krümme mich ihm stöhnend entgegen, spüre den Rausch durch mich strömen und beginne, an seinen Kleidern zu zerren. Wir fallen und er fängt mich ab, bevor ich auf den Boden schlage, rollt unter mich und hebt mich an der Hüfte hoch, bis ich seinen Schwanz befreie und mich auf ihn herabsenke. Die Welt dreht sich und das Sternenlicht lächelt über uns, aber selbst während ich ihn reite, weiß ich, dass es nicht für immer ist.

Dieses Gefühl kann nicht ewig anhalten.

„Warum haben Sie Ihr Blut mit mir geteilt?", frage ich später, viel später, als wir ineinander verschlungen in seinem Bett liegen.

Er zwirbelt eine Haarsträhne um seinen Finger. „Hat es dir keinen Spaß gemacht?"

„Sie wissen genau, dass es mir gefallen hat." Meine Glieder kribbeln noch immer und mein Körper ist kraftvoll mit seinem Blut in meinen Adern.

„Ich nehme an, ich wollte dich in gewissem Maß selbst erleben lassen, wie ich mich fühle. Die Kraft, die Fähigkeit."

„Es ist ein unglaubliches Hochgefühl. Es war, als wäre ich auf dem Gipfel der Welt. Alles lag mir zu Füßen."

„Mmm." Lucius konzentriert sich darauf, mit meinem Haar zu spielen und sieht mir nicht in die Augen. Mein Herz zieht sich zusammen. So traurig. All seine Kontrolle und Unsterblichkeit und es gibt niemanden, mit dem er sie teilen kann. Nur eine Wolfsfrau, die er bei einer Auktion ersteigert hat.

„Vielen Dank." Ich lege meine Finger um seine Wange und halte seine unglaubliche Schönheit in meiner Hand. „Sie haben mich in Ihre Welt gelassen. Das ist wunderschön."

„Das ist es. Aber du bist kein Geschöpf der Nacht. Du bist aus Licht gemacht." Er fängt eine Haarsträhne zwischen seinem Daumen und Zeigefinger ein und reibt sie.

„Mondlicht", korrigiere ich ihn. „Lucius. Nach diesem Monat ... haben Sie daran gedacht, mich zu behalten?"

Er lässt mein Haar los, greift nach meinem Bein und schiebt mich unter sich. „Nein", sagt er, während er in mich gleitet. Ich öffne die Beine weit, bereit, um ihn aufzunehmen. Ich könnte ihm nicht widerstehen, selbst wenn ich es versuchte – und ich habe es versucht.

Ich schlinge meine Waden um seinen herrlich muskulösen Arsch. Ich will ihm nicht länger widerstehen.

„Lucius", keuche ich, als er den Rhythmus seiner Stöße beschleunigt.

„Selene." Er platziert seine Reißzähne an meiner Kehle und beißt, als mein Orgasmus explodiert.

Als es vorbei ist, schmiege ich mich in den Schutz seiner starken Arme.

„Sie könnten mich behalten", murmele ich. Ich schlage das Unmögliche vor. Ein Vampir und ein Wandler gleichberechtigt miteinander.

„Das kann ich nicht. Du bist mir zu wichtig, um dich nicht gehen zu lassen."

〜

*S*ELENE

. . .

IM SPIEGEL BEGRÜßT mich ein bleiches Gesicht. Ein Monat als Sexspielzeug eines Vampirs hat meine Wangen so blass und blutleer wie die eines Geistes werden lassen. Nicht dass ich mich beschweren würde. Jegliche Erschöpfung schwindet, sobald ich Lucius' Blut trinke.

Ich trage roten Lippenstift auf – dieselbe Farbe des Blutes und der Vampirträume, die ich bei der Auktion getragen habe – und prüfe den Sitz meines Halsbandes. Lucius lässt es mich jetzt fast ständig tragen. Unsere Nächte sind zu einer einzigen langen Session geworden. Unsere gemeinsame Zeit ist fiebrig und verzweifelt, weil wir uns beide des Countdowns zum Ende bewusst sind. Lucius hat mich so gut trainiert, dass ich feucht und tropfnass werde, sobald ich auch nur seine Stimme höre. Er sagt meinen Namen und ich verliere den Verstand. Er schnippt mit den Fingern und ich komme. Wir verbringen jeden wachen Moment zusammen und tauschen fast täglich Blut miteinander aus. Er gibt mir sein Blut, damit ich den Rausch immer wieder erleben kann. Und wenn es vorbei ist, trinkt er von mir. Ich will nicht, dass er von irgendjemand anderem trinkt, nicht, wenn ich ihm das geben kann.

In ein paar Tagen wird es vorbei sein.

Lucius schreitet an meiner Tür vorbei und sieht in seinem Anzug einfach köstlich aus. Er hat mir eine Nacht in der Stadt versprochen, eine Nacht, in der wir so tun, als wären wir ein Pärchen. Wir werden schließlich im *Toxic* landen, so wie immer. Er hat die obere Hälfte des Clubs geöffnet, damit sich seine Nachkommen unter die Menschen mischen und in den dunklen Ecken von ihren Opfern trinken können. Das Verlies ist immer noch für ihn und mich reserviert. In ein paar Tagen werden sich alle von ihm Erschaffenen hier versammeln und ich werde meine erste öffentliche Session haben. Unsere letzte gemeinsame Session.

Ein Telefon klingelt im Haus. Ich verlasse mein Zimmer in einem raschelnden Gewand, während ich mir die Ohrringe anstecke.

Lucius ist im Foyer und telefoniert. „Theophilus?", antwortet er und hält inne. Ich spitze die Ohren. Lucius hat mir die Namen seiner Schöpfungen genannt und Theophilus ist einer von denen, die er respektiert. „Wo bist du?"

„Im Club", antwortet der Vampir. Ich höre ihn so deutlich, als stünde er im Raum. Die Ohren eines Werwolfs eignen sich hervorragend zum Lauschen.

Lucius dreht sich um und sieht mir in die Augen. Er weiß, dass ich zuhöre.

„Sie sollten sofort herkommen", sagt Theophilus mit angespannter Stimme. „Es gibt etwas, dass Sie sehen müssen."

Wir kommen um halb zehn im Club an. Die Tanzfläche ist bereits voll und vor der Bar drängen sich die Leute vier Reihen tief.

Lucius bleibt neben der Garderobe stehen. Wie immer ganz Gentleman, hilft er mir aus meinem Umhang. Er hat eine strenge Miene aufgesetzt, während die Clubangestellten eifrig herumrennen, um seinen Wünschen nachzukommen.

Er führt mich zu einer privaten Sitzecke mit Blick auf die Tanzfläche. „Ich muss mich um etwas kümmern. Ich bin gleich wieder da."

„Das ist in Ordnung", sage ich ihm und rutsche tiefer in die Sitzecke. „Es wird unseren Abend nicht ruinieren." Die Art, wie er seinen Kiefer anspannt, lässt mich denken, dass Köpfe rollen werden. Buchstäblich.

„Halte alle von ihr fern", sagt er zum Wachmann und schreitet schnurstracks über die Tanzfläche davon. Er schaut weder nach links noch nach rechts, aber die Menge teilt sich für ihn wie von Zauberhand. Sobald er verschwindet, sinke ich tiefer in meinen Sitz. Ich spiele mit dem Glas Merlot, das eine Kellnerin gebracht hat, und unterdrücke mein zunehmendes Gefühl der Vorahnung.

∼

Lucius

„WAS IST LOS?", maule ich, sobald ich mein Büro betrete. Die meisten meiner Schöpfungen arbeiten im Club und selbst wenn sie es nicht tun, müssen sie mir regelmäßig persönlich Bericht erstatten. Ich habe eine ganze Liste von Vampiren, die diese Treffen meiden oder sie hinauszögern.

Theophilus ist keiner von ihnen, aber er sollte mich heute Abend besser nicht enttäuschen. Ich habe nur noch wenig Zeit mit Selene und möchte sie nicht verschwenden.

„Es kam in einem Paket ohne Absender an, das eine Stunde vor Öffnung an die Tür des Clubs geliefert wurde. Wir haben Videoaufnahmen von der Lieferung, aber die Person war zu Fuß unterwegs und trug eine Ski Maske. Männlich, kaukasisch, wahrscheinlich ein Mensch. Wir verfolgen ihn immer noch."

„Und was befindet sich in dem Paket? Eine Bombe?"

„Nein. Das hier." Er hält einen USB-Stick hoch. „Wir haben bereits einen Virenscan durchgeführt. Er ist sauber. Und bis auf ein einziges Video leer."

„Spiel es ab." Ich verschränke meine Arme und wende mich dem Fernseher auf der anderen Seite des Raumes zu.

Seitlich meines Schreibtisches befindet sich eine Reihe von Bildschirmen, auf denen ich den gesamten Club über ein Sicherheitssystem beobachten kann. Die Tanzfläche ist voll, gleichermaßen von Vampiren und Menschen. Es ist unmöglich, die Vampire von ihnen zu unterscheiden, es sei denn, man ist selbst einer. Bis Mitternacht werden sich die Vampire ihre Opfer ausgesucht und sie in eine private Sitzecke getrieben haben, um dort in Ruhe von ihnen zu trinken.

„Schöpfer", sagt Theophilus und lenkt meine Aufmerksamkeit auf den Hauptbildschirm. Das mysteriöse Video beginnt mit dem Aufblitzen vertrauter weißblonder Haare. Selene, gekleidet in eine Tarnhose und einen Sport-BH, erscheint auf der Leinwand. Sie ist barfuß und unbewaffnet, bis auf einen Holzpflock in ihrer Hand. Jemand, der hinter der Kamera steht, muss ihr Anweisungen geben, denn sie nickt, dreht sich um und geht auf einen Mann zu, der angekettet am Boden liegt. Sie greift in sein Haar und zieht seinen Kopf so weit zurück, dass ich die Reißzähne sehen kann. Er ist ein Vampir und sie hat einen Pflock. Mit einer Bewegung rammt sie die Waffe tief in sein Herz. Dann schneidet sie ihm den Kopf ab und hält ihn für die Kamera hoch. Die Aufnahme endet und eine neue beginnt. Das gleiche Schema. Dieses Mal ist der Vampir weiblich.

„Eure Majestät", ruft jemand. Theophilus winkt ihn davon und schließt meine Bürotür, wodurch die Geräusche des Clubs und der sich amüsierenden Leute darin gedämpft werden. Die Sicherheitskameras zeigen eine fröhliche Horde von Menschen mit strahlenden Augen, die ununterbrochen lachen, reden und tanzen. Ich will dieses Büro am liebsten zerstören und den Club, mit allen sich darin befindenden Personen, bis auf die Grundmauern niederbrennen.

Theophilus dafür foltern, dass er der Bote war und meine Erniedrigung bezeugt hat.

Stattdessen bleibe ich still und schweigend stehen und sehe meinem lieben Hündchen dabei zu, wie sie Vampire pfählt. Wieder und wieder und wieder.

Das Video endet mit einer Nahaufnahme von Selenes perfektem Gesicht. Sie ist jünger, die Wangen gerötet und der Haaransatz von der Anstrengung verschwitzt, aber sie ist es. Mit einem trotzigen Ausdruck, der mir nur allzu gut bekannt ist, sieht sie direkt in die Kamera.

Eine verzerrte Stimme bricht die Stille. „Wer bist du?"

„Mein Name ist Selene."

„Was ist deine Mission?" Die Kamera zoomt noch näher heran.

„Lucius Frangelico finden."

„Und dann?"

Sie zögert nicht. „Ich werde ihn töten."

SELENE

ZEHN MINUTEN ohne Lucius und ich langweile mich bereits zu Tode. Zuzusehen, wie Vampire versuchen, ahnungslose Menschen zu verführen, ist nicht gerade meine Vorstellung von einem schönen Abend.

„Ich gehe zur Toilette", sage ich zu dem Wachmann.

„Frangelico sagt, du bleibst hier."

Ich rolle mit den Augen. „Entweder das oder ich pinkle auf den Sitz."

Der Wachmann drückt auf seinen Ohrstöpsel. „Wir räumen das Bad zuerst", sagt er. Gute Entscheidung.

Die Toilette, die sie geräumt haben, hat einen luxuriösen Wartebereich, der an den Raum mit den einzelnen Toilettenkabinen angrenzt. Es gibt eine Couch und riesige Spiegel. Die Waschbecken sind in edle Marmorwaschtische eingelassen und es gibt goldene Wasserhähne. Ich richte mein Haar und mache mich frisch, wobei ich mich ein wenig schlecht dafür fühle, dass Frauen draußen im Flur warten, um pinkeln zu gehen, während ich den ganzen Raum für mich allein habe. Lucius ist im Bezug auf Sicherheit ernsthaft paranoid. Es ist ja nicht so, als könnte irgendjemand zu mir gelangen, und selbst wenn es so wäre ...

„Hallo Selene." Beim Klang der tiefen Stimme reiße ich den Kopf herum. Ein Wimmern entspringt meiner Kehle, als ein riesiger Schatten die Tür aufstößt und eintritt.

Xavier.

„Was machst du denn hier?" Meine Wachen könnten jeden Augenblick hereinplatzen.

Er schleicht sich an meine Seite und stellt ein mit einer bernsteinfarbenen Flüssigkeit gefülltes Glas auf den schicken Waschtisch.

„Trink", befiehlt er. „Du wirst es brauchen."

Ich habe schon das halbe Glas geleert, bevor ich bemerke, dass ich gehorcht habe, ohne es infrage zu stellen. Alte Gewohnheiten lassen sich nur schwer ablegen.

Ich trinke aus und stelle das Glas wieder ab.

„Du darfst nicht hier sein", flüstere ich. Ich starre mein eigenes Spiegelbild im Spiegel an. Xavier ist nicht zu sehen, aber ich kann seine Augen trotzdem auf mir spüren.

„Hast du Angst um mich?"

Ich beginne, mich umzudrehen und er packt mich beim Hals.

„Hast du vergessen, wer du bist? Was er dir angetan hat?"

„Ich habe ... ihn kennengelernt. Er ist nicht so ..." Ich komme mir dumm vor, als ich es sage.

„Er ist ein Monster."

Ich blinzele, als Xavier das Wort benutzt, das Lucius so oft verwendet, um sich selbst zu beschreiben.

„Er hat dein Rudel ohne Reue getötet."

„Gibt es Beweise?"

„Du hast die Fotos selbst gesehen. Welche anderen Beweise brauchst du denn noch?"

Das sind keine Beweise, möchte ich sagen. Aber Vampire können nicht gefilmt werden, wenn es also Beweise gab, sind sie verloren. „Warum hat er es getan? Er kann jedes Opfer bezirzen, das er haben will. Warum sollte er ein ganzes Rudel massakrieren?"

„Wer weiß schon, warum der Mörder mordet? Aus Langeweile in seinem hohen Alter."

Ich beiße mir auf die Lippe, weil Lucius die gleiche Art von Dingen gesagt hat. Fast hätte ich ihm erzählt, dass Lucius ein Suchteam damit beauftragt hat, mein altes Rudel zu finden, aber Xavier spricht zuerst.

„Es gibt noch mehr. Ich habe Augenzeugen. Er hat die Jüngsten und Stärksten in sein Versteck verschleppt. Lucius brachte sie in seine Gruft, wo er aus ihren Hälsen trank und sie dann zwang, von ihm zu trinken, bevor er ihnen die Herzen herausriss."

Ich schüttle den Kopf.

„Ja", donnert Xavier. „Es ist wahr."

„Warum sollte er das tun?"

„Um Gestaltwandler zu Vampiren zu machen."

„Das kann er nicht. Das würde er nicht."

„Wenn er es könnte, wäre er der mächtigste Vampir auf der Welt." Er legt einen Pflock neben das Waschbecken. „Es sei denn, du kannst ihn aufhalten."

Lucius

DAS VIDEO ENDET und ich spule es zurück. Dieses Mal spiele ich es ohne Ton ab. Egal ob sie in die Kamera schaut, pfählt oder enthauptet, ihr Ausdruck verändert sich nie. Sie ist so jung. So entschlossen.

Es ist eine Sache, sie zugeben zu hören, dass sie mich töten wollte.

Es ist eine ganz andere, es zu sehen.

Sie hat daran gearbeitet. Dafür trainiert. Nach allem, was wir geteilt haben, hat sie mir immer noch nicht erzählt, wer sie geschickt hat. Ich könnte es aus ihr herausfoltern, aber das würde das volatile Vertrauensverhältnis zerstören, das wir zueinander aufgebaut haben.

„Ich dachte, Sie sollten es wissen", sagt Theophilus und erinnert mich auf dümmliche Weise daran, dass er hier ist und Zeuge dieser privaten Demütigung war.

Ich wirbele zu ihm herum. „Hast du es hergebracht?"

Er weicht mit erhobenen Händen zurück. „Nein ..."

„Hast du irgendetwas damit zu tun?"

„Nein! Ich war nur zufällig hier. Das ist doch die Wölfin, die Sie ersteigert haben, oder nicht?"

„Ja." Ich greife die Kante meines Schreibtisches so fest, dass etwas davon abbricht. „Dieses Video. War noch etwas anderes dabei?"

„Nur der USB-Stick."

„Zeig mir die Verpackung."

Theophilus beeilt sich, sie zu holen. „Wir haben sie untersuchen lassen, weil wir zunächst dachten, es wäre eine Bombe."

Kein Absender, nur die auf eine weiße Karte gekritzelte Adresse des Clubs, die auf die Vorderseite geklebt wurde. Mit einem scharfen Nagel reiße ich das Klebeband ab. Ich ziehe den Aufkleber ab und finde sie, die Nachricht. Auf dem Bildschirm klang die Stimme verzerrt, aber als ich die geschwungene Schrift lese, erklingt Xaviers Stimme in meinem Kopf.

Sie ist eine echte Kriegerin, nicht wahr?

Sie hat die ganze Zeit mir gehört.

*S*ELENE

I*CH REGISTRIERE KAUM*, dass der Wachmann seinen Platz an meiner Seite wieder einnimmt. Xavier muss ihn bestochen haben. Lucius' Sicherheitsmaßnahmen sind nicht so streng, wie er denkt. Ich sollte es ihm sagen ... nachdem ich mich entschieden habe, ob ich ihn töten soll oder nicht.

Ein verzweifeltes Kichern steigt in meiner Brust auf. Ich drücke mir die freie Hand auf den Mund. Meine rechte Hand steckt halb unter dem schicken Rock meines Kleides und versteckt den Pflock, den Xavier mir gegeben hat.

Was zum Teufel soll ich denn tun?

Ein Vampir erscheint an meiner Sitzecke. Schlank und wie ein Geheimagent in einen schwarzen Anzug gekleidet winkt er mir zu.

„Ich bringe dich zur Villa zurück. Auf Befehl des Königs."

„Wo ist er?"

„Er will dich nicht sehen", sagt der Vampir. „Ich bin

Theophilus. Vertrau mir, du willst ihm im Moment nicht über den Weg laufen."

Auf zittrigen Beinen verlasse ich meine Sitzecke und folge meinem Führer aus dem Club. Er schließt mich in der Limousine ein. Die Trennwand ist geschlossen, also ziehe ich den Pflock heraus und starre ihn an, bis wir Lucius' Haus erreichen.

Wem soll ich vertrauen? Wer sagt die Wahrheit? Soll ich auf meinen Kopf oder auf mein Herz hören?

SELENE

DAS HAUS IST STILL und leer. Ich schleiche durch die Flure, ohne in die Räume zu sehen. Ein kalter Geruch kommt aus seinem Schlafzimmer. Mit kribbelnder Haut folge ich der Fährte.

Ich betrete den Raum, den ich bei meiner Suche, bei der ich in dem falschen Tunnel unter dem Kamin gefangen wurde, verwüstet habe. Der Kamin ist derselbe, aber das Bett ist verschwunden. Es ist wie ein Schrankbett in die Wand gefaltet. An der Stelle, wo das Bett zuvor stand, befindet sich nun eine Steintreppe, die in die Dunkelheit hinunterführt. Der steinkalte Duft strömt aus der Gruft empor.

Dies ist Lucius' Versteck. Er hat es für mich offengelassen. Mir wird für einen Augenblick schwindlig. Bedeutet das, dass Xavier ihn gefunden hat?

Die linke Hand zur Balance ausgestreckt, steige ich hinunter. Die Wände und der Boden sind aus massivem Stein und kalt unter meinen nackten Füßen. Meine Haut kribbelt, als ich die Schwelle überschreite, wie ein schwingendes Gefühl, das einer elektrischen Strömung nicht unähnlich ist. Die Empfindung steigert sich bis hin zum Schmerz. Ich halte den Atem an und kämpfe mich durch. Meine Schritte sind so langsam, als würde ich durch Wasser waten. Mit einem Mal hebt sich der Zauber und ich kann wieder atmen. *Vampire, die so alt wie Lucius sind, haben mehr als die üblichen Abwehrmechanismen.*

Die Luft verändert sich. Anstatt ihn zu sehen kann ich einen großen Raum vor mir eher riechen. Ein Licht geht an, ausgelöst von meiner Bewegung. Es vertreibt die Dunkelheit genug, dass ich nach links und rechts blicke und schon halb erwarte, dass ein riesiger Felsbrocken wie etwa in *Tomb Raider* oder *Indiana Jones* aus einer versteckten Wand herausrollt. Nichts passiert, aber ich eile mit auf den Stein klatschenden Füßen weiter.

Seine große Gestalt steht auf einer erhöhten Plattform. Ein langes Steinrechteck, etwa hüfthoch und drei Meter lang, ist der einzige Einrichtungsgegenstand hier.

Sein dunkles Haar fällt ihm in die Stirn. „Hündchen. Du bist hier."

„Die Tür war auf. Das ist Ihr Versteck", sage ich dümmlich. Die Überraschung macht mich oberschlau. „Es ist ...."

Er schaut sich um, so als sähe er es zum ersten Mal. „Ich habe noch nie jemanden hier gehabt. Hätte ich vorausgeplant, hätte ich es etwas dekorieren können, nehme ich an."

„Womit? Mit mittelalterlichen Möbelstücken? Foltergeräten?", versuche ich zu scherzen.

„Ja, nun. Niemand erwartet die Spanische Inquisition."

Ich möchte gern lachen, aber er klingt so müde. Er bewegt sich und bringt das riesige Steinrechteck zwischen uns. Dankbar für die Barriere trete ich vor und bleibe an der Kante der erhöhten Plattform stehen.

„Warum haben Sie mich hier reingelassen?" Meine Stimme hallt in dem leeren Raum wider.

„Warum bist du gekommen?"

Ich ziehe meine rechte Hand hinter meinem Rücken hervor und zeige ihm den Pflock.

„Ah ja." Nachdenklich streicht er mit der Hand über die Steinplatte. Sie hat die Größe und Form eines Sarges. Dort schläft er, in einem Sarkophag. Eine weitere Schutzschicht. Selbst wenn es mir gelänge, in sein Versteck einzudringen, könnte ich den Sarg nicht ohne Hilfe öffnen.

„Ich habe auf diesen Augenblick gewartet", sagt er zu mir und hält mit hochgezogenen Augenbrauen inne, so als warte er darauf, dass ich meinen Teil des Skriptes aufsage.

„Ich wurde geschickt, um Sie zu töten."

„Ich weiß."

Ich betrete das Podium und gehe um den Sarkophag herum. Ich bin nahe genug, um ihn zu pfählen, was bedeutet, dass er nahe genug ist, um mir den Hals umzudrehen.

„Ich habe nicht so lange überlebt, indem ich unvorsichtig war", fährt Lucius fort. „Als ich Xavier sah, wusste ich sofort, dass etwas vor sich ging."

Ich zucke zurück. „Sie kennen Xavier?"

„Ja. Er war Georgiannas Schöpfer."

Georgianna, die Vampirfrau, die er geliebt hatte. Die, der ich ähnlich sehe. „Er befahl ihr, Sie umzubringen. Sie haben sie getötet, als sie Sie verraten hat."

„Die Geschichte wiederholt sich."

Ich trete näher an Lucius heran. Er bewegt sich nicht. „Warum haben Sie mich an sich herangelassen? Wenn Sie doch wussten, dass Xavier involviert war und dass er mich geschickt hat? Warum haben Sie mich hierbehalten?" Und er hat mich nicht nur in seine Nähe gelassen. Er hat mich gefickt und mir auf eine Art und Weise wehgetan, die uns beiden gefällt. Mir eine Welt gezeigt, die zu lieben ich gelernt habe.

Er dreht sich leicht zu mir um. „Manche Risiken sind es wert."

Ich neige den Kopf nach hinten, um ihm weiter in die Augen zu sehen, während ich mich ihm nähere. „Sind sie das?"

„Ich lebe schon eine sehr lange Zeit, Selene. Ich weiß, wenn jemand es wert ist." Er streckt einen Finger aus und streicht über eine Haarsträhne, die sich aus meinem engen Pferdeschwanz gelöst hat. Sein Lächeln ist so traurig, dass mein Herz davon schmerzt. Und dann tut er etwas, dass ich nie erwartet hätte. Nicht in eintausend Jahren.

Er wendet mir den Rücken zu.

Plötzlich halte ich irgendwie den Pflock in den Fingern.

Ich trete vor. Jetzt oder nie. Ich könnte ihn töten. Deshalb hat er seine Gruft offengelassen. Er lässt mich.

Ich werfe den Pflock zu seinen Füßen auf den Boden. Er landet mit einem Klappern.

Lucius hebt den Kopf.

„Ich kann es nicht", sage ich und meine Stimme hallt ein wenig in diesem steinernen Grab wider. „Ich werde es nicht tun. Ich wäre nicht hier, wenn ... Xavier mir nicht erzählt hätte, dass Sie meine Familie und mein Rudel getötet haben. Aber dann habe ich Sie kennengelernt ... und jetzt weiß ich nicht mehr, was ich glauben soll ..." Ich warte, aber er schweigt. „Ich glaube nicht, dass Sie sie getötet haben."

„Möchtest du, dass ich es noch einmal abstreite?"

„Nein", sage ich entschieden. „Sie haben sie nicht getötet. Sicher haben Sie früher gemordet, aber nicht auf diese Weise. Nicht in einem Massaker."

„Du denkst besser von mir als jeder andere, Hündchen."

„Es sieht Ihnen nicht ähnlich. Vielleicht früher einmal, vor tausend Jahren. Aber jetzt nicht mehr."

„Ich bin froh, dass du mich für so zivilisiert hältst." Ein Schimmer funkelt über seine Reißzähne, aber er lächelt nicht.

„Auch ich habe schon getötet. Xavier hat mich dazu ausgebildet. Er hat Vampire für mich zum Töten gefunden und ich habe sie gepfählt, um zu üben. Er hat mir gesagt, sie verdienten den Tod." Ich habe Xavier vertraut, aber was, wenn diese Vampire ebenso unschuldige Opfer wie mein Rudel waren? „Also bin ich auch ein Killer." Ich schlucke im Versuch, meinen Mund mit Speichel zu befeuchten. Lucius hat sich immer noch nicht bewegt. „Was machen wir jetzt?"

Er neigt den Kopf. „Es ist deine Wahl, Hündchen. Was möchtest du tun?"

„Ich denke ... es ist an der Zeit, Abschied zu nehmen. Sie hatten recht. Wir gehören nicht zusammen. Das dürfen wir nicht."

Er löst sich aus seiner Bewegungslosigkeit und dreht sich um. Sein Gesicht ist gefasst, ja königlich, aber seine Augen sind traurig. „Ein Vampir und ein Wandler. Ist das so etwas Unmögliches?"

Mein Blick fällt auf den Pflock. „Ja. Xavier wird nicht glücklich darüber sein, was ich getan habe."

„Ich kümmere mich um Xavier."

Ich streiche mir mit der Hand über die Stirn und lasse sie zu meiner Kehle sinken. Meine Haut fühlt sich klamm an. „Er hat mich gewählt, weil ich wie Georgianna aussehe."

„Ja."

„Er hat es schon eine Weile geplant." Ich kaue auf meiner Lippe. „Wenn ich von hier fortgehe, muss ich mich auf die Flucht begeben."

Er verlagert sein Gewicht. „Wie kommst du darauf, dass ich dich gehen lasse?" Seine Augen schimmern rot.

„Sie haben gesagt, dass Sie das tun würden. Sie haben gesagt, dass die, die Sie lieben, Sie immer verlassen."

„Sie sterben immer."

„Ich werde nicht sterben. Nicht für eine Weile. Ich kann fliehen." Ich atme tief ein und mir wird schwindelig. In dieser Gruft gibt es nicht genug Luft. „Ich kann nicht hierbleiben. Vampire und Wandler gehören nicht zusammen."

Er schaut mich an. Sein Gesicht liegt halb im Licht und ist halb von der Dunkelheit gezeichnet.

Antworten Sie mir, will ich am liebsten schreien.

„Du hast recht. Ein Vampir, der in einen Wandler verliebt ist. Es ist eine unmögliche Sache."

„Ich ... ich wollte nur, dass Sie es wissen."

„Geh. Mit meinem Segen."

Ich reiße mein Kinn herum und trete einen Schritt vor. Wie ein Tollpatsch trete ich falsch auf und taumele vom Podest. Im Bruchteil einer Sekunde ist Lucius an meiner Seite, ein großer, dunkler Monolith, der mich stützt. Sein Duft strömt über mich.

„Selene ..."

„Nein ..." Ich löse mich von ihm. Ich bin nicht so stark, wie ich aussehe. Wenn er mich berührt, werde ich nachgeben. „Es geht mir gut." Es geht mir überhaupt nicht gut. Mein Magen dreht sich um und droht mit Erbrechen. Meine Sicht verschwimmt und die Welt verengt sich zu einem Licht am Ende des Tunnels. Ich muss hier raus, bevor ich etwas Schwaches tue, wie in Tränen auszubrechen oder mich zu übergeben.

Meine Beine schwanken, als ich auf den Ausgang zusteuere, aber ich schaffe es.

„Selene", ruft Lucius mir nach. „Wohin wirst du gehen?"

Ich drehe mich nicht um. „Ich werde ins Territorium meines Rudels zurückkehren. Herausfinden, was mit ihnen passiert ist."

„Unter der Bar befindet sich ein Mini-Kühlschrank, der mit Blut gefüllt ist. Nimm es mit. Du könntest es brauchen."

„Lucius ..."

„Nimm es", befiehlt er harsch, bevor er mit normaler Stimme weiterspricht. „Und ein Auto. Mein letztes Geschenk an dich."

Ich warte, aber er sagt nichts weiter.

Ich möchte ihm sagen, was er mir bedeutet. Stattdessen bewege ich mit noch immer aufgewühltem Magen meine schwachen Glieder.

Er dreht sich nicht um oder sieht mir nach.

Als ich fünfzehn Minuten später zur Tür hinaustaumele, schlägt mir die Nachtluft ins Gesicht. Ich schaffe es zum Lamborghini, bevor ich mich vorbeuge, um mich auf den Pflasterstein zu übergeben.

Mehrere Sicherheitsmänner erscheinen und sehen mir zu.

„Geht es dir gut?", fragt einer der Wachmänner.

Ich winke mit der Hand ab. „Ich habe heute Abend zu viel getrunken." Das ist es nicht. Das Einzige, was ich getrunken habe, war das Getränk, das Xavier mir gegeben hat. Ich muss mir einen Virus eingefangen haben.

Er holt mir eine Packung Feuchttücher und eine Flasche Wasser und zeigt auf die Plastiktüte im Handschuhfach. Ich lehne mich an die Tür, um Luft in meine schmerzende Lunge zu saugen. Es wäre schade, sich in einem so schönen Auto zu übergeben. Aber ich muss hier raus.

Die Übelkeit lässt lange genug nach, dass ich meine Sachen auf den Rücksitz werfen kann.

Ich habe das Blut. Ich weiß nicht, warum, aber es schien

mir zu gut, um es zu vergeuden. Es kann mir helfen zu kämpfen. Sollte Xavier hinter mir her sein, könnte ich es brauchen.

Je weiter ich fahre, desto schwächer fühle ich mich. Ich muss irgendetwas Komisches gegessen haben. Sollte mich die Trennung körperlich krank machen, bin ich ein sentimentaler Narr. Es ist ja nicht so, dass wir übermäßig lange zusammen waren. Hatte ich erwartet, dass es andauern würde?

Ich fahre schneller, meine Sicht verschwimmt. Die Sonne geht auf.

Ich biege von der Hauptstraße ab und finde einen geschützten Parkplatz in der Nähe eines Naturpfades. Schwäche strahlt durch meine Arme. Mir ist superschwindlig. Ich öffne die Tür und würge erneut, aber mein Magen ist leer. Ich lehne mich zurück und schließe die Tür, bevor ich den Lamborghini von innen verriegle und den Sitz nach hinten umlege. Heute fahre ich nicht mehr weiter. Mein Körper fühlt sich an, als wäre er geschlagen und mit Blei umhüllt worden.

Ich schütte den Inhalt meiner Handtasche aus und greife nach dem Wegwerfhandy. Ich sollte Declan anrufen und herausfinden, welche Informationen er über mein Rudel hat, aber ich bin zu müde. Ich lehne mich zurück und ziehe das Handtuch über mein Gesicht. Nur ein wenig Schlaf. Nur ein wenig ...

~

Lucius

. . .

KALTE LUFT WEHT über mein Gesicht. Zu dieser Zeit in der Nacht würde ich mich normalerweise bettfertig machen, meine Sicherheit prüfen und die Gruft verschließen.

Heute Nacht sitze ich wie eine Statue da. Meine geballte Faust ruht auf meinem Knie.

Sie hat mich verlassen.

Ich schreibe Declan eine SMS: *Erstatte von nun an direkt Selene Bericht.* Ich gebe ihm die Nummer des Wegwerf-handys und lasse mein Telefon mit einem Scheppern zu Boden fallen.

Meine Gruft ist immer noch offen, aber es ist mir egal. Es ist Zeit zum Schlafen. Ein Monat im Himmel und ich fühle mich erneut wie einer der Verdammten.

Mein Leben erstreckt sich vor mir, so dunkel wie eine Nacht ohne Mond.

SELENE

SOBALD MEIN KOPF auf die Kopfstütze trifft, umhüllt mich der Traum, als hätte er auf mich gewartet. Ich befinde mich erneut im heruntergekommenen Aufenthaltsraum im Gemeindezentrum meines Rudels. In der Ecke steht ein alter Billardtisch. Das Bild von Ansel Adam hängt schief an der Wand. Von überallher kommen Stimmen. Von draußen und in der Küche. Gleich wird das gesamte Rudel herkom-men, um zu essen, zu reden, Spiele zu spielen und sich die Nacht zu vertreiben.

Jemand ruft meinen Namen. Eine Frauenstimme, leise und sanft. Meine Mutter. Ich habe ihre Stimme schon seit über einem Jahrzehnt nicht mehr gehört. Ich trete durch die

Tür – und lande in meinem Zimmer. Seit der Nacht, in der meine Familie starb, war ich schon nicht mehr hier. Das Zimmer neigt sich – ich sitze in meinem Bett. Aufrecht, starr und warte. Jemand ist draußen. Ein Eindringling.

„Wer ist da?", ruft mein Vater schroff. Die Tür meines Elternhauses öffnet sich. Er will den Eindringling zur Rede stellen.

Nein, ich öffne den Mund, um zu schreien. *Geh nicht, – er wird dich töten!*

„Selene?" Meine Mutter öffnet die Tür zu meinem Zimmer, um nach mir zu sehen. Ein dumpfer Schlag erklingt und mein Vater fällt im Wohnzimmer zu Boden. Meine Mutter dreht sich um und die Tür schwingt so weit auf, dass ich den Vampir in rasender Geschwindigkeit neben ihr erscheinen sehe. Er ist auf ihr, bevor sie sich umdrehen kann. Ihre Stimme versagt und sie fällt mit dem Kopf in einem merkwürdigen Winkel zu Boden. Genick gebrochen.

Der Vampir kommt in mein Zimmer. Ich bin in meinem Bett erstarrt, mein Hirn schreit, aber meine Muskeln weigern sich, zu reagieren, als der Vampir den Raum zu meinem Bett durchquert. Sein riesiger Körper schwebt über meinem. „Georgianna", sagt er und streckt die Hand aus, um mein Haar zu berühren. Und ich sehe sein Gesicht ganz deutlich ...

Ich schreie und stürze mich aus dem Bett, aber er ist zu schnell. Er wird mich fangen ...

Der Raum verblasst und ich bin zurück im Gemeinschaftshaus des Rudels. Überall liegen Leichen auf dem Boden. Eine Frau hockt erschüttert in der Ecke. „Er war es", sagt sie. „Es war der einäugige Vampir."

Ich wache auf. Mein ganzer Körper ist kalt, so als wäre ich in Eiswasser getaucht worden. Um mich herum tanzen

Schatten, die sich in die Länge ziehen. Das ist nicht die Morgendämmerung, sondern der Sonnenuntergang. Ich habe den ganzen Tag verschlafen.

Ich schlief und habe endlich geträumt ...

Ein rasselndes Geräusch unterbricht die Stille und lässt mich zusammenzucken. Mein Telefon spielt verrückt.

Ich antworte, bevor ich weiß, was ich tue.

„Hallöchen, ist da das Wolfsmädel?"

Ich brauche einen Moment, um die Bedeutung dieser mit Akzent gesprochenen Worte zu entwirren. „Was? Ja, ich bin es, Selene."

„Fuck sei Dank", murmelt Declan. „Ich probiere es schon den ganzen Tag!"

Ich blicke auf den Autositz, auf dem das Handy lag. „Ja, ich bin eingeschlafen. Ich war supermüde." Ich muss wirklich erschöpft gewesen sein, den ganzen Tag wie bewusstlos zu schlafen und das Klingeln nicht zu hören.

„Bist du bei Lucius?"

„Nein. Ich habe ihn verlassen."

Declan hält einen Moment inne. Ein Auto fährt auf den Parkplatz und rollt langsam am Lambo vorbei. Ich drehe mich auf meinem Sitz um und beobachte seine Fahrtrichtung. Es ist eine schwarze Limousine mit getönten Scheiben, sodass ich den Fahrer nicht sehen kann. Irgendetwas daran macht mich nervös, aber der Wagen hält nicht an und parkt auch nicht, sondern rollt nur vorbei und fährt dann weiter. Er muss die falsche Abfahrt genommen haben.

Declan spricht weiter, also konzentriere ich mich. „Frangelico wollte, dass wir dir Bescheid geben. Wir haben eine Frau aus deinem alten Rudel gefunden."

„Was?"

„Sie hat das Massaker überlebt. Wurde von einem anderen Rudel aufgenommen und hat den Rest ihrer Tage bei ihnen verbracht. Aber sie hat den Anführern ihres neuen Rudels die Geschichte des Angriffs erzählt. Ich kann dir die Aufnahme schicken."

„Das wäre gut. Habt ihr sie euch angehört? Was hat sie gesagt?"

„Das haben wir, Mädel", sagt er mit sanfter Stimme.

Ich schlucke, weil mein Mund so trocken ist. Ich fühle mich immer noch schwach. „Erzähl es mir."

„Es war ein Vampirangriff. Nur einer, aber er war stark."

„Er?"

„Sie beschreibt ihn."

Mein Magen krampft sich so stark zusammen, dass ich mich krümme. „Ja?", keuche ich. *Bitte sag nicht, dass es Lucius war. Bitte.*

„Es ist nicht Lucius", sagt Declan, als könnte er meine Gedanken lesen. Ich lehne mich in meinem Sitz zurück. Mein Kopf fühlt sich so leicht an, dass er schweben könnte. *Er war es nicht.*

Mein Magen zieht sich zusammen, aber die Schmerzen sind nun schwächer. Meine Emotionen verwüsten meinen Körper. Entweder das, oder ich habe etwas Schlechtes gegessen ... vor mehr als vierundzwanzig Stunden. Ich sollte wirklich nicht so heftig darauf reagieren.

Es sollte nicht mein erster Instinkt sein, Lucius' Namen reinzuwaschen, aber ich kann meine Gefühle nicht ändern.

„Zumindest glaube ich nicht, dass er es war", fährt Declan fort. „Sie beschrieb einen großen, mächtigen Vampir, aber dieser hatte nur ein Auge."

Das Schwindelgefühl ist zurück. „Was?", erwidere ich. Meine Hand umklammert das Handy so fest, dass das Plastik bricht. „Nur ein Auge? Bist du dir sicher?"

„Er trug eine Augenklappe, aber einer der Wölfe hat sie

ihm im Kampf abgerissen. Dort, wo sein Auge sein sollte, war nichts."

Das Bild aus meinem Traum blitzt vor meinem geistigen Auge auf. Die dunkle Gestalt eines Mannes in meinem Kinderzimmer, der mich verfolgt, nachdem er meine Eltern getötet hat. Der einäugige Vampir. Xavier.

„Bist du sicher?", flüstere ich. Wenn das wahr ist, verändert es alles.

—————

9

S *elene*

FÜNF MINUTEN später habe ich mir die Aufnahme, die Declan geschickt hat, mehrfach angesehen. Die alte Dame ist eine kleinere und schwächere Version der Wölfin, die ich erkenne. Sie gehörte meinem alten Rudel an. Meine Eltern hatten sie damals ein paarmal auf meine Schwester und mich aufpassen lassen.

Vor der Kamera ist sie unkonzentriert und verwirrt und ihre Geschichte zieht sich in die Länge, bis sie zu den Einzelheiten des Angriffs kommt. Sie erzählt die Handlung mit dem zunehmenden Entsetzen einer Person, die eine Gräueltat, die sie durchlebt hat, niemals vergessen kann. Jemand, der immer noch Albträume von der Abschlachtung seines Rudels hat. Ihre Beschreibung stimmt mit dem Bild des alten Fotos überein. Auf dem Boden verstreute Leichen – sie war eine der Letzten gewesen, die verwundet worden war, stürzte und stellte sich tot, bis der Angreifer ging. Als sie den Täter beschreibt, sind ihre Worte klar: ein großer, männlicher Vampir mit Narben im Gesicht und nur einem Auge.

Ich spiele die Aufnahme noch ein paarmal ab, auch wenn ich es nicht muss. Sie sagt es immer wieder: der einäugige Vampir. Er hat es getan. Er hatte ein Auge.

Narben und Körperbau lassen sich als Teil einer physischen Verkleidung leicht nachstellen, aber dieses eine vernichtende Detail lässt sich nicht täuschen. Wie viele einäugige Vampire gibt es denn?

Declan hat mir die Kontaktdaten des Rudels geschickt, das die Aufnahme aufgezeichnet hat, damit ich es prüfen kann, aber ich glaube ihm. Lucius hat keinen Grund zu lügen und einen so umfangreichen Schwindel zu inszenieren. Und diese alte Dame ist nicht die einzige Zeugin. Tief in mir, unterdrückt, sodass sie nur in meinen dunkelsten Träumen auftauchen, habe ich meine eigenen Erinnerungen an den Angreifer.

All diese Jahre. All die Albträume, Nacht für Nacht. Mit einem Pflock zu schlafen, um mich vor dem Vampir im Raum zu schützen. Nicht vor Lucius.

Xavier.

Es war Xavier, der zu meiner Familie nach Hause kam, meine Eltern tötete und meine Geschwister aus dem Weg schaffte. Xavier, der mich aus meiner Pflegefamilie riss, um mich aufzuziehen, bis er bereit war, mich zum Töten auszubilden. Aber zuerst hatte Xavier mein Gedächtnis gelöscht, damit ich mich nicht mehr erinnern würde.

Aber ich wusste es. Tief im Inneren wusste ich es. Ich war immer auf der Hut.

Eine Bewegung außerhalb des Wagens lässt mich zusammenzucken. Ein Vogel fliegt in den Schutz der Äste des Mesquite-Baums. Die Sonne ist hinter den Bergen versunken und mit ihr ist alle Wärme verschwunden. Die letzten verbleibenden Strahlen neigen sich über den Park und es ist, als würde die Welt die Luft anhalten, bevor sie in die Nacht versinkt.

Ich rufe Declan an. Ich weiß nicht, warum. Ich muss mit irgendjemandem sprechen.

Er antwortet, ohne zu grüßen. „Hast du es dir angesehen?"

„Ja." Meine Stimme muss voll Trauer sein, denn seine wird weicher.

„Es tut mir leid, Mädel."

„Es ist schon in Ordnung. Alles wird gut. Ich hatte tatsächlich auch einen Traum. Xavier hat meine Familie getötet und meine Gedanken gelöscht, damit ich mich nicht erinnern würde. Er kam zurück und hat mein Rudel getötet. Er nahm mich mit und zog mich auf ..." Ich muss mehrere Male schlucken, um meine Kehle ausreichend zu befeuchten, damit ich weitersprechen kann. „Er hat mir erzählt, dass es Lucius war. Er versprach mir Rache, aber es war die ganze Zeit Xavier selbst, der sie ermordet hat ..." Wegen Georgianna, wie mir bewusst wird. Er wollte ihren Tod rächen und als er mich fand, ein Mädchen, das ihr so ähnlich sah, begann er seinen Plan zu schmieden. All diese Jahre waren ein einziger großer Schwindel.

Declan schweigt, so als wäre er von der Wendung der Ereignisse schockiert. Ich kann es ihm nicht vorwerfen. Ich habe es miterlebt und finde es ebenso entsetzlich.

„Was wirst du jetzt tun?"

Gute Frage. Leichte Antwort. Meine Mission hat sich nicht geändert, sondern lediglich mein Zielobjekt.

Ich will ihn gerade darum bitten, Informationen darüber zu besorgen, wo sich Xavier aufhält, als ein Geländewagen auf den Parkplatz rast. In einer Staubwolke hält ein Escalade an, parkt direkt hinter mir und blockiert mir den Weg.

„Declan", krächze ich. „Ich habe Gesellschaft. Ich muss dich zurückrufen."

„Was meinst du mit Gesellschaft?" Seine Stimme wird hoch und winzig, als ich das Handy auf den Sitz neben mir werfe. Der Escalade lauert im Rückspiegel. Die Türen öffnen sich und Schatten strömen heraus. Meine Besucher sind keine Menschen.

Es dreht mir erneut den Magen um. Wie im Traum drehe ich mich um und greife nach der Kühlbox, die auf dem Fußboden steht. *Nimm das Blut. Du könntest es brauchen.*

Lucius wusste, dass dieser Moment kommen würde. Mein Pech, dass es eher früher als später passiert.

Mit einem Blick auf die Vampire, die das Auto umzingeln, schnappe ich mir den ersten Beutel und öffne ihn.

Ein Vampir klopft an mein Fenster. „Steig aus, Schätzchen. Xavier will mit dir reden."

Und Prost. Ich werfe den Kopf zurück und schlucke die dicke Flüssigkeit, so schnell ich kann. Vielleicht bin ich zu verzweifelt, um mich zu ekeln, aber der bittersüße Geschmack ist nicht unangenehm. Sobald es meine Kehle hinunterläuft, strömt Adrenalin in mein System. Die Zeit verlangsamt sich. Die Vampire, die auf ihrem Weg vom Escalade zu meinem Auto vor Schnelligkeit verschwommen waren, scheinen jetzt in normalem Tempo zu gehen. Meine Gliedmaßen, die vor einer Sekunde noch schwach und zittrig waren, fühlen sich jetzt stärker als je zuvor an.

Mein letztes Geschenk an dich.

Ich kann alles abwehren, sogar einen Vampir. Was gut ist, denn in etwa zwei Minuten werde ich gegen eine ganze Reihe von ihnen kämpfen müssen.

„Komm schon." Der Vampir klopft erneut. Seine Kumpels sind jetzt mit Brecheisen bewaffnet. So eine Schande, sie an diesem Lambo zu benutzen, aber ich steige nicht aus dem Auto. Nicht bevor ich noch mehr Blut getrunken habe.

„Fahr zur Hölle", antworte ich und schnappe mir einen zweiten Beutel.

Die Welt wird langsamer.

Mondlicht blitzt über die Reißzähne des Anführers. „Dein Begräbnis." Er schnappt sich das Brecheisen seines Kollegen – die verschwommene Bewegung hat durch meine gesteigerte Sehfähigkeit fast normale Geschwindigkeit – und springt auf das Auto. Ein dumpfer Aufschlag, als sein Körpergewicht auf die Motorhaube trifft und ein weiterer, als er das Brecheisen gegen die Windschutzscheibe schleudert. Das Glas springt, splittert jedoch nicht sofort. Es muss verstärkt sein.

Ich warte, während der Vampir die Metallstange wieder und wieder hinunterdonnert. Seine Kumpels bleiben zurück und sehen ihm zu. Nicht dass sie das Schloss knacken könnten, während der Anführer das schöne Auto zerstört. Xavier muss mich tot oder lebendig wollen – ich kann es ihm nicht vorwerfen. Wenn ich ein Jahrzehnt lang intrigiert und geplant, getötet und manipuliert hätte, nur damit mein Rachefeldzug von einer einzigen Wolfsfrau vereitelt wird, wäre ich auch wütend.

Aber nicht so wütend wie besagte Wölfin. Das Blut des Vampirkönigs zischt durch meine Adern und verstärkt meine brodelnde Wut. Ich werde von hier verschwinden, Xavier aufspüren und ihn töten. Aber zuerst muss ich mit diesen Schlägern fertig werden. Es wird eine nette Aufwärmübung sein.

Über mir grunzt der Vampir und donnert das Brecheisen hart genug hinunter, um den Lambo zum Zittern zu bringen. Das Glas ist wie ein zerbrochenes Spinnennetz über meinem Kopf. Es wird jeden Moment zerbersten.

Ich muss mir in die Wange beißen, um nicht zu lachen. Das wird ein Spaß. Der Vampir hebt seine Waffe erneut.

„Schon gut, schon gut", rufe ich und gebe vor, Angst zu haben. „Ich steige aus." Ich hebe meine Hände hoch und zeige ihm meine leeren Handflächen. Der Vampir deutet mit einem Kopfnicken auf meine Tür. Ich entriegle und öffne sie, und schwinge mich langsam heraus. Die Vampire bleiben zurück, um mir Freiraum zu geben.

Großer Fehler.

Der Vampir auf meinem Auto springt an meine Seite. „Xavier will ..." Ich erfahre nie, was mein ehemaliger Mentor will. Mit einem Brecheisen kann man einen Vampir nicht töten, aber es zu packen und es ihm in die Eingeweide zu rammen, ist ein guter Weg, um seine Aufmerksamkeit zu erregen. Dann dreht man ihm den Kopf so stark um, dass es ihm das Genick bricht. Er fällt einfach um, bereit gepfählt oder bis zum Morgengrauen draußen liegengelassen zu werden. Ich tue all dies, und zwar so rasant, dass auch ich vor Schnelligkeit verschwimme. Als ich mich umdrehe, nehme ich mir eine Sekunde Zeit, um den Schock auf den wartenden Gesichtern zu genießen. Ich bin so schnell wie ein Vampir. Möglicherweise schneller.

Wie in Zeitlupe beginnen die Vampire, auf mich zu zu springen – zu langsam. Ich springe zuerst. Das Brecheisen zerfleischt einen zweiten, dann einen dritten. Ich habe den Überraschungsfaktor verloren, aber ich habe jahrelang geübt, wie man Vampire bekämpft und tötet. Mit Lucius' Blut und Xaviers Training bin ich nicht zu stoppen.

Ich jage zwei von ihnen in den Park und pfähle sie mit Ästen des Palo Verde-Baums. Dann kehre ich mit weiteren eilig gefertigten Pflöcken zurück und schalte den Rest der Jungs aus. Ich schleppe sie in den Park und verstecke sie in einem Graben. Hoffentlich findet sie kein Mensch, bevor die Morgendämmerung kommt und sie in Asche verwandelt.

Als ich meinen Kopf in den Lambo stecke, klingelt das Wegwerfhandy Sturm. Ich greife danach und nach der Kühlbox mit dem Blut, bevor ich zu dem nun leeren Escalade laufe. Ich habe dem Anführer die Schlüssel abgenommen.

Declan antwortet sofort.

„Was ist passiert?", schreit er.

„Fünf Typen, Vampire. Sie haben versucht, mich zu Xavier zu bringen."

„Versucht?"

„Ja, nun, Vampirblut hat seine Vorzüge", sage ich, noch bevor ich nachdenken kann.

Aber Declan weiß alles über Vampirblut, denn er atmet zischend ein und murmelt dann in einem strafenden Ton: „Also Mädchen ..."

Es dreht mir den Magen um, als ich das Auto anlasse. Ich fühle mich besser. Nicht hundert Prozent, aber gut genug, um jeden auszuschalten, der versucht, mich aufzuhalten. Einschließlich ein oder fünf Vampire.

„Wo bist du jetzt?", fragt Declan.

Ein Straßenschild blitzt auf und ich lese es ihm vor. „Das ist etwa dreißig Kilometer von Lucius' Haus entfernt. Warum?"

„Weil wir Frangelico angerufen haben, nachdem du aufgelegt hast. Wir wollten versuchen, dein Auto zu orten, damit wir zu dir kommen und dir helfen können."

„Und?" Ich setze den Escalade zurück. Er ist nicht ganz so wendig wie der Lambo, aber für ein so schweres Auto immer noch ziemlich spritzig.

„Und niemand hat geantwortet. Weder Lucius. Noch jemand von seinem Sicherheitsteam."

Das Herz schlägt mir bis zum Hals. „Ich fahre hin. Sofort."

„Selene – es ist nicht sicher – Frangelico würde wollen, dass du wegbleibst ...", stottert Declan.

„Er könnte in Gefahr schweben." Xavier will Lucius so sehr, dass er meine ganze Familie und mein Rudel getötet hat, um dann Jahre zu warten, bis er mich zu seiner perfekten Waffe ausbilden konnte. Er wird jetzt nicht aufgeben.

„Wer würde es wagen, den Vampirkönig anzugreifen?"

„Xavier", antworte ich, als sich mein Herzschlag im gleichen Tempo wie der Escalade beschleunigt. „Nicht nur Xavier. Es gibt einen Putsch. Lucius' Schöpfungen wollen ihn stürzen. Was ist, wenn sie mit Xavier zusammenarbeiten?" Je länger ich darüber nachdenke, desto mehr Sinn ergibt es. Diese Auktion war nicht Xaviers Werk. Was auch immer vor sich geht, alle Feinde von Lucius sind gemeinsam am Werk.

Ich trete aufs Gas und die Räder quietschen.

Lucius

Ich kenne die Minute, in der sich die Sonne vor der Dunkelheit zurückzieht. Meine Lungen füllen sich mit Luft.

Die Lethargie fällt von mir ab. Ich erhebe mich und schiebe den Sarkophagdeckel zur Seite. Mein Morgenritual erfordert einen Akt übernatürlicher Kraft. Ich sollte mich dadurch allmächtig fühlen. Unsterblich. Stattdessen fühle ich mich ausgelaugt und schwach.

Ich schließe meinen Sarg und streckte mich darauf aus, die Hände wie zum Gebet gefaltet. Aber zu wem soll ich beten? In all meinen Jahren war ich einem Gott, dem je irgendjemand begegnen wird, immer am nächsten. Unsterblich, allmächtig.

Ein Monster, für die Ewigkeit verdammt.

Kühle Luft strömt durch den Flur hinunter. Ich blinzele, drehe meinen Kopf jedoch nicht.

Das Haus ist leer ohne sie. Mein Leben ist leer ohne sie.

Aber meine Gruft ist es nicht. Jemand ist hier.

„Lucius", hallt Xaviers Stimme durch die Finsternis.

Ich habe die Gruft offengelassen. Zweitausend Jahre, in denen ich nie unachtsam war. Nicht bis sie kam. Und als sie in mein Leben trat, brachte sie Licht in meine Welt. Auf eine Art, von der ich dachte, dass ich sie nie wieder sehen würde.

Die Schatten verschmelzen ineinander, als der einäugige Vampir vor mir Gestalt annimmt.

Es ist an der Zeit, dem ein Ende zu setzen. Ich erhebe mich, um meinen lebenslangen Feind zu begrüßen. „Hallo, alter Freund."

SELENE

ICH RASE MIT maximaler Geschwindigkeit den Berg zu Lucius' Palast hinauf.

„Warte, Mädel" knistert Declans Stimme durch das Wegwerftelefon. „Wir sind fast da."

Ich knirsche mit den Zähnen und rase zu schnell in eine

Kurve. Der Escalade kippt sich fast auf zwei Räder und richtet sich mit einer ruckartigen Bewegung wieder aus. *Ich komme, Lucius.* Ich weiß nicht, ob er in Schwierigkeiten steckt, aber die Tatsache, dass er nicht ans Telefon geht und dass Xaviers Lakaien mich gefunden haben, verheißt nichts Gutes.

„Es müssen Xavier und alle von Lucius' Schöpfungen sein." Ich erzähle es Declan, damit er weiß, was auf uns zukommt. So verrückt es auch klingt, ich glaube, sie arbeiten zusammen. „Es gibt eine Sache, die ich nicht verstehe. Xavier war Lucius' Feind. Warum sollten sich Lucius' Nachkommen mit ihm verbünden?", wundere ich mich laut.

„Selene, es gibt noch etwas, dass du wissen solltest", sagt Declan. „Ich habe dir nicht die ganze Aufnahme geschickt, sondern nur den spezifischen Teil, in dem die Zeugin den Angreifer beschreibt."

Ich rase um eine weitere Kurve. „Und?"

„Nicht alle aus deinem Rudel starben bei dem Massaker. Der Alphawolf des benachbarten Rudels hat ein wenig nachgeforscht. Einige Mitglieder deines Rudels wurden auf ein privates Gelände gebracht. In dieser Einrichtung befindet sich ein Labor und es gibt Hinweise darauf, dass sie nicht sofort gestorben sind." Er hält inne, so als wäre das, was er als Nächstes sagen will, zu schrecklich, um es auszusprechen.

„Folter?", frage ich.

„Nicht ganz. Die Vampire hatten einen Grund, die Jüngsten und Stärksten deines Rudels zu stehlen. Wir glauben, dass die Vampire versucht haben, sie zu verwandeln."

„Gestaltwandler können nicht verwandelt werden", sage ich auf Autopilot, auch wenn Lucius' Worte in meiner Erinnerung widerhallen. *Ein paar von ihnen hatten die Idee, dass*

sie Gestaltwandler zu Vampiren machen können, um eine Armee
zu bilden, die meine Herrschaft stürzen kann, hatte er gesagt.

„Xavier hat nach einem Weg gesucht. Er hat die Theorie, dass ein zum Vampir verwandelter Gestaltwandler mächtiger als jede andere Kreatur auf Erden wäre. In der Lage, jeden zu stürzen."

„Wie den Vampirkönig."

„Genau."

„Hat es funktioniert? Hat eines seiner Experimente funktioniert?

„Offensichtlich nicht. Alle Versuchspersonen, die er gestohlen hat, sind schließlich gestorben. Es tut mir leid, Mädel."

„Ist schon in Ordnung." Ich dachte, sie wären schon lange tot. Das ändert gar nichts. „Hat er jemals versucht, dich zu verwandeln?"

„Nein." Ich sehe aus wie Lucius' erste große Liebe. Ich war viel zu wertvoll, um für ein riskantes Experiment verschwendet zu werden. Anders als der Rest meines Rudels.

Verfluchte, verdammte Vampire. Sogar der Geländewagen stinkt nach ihnen. Ich drücke die Knöpfe, um die Fenster zu öffnen, und entspanne mich, als frische Luft durch die Kabine weht.

Ich weiß nicht, ob ich es mit Xavier und allen seinen Wachen aufnehmen kann, aber ich werde es versuchen.

Mit langsamem Tempo nähere ich mich dem Tor zu Lucius' Anwesen. Es steht offen, aber jemand befindet sich im Wachhaus. „Still", befehle ich Declan und schließe die Fenster, bevor ich neben dem Wachhaus anhalte. Ein Vampir kommt heraus.

„Habt ihr sie erwischt? Xavier will, dass ihr hineingeht und hinunter zur ..."

Ich schlage die Tür mit so viel Kraft auf, dass er zurück-
gestoßen wird. Er stolpert und fällt. Mit meinem gestei-
gerten Sehvermögen sind diese Vampire gar nicht mehr so
anmutig. Ich fliege aus dem Auto, springe auf ihn und
breche ihm das Genick, bevor er noch ein weiteres Wort
sagen kann. Ich pfähle ihn und lasse ihn liegen, wo er
hinfällt.

Hinter dem Wachhaus in einem Graben liegen Lucius'
Wachmänner. Kein gutes Zeichen.

Ich springe zurück in den Escalade und berichte Declan
davon, der es an denjenigen weitergibt, der ihn fährt.

„Ich gehe hinein", sage ich und werfe das Telefon zur
Seite.

„Warte auf uns, Mädel ...", brüllt Declan und ich schreie
zurück: „Dafür ist keine Zeit!"

Ein dunkles Hindernis erscheint vor mir. Zwei weitere
schwarze Geländewagen stehen so geparkt, dass sie die
Einfahrt blockieren. Fast werde ich langsamer – bis ich die
beiden an ihren Seiten stehenden Schatten sehe. Vampirwa-
chen. Einer von ihnen winkt, um mich zum Anhalten zu
bringen. Der andere hält ein Sprechfunkgerät in der Hand.
Ich erkenne den Augenblick, in dem sie bemerken, dass ich
nicht einer ihrer Kollegen bin. Sie reißen die Augen
weit auf.

„Oh nein, das werdet ihr nicht", murmele ich und trete
das Gaspedal durch. Mein Geländewagen rammt die Straßensperre, Metall kreischt in einem ohrenbetäubenden
Geräusch über Metall. Der Schwung schießt mich an den
beiden Geländewagen vorbei. Ich schaue zurück, während
mein Escalade weiter vorwärts rast, aber es gibt keine Spur
der Vampire. Ist es zu viel gehofft, dass ich sie bei dem
Aufprall erwischt habe?

Ein dumpfer Schlag auf dem Dach über meinem Kopf

und ich weiß genau, wo einer der Vampire gelandet ist. Ich reiße das Lenkrad hin und her, schlängle mich den steilen Abhang hinauf und versuche, den Angreifer abzuschütteln. Der Vampir klebt am Autodach wie ein Blutegel. Ich atme tief ein und reiße das Lenkrad kräftig herum. Das Fahrzeug rumpelt und schleudert außer Kontrolle. Die Reifen lösen sich von der Straße. Mein ganzer Körper schwebt eine grauenhafte Sekunde lang in der Luft, als der Geländewagen auf die rechte Seite kippt und sich mehrere Male überschlägt, bevor er in einem Graben zum Liegen kommt.

∼

Lucius

XAVIER BETRITT meine Gruft mit schweren Fußtritten. Er kann sich genau wie ich geräuschlos bewegen. Es ist eine Demonstration seiner Macht, wenn er sich entscheidet, es nicht zu tun.

Mit einem spöttischen Grinsen betrachtet er mein schmuckloses Grab und sagt: „Ich war nie dein Freund."

Ich spreize meine Hände. „Dann eben Bruder."

„Du hast unseren Schöpfer getötet."

„Ich habe viele Leute getötet. Die meisten von ihnen haben es verdient."

„Ein Vampir mit einem Gewissen." Xavier schüttelt den Kopf. „So überlegen."

„Es gibt schon genug Böses auf der Welt, ohne Unschuldige zu verderben. Obwohl ich selbst auch meinen gerechten Anteil verdorben habe."

Er verzieht die Mundwinkel. „Ich erinnere mich. Da gab es einmal diese süße, kleine Blondine, die du gejagt hast."

„Georgianna. Ja. Du hast sie verwandelt, bevor ich es konnte."

„Sie war meine." Xaviers Stimme hallt durch meine Gruft. Er scheint zu bemerken, dass er die Beherrschung verliert, denn er atmet tief ein und drückt die Schultern durch. „Genau wie Selene meine war."

„War?" Ich neige den Kopf.

„Ich nehme an, du hast sie getötet. Verrat kann nicht ungestraft bleiben."

Ich neige den Kopf und tue so, als würde ich zustimmen. „Vergiss die Wolfsfrau. Sie bedeutet mir gar nichts." Die Lüge ist wie Asche in meinem Mund, aber so ist es sicherer.

Xavier lacht leise. „Sie hat ihre Rolle gut gespielt. Du warst schon immer ein Weichling. Warum sonst hättest du deine Gruft offengelassen?"

„Vielleicht bin ich für das Ende bereit." Ich lege meine Hände auf meinen Sarkophag und beuge mich vor. „Du hast also beschlossen, mich zu töten. Sage mir, Xavier, was lässt dich denken, dass du stark genug bist, um mich zu besiegen?"

„Interessante Frage von jemandem, der um ein verlorenes Haustier trauert. Du kannst noch nicht einmal deine Schöpfungen im Zaum halten."

„Ich lasse sie gern an der langen Leine."

„Du verhätschelst sie. Wenn sie meine wären ..."

„Ah, aber das sind sie nicht. Wenn ich mich recht erinnere, hast du Probleme, neue Vampire zu erschaffen. Es erfordert zu viel ... Verhätscheln."

„Ich habe Georgianna erschaffen." Xaviers leeres Lächeln wird selbstgefällig.

Ich balle meine Hände zu Fäusten. „Nur weil ich sie schon vorbereitet hatte. Du wusstest, dass sie eingewilligt hatte, verwandelt zu werden. Wir hatten schon mehrfach

Blut ausgetauscht. Alles, was noch fehlte, war der letzte Austausch."

„Es war so leicht, sie zu verführen." Sein Lachen füllt den höhlenartigen Raum.

„Du hast ihre Erinnerungen gelöscht."

„Natürlich habe ich das" Xavier breitet die Hände aus. „Wir sind Götter. Diese Macht zu haben und sie nicht zu benutzen?"

„Es ist nicht echt. Sie willigen nicht ein."

„Einwilligung", spottet Xavier. „Du willst, dass sie dich aus freien Stücken heraus lieben?"

„Ja."

„Noch eine Schwäche. Und wie hat das für dich funktioniert? Wie viele deiner Schöpfungen haben sich gegen dich gewandt, so wie du dich gegen unseren Schöpfer gewandt hast? Wie viele von ihnen hast du getötet?"

Ich antworte nicht.

Xavier schlendert näher ans Podium heran. „Georgianna wollte dich nicht töten. Wusstest du das? Ich musste sie mehrfach bezirzen, bevor sie mir gehorchte."

Er versucht, mich wütend zu machen. Es funktioniert.

„Aber schließlich gehorchte sie doch. Und du hast sie getötet. Witzig, wie sich die Geschichte wiederholt."

„Ich finde es ermüdend." Und das tue ich wirklich. Diese ganze elende Existenz ist es nicht wert, das Grab dafür zu verlassen. Erst als Selene in meine Welt trat, hatte ich einen Grund zu fühlen. Einen neuen Weg zu gehen.

„Du brauchst nur eine Herausforderung."

„Ist es das, was ich für dich bin, Xavier? Eine Herausforderung?" Ich breite meine Hände aus. „Wie genau dachtest du denn, dass du mich töten kannst?"

„Weißt du, wie es zu den Wandler-Auktionen kam?"

Ich kneife die Augen zusammen. „Einige meiner Schöpfungen haben eine Vorliebe für Wandlerblut entwickelt."

„Ja. Und weißt du, wieso?"

Tatsächlich weiß ich es. Ich habe es durch meine eigenen Nachforschungen und Verhöre herausgefunden. Aber ich verschränke die Arme und lasse Xavier seinen Spaß haben.

„Ich arbeite schon seit Jahren daran. Wandler zu jagen und sie einzufangen. Ich dachte, wenn ich nur einen dazu kriegen kann, die Verwandlung zu vollenden, könnte ich eine Armee erschaffen, die mächtiger ist als alles andere auf der Welt. Es muss doch einen Weg geben, dies zu erreichen. Wir haben es mit allen möglichen Arten von Wandern versucht, mit starken und mit schwachen. Aber sie würden lieber als Wandler sterben, als ein Leben als Untote zu führen."

Ich schnaube und er nickt, als hätte ich zugestimmt.

„Es ist zu schade. Wir hätten Vampire schneller erschaffen können, als du es dir erträumen kannst. Eine Armee der stärksten Geschöpfe der Welt."

„Das war also dein Plan, um mich zu stürzen?"

Xavier lächelt. „Nicht der einzige Plan."

SELENE

ALS ICH ZU MIR KOMME, hänge ich kopfüber. Ich befinde mich in einer zerknautschten Fahrzeugkabine mit Glas überall auf mir verteilt. Scheibenwischerflüssigkeit läuft aus der Motorhaube. Wo bin ich? Was ist passiert? Die Straßensperre. Der Autounfall. Der Vampir – Vampir!

Ich reiße mir den Sicherheitsgurt ab und die Schwer-kraft überwältigt mich. Ich falle und stürze gegen das Dach des zerstörten Escalade. Meine Welt kippt. Blind taste ich nach dem Türschloss. Als ich den Knopf zum Öffnen der Fenster finde, spreche ich ein stilles Gebet und drücke darauf. Es öffnet sich fast vollständig.

Ich habe mich verdreht, um mich durch das Fenster zu quetschen, als sich ein Händepaar unter meine Achseln schiebt. Ich spare mir meine Kräfte und lasse mich von dem Vampir herausziehen. Er versucht, meine Kehle zu packen, aber ich bin zu schnell für ihn. Ich hole aus und trete ihm in den Magen. Er stürzt. Mein Tempo lässt nach, aber diese Typen erwartet nicht, dass ich so schnell wie ein Vampir bin. Ich habe den Überraschungsfaktor immer noch auf meiner Seite. Ich pfähle meinen gefallenen Feind und krieche von dem auf dem Dach liegenden Geländewagen fort. Da war doch noch einer.

Ich renne zurück zum Schauplatz der zerstörten Fahr-zeuge. Glas knirscht unter meinen Schuhen. Ich finde den zweiten Vampir vom Aufprall bewusstlos vor und erledige ihn mit einem meiner behelfsmäßigen Pflöcke.

Das Sprechfunkgerät knistert auf dem Boden und jemand will auf den neuesten Stand gebracht werden. Sie werden jeden Moment jemanden schicken, um es zu prüfen. Vielleicht haben sie es sogar schon getan.

Ich muss hier raus, aber meine Übelkeit kehrt mit aller Macht zurück. Meine Sicht verschwimmt.

Etwas Weißes zischt die Straße hinauf und stellt sich schließlich als ein Camaro heraus. Ich springe zurück, bringe mich in eine kampfbereite Haltung, aber ein irischer Akzent lässt mich innehalten.

„Es ist in Ordnung, Mädel! Wir sind es nur!"

Die Türen knallen zu und der Kies knirscht, während

ich taumelnd vorwärts stolpere. Declan und Parker erscheinen an meiner Seite.

„Ganz ruhig, alles ist gut." Sie stützen mich, während ich erneut würge. Ich kann einfach nicht glauben, dass mein Magen immer noch verstimmt ist. Es ist schon über vierundzwanzig Stunden her, seit ich etwas gegessen habe.

„Danke", sage ich und wische mir mit einem Teil meines Oberteils das Gesicht ab.

„Geht es dir gut?"

„Nein", murmele ich. „Ich bin ... ich fühle mich nicht gut."

„Komm schon, Mädel. Steig in den Camaro."

„Ich muss zu Lucius."

„Du bist wirklich nicht in der Verfassung dafür."

Laurie erscheint und hält etwas hoch. Die Kühlbox. Sie hat den Unfall überstanden.

„Scheiße", murmelt Declan. „Nicht das schon wieder."

Ich drücke mich hoch und entreiße Parker meinen Arm, um dem großen Gestaltwandler zuzuwinken. „Gib mir das Blut. Sofort."

Declan versperrt mir den Weg. „Mädel, nein. Das ist zu gefährlich."

„Lucius hat es mir gegeben. Er weiß ... er weiß, dass ich es brauche, um Vampire zu töten. Xavier wird mich bis ans Ende der Welt jagen, wenn er herausfindet, dass ich ihn verraten habe." Mein Schädel brummt. Meine vorherige Erkrankung, was auch immer es war, ist nicht verschwunden, sondern nur unter dem Adrenalinrausch vergraben, den mir das Vampirblut verleiht. Wenn das hier vorbei ist, werde ich eine höllische Migräne haben. „Es muss beendet werden. Heute Nacht."

Lucius

„WIE LANGE WILLST du mich schon töten? Hundert Jahre? Tausend? Seit wir erschaffen wurden? Du warst immer eifersüchtig auf mich, Xavier. Natürlich hattest du mehrere Pläne, mich zu töten. Aber keiner von ihnen hat funktioniert."

„Mmm." Xavier sieht wieder selbstgefällig aus. „Ich habe große Hoffnungen in Selene gesetzt."

„Und sie hat mich nicht getötet. Sie war nahe dran, konnte sich jedoch nicht dazu bringen."

„Bist du dir sicher?"

„Ich bin hier, nicht wahr? Und sie ist es nicht."

„Ah ja, da ist etwas dran. Erzähl doch mal, was ihr genau passiert ist?" Xavier betritt das Podium und kommt nah genug, dass ich selbst im gedämpften Licht die Narben auf seinem Gesicht erkennen kann. Er verlor sein Auge bei einem Kampf mit einer Bärengestaltwandlerin und obwohl er immer eine schwarze Augenklappe trägt, ist sein Gesicht ein grauenhafter Anblick.

Aber es ist nicht sein Gesicht, das meine Aufmerksamkeit erregt. Hinter ihm im Flur bewegt sich ein Schatten. Ein Schimmer eines weißblonden Schopfes. Xavier und ich sind nicht länger allein. Mein Hündchen hat sich hereingeschlichen.

Sie ist im besten und schlimmsten Moment zu mir zurückgekehrt.

Das verändert alles.

～

SELENE

. . .

XAVIER STEHT vor dem Sarkophag und redet mit Lucius, als wären sie auf einer Party. Vampire sind verrückt.

Ich habe mich durch das Haus geschlichen. Es war leicht. Schließlich habe ich fast einen Monat hier gewohnt. Xaviers Wachen waren aufmerksam und nervös, aber sie haben mich nicht erwartet. Niemand erwartet eine Wolfsfrau, die von Vampirblut aufgeputscht ist. Ich habe eine Spur von Leichen zurückgelassen.

„Sie ist tot", hallt Lucius Stimme um mich herum wider. „Ich habe sie getötet."

„Ich dachte, dass du das tun würdest. Wie hat sie geschmeckt? Ich habe es mich schon immer gefragt." Von der Stimme meines ehemaligen Mentors bekomme ich eine Gänsehaut. „All diese Jahre, in denen ich sie unberührt und unverkostet gelassen habe. Keusch für die Auktion. Wie hat dir ihr Blut gefallen?"

Lucius leckt sich mit einem obszönen Aufblitzen seiner Reißzähne über die Lippen. „Köstlich."

„Hast du sie leergesaugt?"

„Ja, ich ..." Lucius hört mitten im Satz auf zu sprechen, als sein ganzer Körper zu zucken beginnt. Er stürzt auf den Sarkophag und schnappt plötzlich nach Luft. Ich erstarre.

„Ah ja. Ich habe mich schon gefragt, wann die Wirkung eintreten würde." Xavier tritt vor. Er nähert sich Lucius.

„Bleib zurück", keucht Lucius. Ich springe auf die Füße. Irgendetwas geschieht. Sollte ich zu ihm gehen? Ich krieche tiefer in den Raum hinein und Lucius hebt eine Hand. „Bleib zurück", wiederholt er, obwohl Xavier sich gar nicht bewegt hat. Lucius weiß, dass ich hier bin. Die Nachricht war für mich.

„Willst du mich gar nicht fragen, was los ist?", lacht

Xavier böse. „In diesem Augenblick sollten sich deine Glieder schwer anfühlen. Die Wirkung des Giftes ist zeitverzögert, aber sobald es deine Organe überwältigt, gibt es kein Zurück mehr. Es gibt kein Gegengift."

„Selene", flüstert Lucius. Mir stehen die Haare zu Berge. Ich erhebe mich. „Nein", befiehlt Lucius. Seine Stimme ist so scharf wie der Hieb einer Peitsche. Ich bleibe, wo ich bin, stehe in voller Sicht dort, aber Xavier ist zu sehr auf seinen Feind konzentriert.

„Es ist sinnlos", sagt Xavier leise. „Das Gift fließt schon durch deine Adern. Ich wusste, dass du nicht widerstehen könntest, von unserer Selene zu trinken. Sie auszusaugen. Ich musste auf die Dosis achten – genug, um dich umzubringen, ohne den Überträger zu schnell zu töten. Mein Labor hat jahrelang daran gearbeitet, die langsame Wirkung zu entwickeln."

„Wann ...", krächzt Lucius.

Mein Verstand überschlägt sich, weil ich weiß, was Xavier sagen wird. Er hat mich vergiftet. Dieser Bastard hat mich vergiftet.

„In deinem Club. Ich bin einfach hineinspaziert und habe ihr ein Getränk spendiert. Das ist es doch, was man in Clubs so tut, oder nicht? Dann seid ihr beide nach Hause gefahren und ich musste einfach nur noch warten."

Lucius erschaudert. Ich muss ihm helfen. Er hat nach dem Club nicht von mir getrunken – wie kann ihm das Gift dann schaden? Es sei denn ... er schauspielert ... aber es sieht nicht danach aus.

„Geh schon." Er macht eine abgehackte Bewegung mit der Hand. Er befiehlt mir, zu gehen. Ich kann nicht glauben, dass Xavier nicht bemerkt, dass ich hier bin. Aber er ist zu sehr auf seinen Feind konzentriert. „Mach es schnell ..."

„Oh, das glaube ich nicht", flüstert Xavier. „Das ist das

Schöne daran. Jetzt, da du schwach bist, kann ich mir Zeit lassen." Sein Körper spannt sich an und ich weiß, dass er über den Sarkophag springen und Lucius zu Fall bringen will.

„Nein!" Mit all meiner verbleibenden Kraft rase ich auf die Plattform zu, um meinen Ex-Mentor aufzuhalten.

„Hündchen!", schreit Lucius. „Nein!"

Ich bin schneller als Xavier, aber nur gerade so. Ich halte ihn davon ab, Lucius anzugreifen. Er wirbelt herum und zischt. Ich sehe den Pflock in seiner Hand zu spät.

Lucius

EINE SCHRECKLICHE SEKUNDE lang kämpfen Selene und Xavier und der Körper des riesigen Vampirs bedeckt ihren. Ich greife den Pflock, den sie mir vor einer Ewigkeit vor die Füße geworfen hat, und springe über den Steinsarg. Ich reiße Xavier von Selene herunter und ramme den Pflock in seine Brust. Das Weiße seines einen Auges blitzt auf und sein Mund öffnet sich. Die Adern in seinem Körper erheben sich überdeutlich unter der blassen Haut. Er krümmt sich, versteift sich und stürzt.

Ich wirbele herum und hocke mich neben Selene.

„Hey." Ihr Lächeln strahlt über ihr ganzes Gesicht. Mit ihrer kleinen Hand tätschelt sie meine nackte Brust. „Er hat Sie nicht erwischt."

„Nein."

Von den Schultern aufwärts ist sie wunderschön. Ihr Haar fällt um ihr Gesicht wie seidenes Silber. Es fließt über ihre Brust, aber als ich es zur Seite schiebe, sind die

Strähnen blutverschmiert. Xavier hat ihr einen Pflock in den Magen gerammt. Ich lege eine Hand auf ihre Brust, traue mich jedoch nicht, das Holz herauszuziehen. Sollte er keine Arterie getroffen haben, war es dennoch nah genug, und das Entfernen des Pflocks würde den Blutverlust beschleunigen. Ihre Gliedmaßen sind kalt und versteifen sich.

„Was passiert mit mir?" Ihre Lippen färben sich blau.

„Hündchen ..." Mit den Händen gleite ich über ihren Körper und suche nach weiteren Verletzungen. Der Pflock sollte ihre Wandlerheilung nicht verlangsamen. Sie schwindet zu schnell dahin.

„Das Gift", gackert Xavier neben uns.

Ich rausche an seine Seite. Der Pflock steckt halb in seinem Herzen. Ich hebe meinen Fuß und trete darauf. „Wo ist das Gegengift?"

Sein Kopf rollt von links nach rechts. „Es gibt keins."

„Lucius ...", stammelt Selene.

Xavier verzieht das Gesicht. Mit letzter Kraft hebt er eine Hand und umklammert mein Bein. „Sie lebt. Wie ...?"

Mit gefletschten Reißzähnen beuge ich mich über ihn. „Ich habe sie nicht getötet. Ich habe sie zu meiner gemacht." Sein Griff krampft sich um mein Bein, aber seine Kraft ist verschwunden. Ein weiterer Feind besiegt. Aber zu welchem Preis?

„Wir sehen uns in der Hölle", sage ich zu ihm und stoße den Pflock noch ein paar Zentimeter tiefer hinein, bis sein Mund erschlafft und sein Auge schwarz wird.

Ich eile an Selenes Seite. „Meine süße Selene. Mein Hündchen." Ich streiche mit den Händen über ihren Körper. Ich möchte sie hinaustragen, sie von hier wegbringen, aber sie würde es vielleicht nicht überleben.

„Nur eine Fleischwunde ...", flüstert sie. „Warum sind Sie so ... so traurig ..."

Ich schüttle den Kopf und will ihr nicht antworten. „Es spielt keine Rolle. Du bist hier. Wie hast du ..."

„Niemand erwartet die Spanische ..." Blut läuft aus ihrem Mund und ich drücke ihr zwei Finger auf die Lippen.

„Schhh. Nicht sprechen." Ein Zittern geht durch ihren Körper und ich beantworte die Frage in ihren Augen. „Dein Körper versagt. Er hat dich vergiftet."

Ihr Mund bewegt sich unter meinen Fingern und sie runzelt die Stirn. „Sie ..."

„Mir geht es gut", versichere ich ihr schnell. „Er hat erwartet, dass ich von dir trinken und dich leersaugen würde. Es kam ihm nie in den Sinn, dass ich dich verschonen könnte. Meine Liebste, er hat dich vergiftet, um zu mir zu gelangen." Sie stirbt und es ist meine Schuld. Das ist es immer. Meine Brust zieht sich zusammen und mein Körper verkrampft sich mit dem Bedürfnis zu brüllen.

Schritte im Flur lassen mich zusammenzucken. Declan und Parker und ihr großer seltsamer Freund stürmen zum Podium und betrachten die Szene mit entsetzten Gesichtern.

„Ist es das Blut?", fragt der irische Wolf.

„Sie hat Blut getrunken?", knurre ich. „Wie viel davon?"

„Alles. Sie hat alles getrunken", sagt Declan. Der große Wandler neben ihm zuckt zusammen. „Ist es das, was mit ihr nicht stimmt?"

Ich reiße meinen Kopf scharf herum. „Gift. Für Vampire bestimmt." Mein Blut wird sie nicht retten. Ihre Wandlerheilung funktioniert, aber ihre Wunden sind zu schwerwiegend. Ihr System ist überlastet. Nichts kann sie jetzt noch retten.

Es sei denn ...

„Gibt es ein Gegengift?", fragt Declan. „Was können wir tun ...?"

„Verschwindet. Lasst uns allein." Was ich tun will, darf niemand außer mir selbst sehen.

„Majestät ...?"

„Eure Schuld ist beglichen", schnauze ich sie an und wiege Selenes Kopf sanft in meinen Händen. „Geht."

„Nein." Declan klingt so hartnäckig, dass ich meinen Blick von Selene losreiße. Niemand sagt *Nein* zu mir. „Wir verlassen sie nicht."

Natürlich sind sie ihr ergeben. Sie inspiriert dieses Maß an Loyalität, ohne es auch nur zu versuchen.

„Ich würde ihr niemals wehtun. Aber ihr müsst gehen. Geht und schließt die Gruft hinter euch. Erzählt niemandem, was ihr heute gesehen habt." Das Echo meiner Stimme verhallt mit dem Klang der sich zurückziehenden Schritte. Ich entspanne mich. Selene und ich sind allein. Das einzige Geräusch ist der rasselnde Atem in ihrer gebrochenen Brust.

„Oh Hündchen, du bist am Ende." Sie ist so blass und ihre Lebenskraft schwindet mit jedem Herzschlag. Wenn es ihrem Körper gelingt, das Gift abzuwehren, wird sie dennoch an der Pflockwunde sterben.

„Das war es wert ...", flüstert sie. Kein Zorn, kein Groll auf ihrem Gesicht. Nichts als Liebe. Sie hebt eine Hand, ich fange sie ein und führe sie zu meinen Lippen.

„Ich hoffe, du kannst mir das, was ich gleich tun werde, vergeben."

Ihre Augen werden größer. „Was ..."

„Schhh." Ich lege erneut einen Finger auf ihre Lippen und beuge mich vor. „Wenn du wählen könntest, würdest du dann bei mir bleiben?"

Sie runzelt die Stirn. „Bleiben?" Ihr Körper verkrampft sich in meinen Armen, als Schmerz durch ihre Organe jagt. Das Gift nimmt überhand.

„Hör mir zu, Selene." Mir läuft die Zeit davon. „Wofür würdest du dich entscheiden?"

Sie zieht die Mundwinkel unter meinen Fingern hoch, als sie flüstert: „Für Sie."

Erleichterung strömt durch meine Brust und ich werfe den Kopf zurück. Mit einer sterbenden Selene zu meinen Füßen reiße ich eine Wunde in mein Fleisch, direkt über meinem Herzen. Ich hebe sie hoch und drücke ihren Mund auf den roten Schnitt.

„Trink", befehle ich. Ihre Kehle bewegt sich, als sie mit ihren Lippen an meiner Haut saugt, während sie tiefe Schlucke nimmt.

Möglicherweise funktioniert es nicht. Vielleicht ist es schon zu spät. Aber es besteht eine geringe Chance und ich muss es versuchen.

Sie verkrampft sich in meinen Armen und ich halte sie fester.

„So ist es gut, Hündchen. Alles wird gut werden." Sie umklammert mich verzweifelt. Ich neige sie nach hinten, damit mein Blut leichter in ihre Kehle hinunterfließen kann. Die Verwandlung erfordert mehrfachen Blutaustausch, von Schöpfer zu Schöpfung. Wir haben bereits mehrfach Blut getauscht und mit der Menge, die sie heute getrunken hat, könnte es funktionieren.

Aber nur, wenn das Gift ihren Körper nicht vorher überwältigt.

Ein Seufzen erschüttert ihren Körper und ihre Hände verlieren ihren Griff an meiner Schulter. Sie schließt die Augen. Es ist so weit. Ihre Organe versagen.

Mit zitternden Händen ziehe ich den Pflock heraus. Blut spritzt und ich drücke meine Hand auf ihre Brust, als sie ihren letzten Atemzug nimmt. Ihr Körper kann den Blutverlust und das Gift nicht überleben. Aber wenn sie stirbt, wird sich der Vampirvirus in ihr festsetzen. Ich kann nur hoffen, dass mein Blut ausreichen wird, um sie zu retten.

Ich kann nur warten.

In der Stille meiner Gruft halte ich ihren Körper noch stundenlang fest. Noch lange, nachdem sie regungslos geworden ist. Noch lange, nachdem das Blut getrocknet ist. Ich drücke einen Kuss auf ihre kalten Lippen, erhebe mich und säubere ihren Körper mit einem Schwamm. Ich lege sie auf die Steinplatte. In der düsteren Dunkelheit strahlt ihr Körper mit einem inneren Licht. Ein Wesen aus Mondlicht, ein Leuchtfeuer in der Nacht. Ich könnte neben dem Sarkophag auf die Knie fallen und sie für immer anbeten.

Stattdessen säubere ich die Gruft und kümmere mich um Xaviers Leiche. Ich schrubbe und reinige die Gruft und richte mich für eine lange Nacht ein. Über die Jahre habe ich unzählige Nachtwachen gehalten und darauf gewartet, dass die Vampire, die ich erschaffen habe, auferstehen. Die Freude über ihre Geburt wird immer von Trauer begleitet. Ihr Leben ist von ihrem Tod besiegelt. Ich neige meinen Kopf zu einer Art Gebet. Diese Gruft ist jetzt eine Gebärstube.

Kurz vor der Morgendämmerung wird die Stille von einem langen, trauernden Ton unterbrochen. Ein Wolf heult. Die Melancholie klingt sowohl nach einer Begrüßung als auch nach einem Abschied. Und ich weiß es.

Es wird Tag. Ich lege mich neben den Sarkophag und warte auf den Schlaf der Toten. Über mir, auf der Steinplatte, liegt Selenes regungsloser Körper, aber ich kann die Veränderung spüren. Sie hat dem Tod ein Schnippchen geschlagen und wenn es wieder dunkel wird, wird sie als Vampir auferstehen.

Unsterblich so wie ich.

*S*ELENE

ICH ÖFFNE den Mund und Luft strömt in meine Lunge. Mein Körper fühlt sich so schwer wie eine Marmorplatte an. Ich atme tief ein, bis meine Glieder zu kribbeln beginnen und zum Leben erwachen.

Ich muss ein kleines Geräusch gemacht haben, denn im nächsten Moment schwebt Lucius über mir. Mit gerunzelter Stirn schaut er an mir auf und ab.

„Hey." Ich schenke Lucius ein halbes Grinsen. Mein Mund funktioniert nicht richtig. Keines meiner Glieder funktioniert. „Was ist passiert?"

„Selene." In seiner Stimme klingt riesige Erleichterung mit. „Du bist wach."

„Ja, Schlaumeier." Meine Muskeln verspannen sich, als ich versuche, mich zu erheben. Warum kann ich mich nicht aufsetzen?

„Ruhig, Hündchen." Er legt eine Hand auf meine Brust.

„Ich fühle mich seltsam."

„Ja, das dachte ich mir." Er schiebt mir einen Arm unter die Schultern und hilft mir beim Hinsetzen. Mein Körper fühlt sich anders an und ich bin mir nicht sicher, warum. Ich bin nackt, aber überraschenderweise ist mir nicht kalt. Die Luft der Gruft strömt um mich herum und der kalte Vampirduft hat sich zu etwas Warmem und Behaglichen gewandelt. Ich berühre die Stelle an meiner Brust, wo mich Xavier erstochen hat. Die Haut ist glatt und unversehrt. Ich bin ganz.

Lucius streicht mit den Händen über meine Seiten. Das Blut rauscht in meinen Adern und mein Körper erwacht

durch seine Berührung. Seine Brust ist immer noch blutverschmiert, aber meine eigene ist sauber. Ich streiche über
den roten Fleck und er ergreift meine Hand.

„Was ist los, Hündchen?"

„So viel Blut", murmele ich.

„Ja. Es war notwendig." Er neigt den Kopf und sein
dunkles Haar streicht über meine Stirn. „Du hast das ganze
Blut getrunken, das ich dir gegeben habe."

„Ich habe es gebraucht."

Er drückt meine Hand. „Du bist zu mir zurück-
gekommen."

„Sie haben in Gefahr geschwebt. Waren in Schwierigkeiten. Xavier ..." Ich stoße Lucius von mir, wild entschlossen,
an ihm vorbeizuschauen.

„Schhh, er wird dir nicht mehr wehtun."

Mein Mentor ist verschwunden, die Stelle, an der er auf
den Steinen lag, ist saubergeschrubbt.

„Ist er ..." Ich blicke von den Steinen zu Lucius' im
Schatten liegenden Gesicht.

„Gepfählt. Ich habe ihn erwischt, als er abgelenkt war.
Ohne dich hätte ich es nicht geschafft, Hündchen. Du hast
mir das Leben gerettet."

„Ja." Schmerz schießt durch meine Schläfe und ich reibe
ihn weg. Ich muss mich erinnern. „Ich bin froh, dass er tot
ist. Er hat mein Rudel ermordet. Meine Familie. Es war
Xavier."

„Oh", Lucius klingt so schmerzerfüllt, wie ich mich
fühle. „Selene."

Ich schüttle den Kopf und zucke zusammen. „Ich bin
froh, dass er tot ist." Mein Kopf hämmert, als hätte jemand
mit einem Knüppel darauf geschlagen. Ich wühle durch
meine Erinnerungen und erlebe, was passiert ist, noch
einmal. Xavier, in der Gruft. Lucius, der taumelt – „Er hat

Ihnen wehgetan. Sie waren verletzt. Sie ... als Xavier hier war. Sie schienen geschwächt zu sein ...“ Ich verstumme, als er lächelt. „Sie haben es vorgetäuscht! Woher wussten Sie es?“

„Eine überlegte Vermutung. Xavier wirkte so selbstgefällig.“

„Er hat mich benutzt, um zu versuchen, Sie zu töten.“

Lucius’ Lächeln verblasst. „Ja, Hündchen, und das tut mir leid. Dein Tod ist meine Schuld.“

Ich zucke in seinen Armen. Hebe meine Hände zwischen uns hoch, nicht um ihn wegzustoßen, sondern um sie anzusehen. Meine Hände sehen so aus, wie sie immer ausgesehen haben. Etwas blasser vielleicht. „Aber ich bin nicht ... tot.“

„Nicht so, wie du denkst.“ Er sieht so traurig aus, dass ich meine Hände um sein Gesicht schließe.

„Alles ist gut“, murmele ich.

„Wenn du herausfindest, was ich getan habe ... kann ich nur hoffen, dass du mir vergeben kannst.“

„Natürlich. Was ...“ Als Antwort darauf hebt er meine Finger und führt sie an meinen Mund. Ich verstehe es erst, als er sie zwischen meine Lippen schiebt. Ich berühre etwas Hartes, Schlankes und Kaltes. So scharf wie eine Nadel. Einen Reißzahn. Keinen Wolfszahn, sondern einen Zahn, der zu einem größeren Raubtier gehört, zu einem ...

„Vampir?“, frage ich und fürchte seine Antwort.

Er nickt langsam.

Ein kleines Geräusch entweicht meiner Kehle. Ein Wimmern. Ein Stöhnen. „Sie haben mich verwandelt.“

„Ich habe dich verwandelt“, bestätigt er. Und bevor ich noch irgendetwas sagen kann, zieht er mich in seine Arme. „Und ich würde es wieder tun, selbst wenn ich wüsste, dass du deine Meinung ändern würdest. Du hast gesagt, du willst mit mir zusammen sein. Ich konnte dich nicht gehen lassen. Nicht jetzt. Jetzt, da ich weiß ..."

„Was wissen Sie?" Ich drehe mich in seinen Armen, sodass ich ihn ansehen kann. Mein Herz klopft laut in meinen Ohren. Unter meiner Handfläche schlägt Lucius' Herz im gleichen Rhythmus.

„Sieze mich nicht länger, meine Selene. Bitte duze mich. Ich weiß, dass ich dich liebe, Selene. Ich liebe dich und ich konnte dich nicht gehen lassen."

Ich hebe meine Hand zwischen uns hoch und halte sie direkt vor mein Gesicht. Sie sieht genauso aus, die blasse Haut, die bläulichen Adern. Sein Blut fließt durch meine Venen. Unsterbliches Blut.

Alles ist anders. Aber als ich die Hand zurückziehe und ihm in die Augen sehe, weiß ich: alles ist immer noch genauso.

„Ich weiß, Lucius, ich weiß." Ich lege meine Handfläche um seine Wange. Sein Haar ist im Kontrast zu seinen eleganten Zügen völlig zerzaust. Ausnahmsweise ist er einmal nicht perfekt zurechtgemacht. Es brauchte nur eine Begegnung mit seinem Feind und ein Nahtoderlebnis, um seine Eitelkeit zu vergessen.

Er ist genauso wunderschön wie eh und je. Nicht von dieser Welt. Ein Gott, der auf die Erde kam. Ein legendärer König, zum Leben wiedererwacht. „Ich liebe Sie ... ähm... ich liebe *dich* auch. Ich habe dich von der ersten Nacht an geliebt."

Sein Atem bläst mein Haar über meine Schulter. Er umarmt mich und seine Lippen finden mein Ohr. „Das ist eine Erleichterung."

Ich lache in seiner Umarmung. „Dachtest du etwa, ich würde dir nicht vergeben, dass du mir das Leben geschenkt hast?"

Er zieht sich zurück. „Aber es hat seinen Preis. Hünd-chen," – er legt seine Hand unter mein Kinn und wird ganz ernst – „ich habe dich zu einem Leben in der Dunkelheit verdammt. Du wirst die Sonne nie wiedersehen."

Ich beuge mich vor und schlinge meine Arme um ihn, weil ich ihn einfach spüren muss. „Ich brauche die Sonne nicht", sage ich ehrlich zu ihm. „Du bist das einzige Licht, das ich brauche."

EPILOG

S *elene*

CLUB *TOXIC* DRÖHNT von der Musik des Nachtclubs in der ersten Etage. Das Verlies darunter ist mit Vampiren gefüllt. Alle von Lucius' Schöpfungen haben sich auf seinen Befehl hin dort versammelt.

Vorsichtig trage ich Lippenstift auf, tupfe ihn einmal ab und schminke noch eine Schicht darüber, bis meine Lippen so rot sind wie die Flüssigkeit meines Getränks. Zumindest glaube ich, dass sie es sind. Denn wenn ich in den Spiegel schaue, kann ich nichts sehen. Eine Sekunde bevor Lucius in mein Ohr atmet, stellen sich mir die Nackenhaare auf.

„Nervös?" Eine feste Hand drückt meine Schulter, bevor sie weitergleitet, um meinen Hals locker zu umschließen.

„Nein." Ich schaue weiter in den Spiegel, obwohl ich nichts anderes als die Spiegelung des Raums darin sehen kann. Ich weiß nicht, warum ich mir überhaupt die Mühe mache. Macht der Gewohnheit, nehme ich an.

„Braves Mädchen." Im Spiegel erhebt sich mein Glas in die Luft, gehoben von einer unsichtbaren Hand. Gehorsam greife ich danach.

„Du siehst aus wie eine Göttin." Er lehnt sich zu mir. „Vielleicht ficke ich heute Nacht eine Göttin in den Arsch."

Ich verschlucke mich und verschütte fast mein Getränk.

„Vorsicht." Er stützt meine Hand ab. „Du bist sowieso schon zu dünn."

„Wie viel muss ich trinken?"

„Ich werde dich heute Abend aus der Vene trinken lassen", verspricht er und ich zittere. Das ist der Unterschied zwischen ihm und anderen Vampiren, hat er mir erklärt. Ein neuer Vampir ist schwach, abhängig und braucht ein Gleichgewicht von Fürsorge und langsamer Entwöhnung zur Unabhängigkeit.

„Xavier hat versucht, Vampire zu erschaffen, aber sie haben entweder gegen ihn angekämpft und dann hat er sie getötet, oder er hat ihre Erinnerungen gelöscht und sie haben nicht überlebt, weil sie zu schwach waren."

„Haben deine Schöpfungen deshalb überlebt?"

„Ja."

„Also werde ich überleben?", witzelte ich.

Er lachte nicht. „Du wirst mehr tun, als nur zu überleben. Du wirst aufblühen."

Mit den Fingern kippt er das Glas und ich lasse ihn helfen, das Blut in meinen Rachen zu gießen. Ich werde mehr als nur aufblühen. Bereits jetzt ist mein Körper stärker und sind meine Reflexe schneller als die anderer Vampire. Ich kann beim Laufen mühelos vor Schnelligkeit verschwimmen. Wenn wir auf den Bergpfaden rennen gehen, schlage ich ihn mit Leichtigkeit. Meine Wandlerstärke kombiniert mit den

Fähigkeiten eines Vampirs hat eine neue Kreatur erschaffen. Ich bin unaufhaltsam. Die Schöpfung wird bald schneller sein als ihr Schöpfer. Ich bin das mächtigste Raubtier der Welt.

Und bis über beide Ohren verliebt.

„Bereit?" Er nimmt mir das Glas ab.

„So breit, wie ich nur sein kann."

Er streckt mir seinen Arm hin.

„Du willst nicht, dass ich krieche?", scherze ich, als ich mich einhake.

„Nur wenn du es willst. Aber nicht vor ihnen. Niemals vor ihnen. Sie werden dich als ebenbürtig ansehen."

„Sie sind mir nicht ebenbürtig."

Seine Lippen zucken. „Nein. Aber das sollen sie ruhig auf die harte Tour herausfinden."

„Es wird mir ein Vergnügen sein."

Wir treten aus seinem Büro ins Licht hinaus.

Die Menge teilt sich, als wir hindurchgleiten. Es gibt viele neugierige Blicke. Und eine Menge feindselige. Ich rieche immer noch wie ein Wandler, wie ein Wolf. Eine weitere Fähigkeit, die ich habe, ist es, meinen Geruch zu kontrollieren. Nur die wirklich Scharfsinnigen können spüren, dass ich mehr bin als das.

Lucius nimmt auf dem Thron Platz. Ich setze mich an seine Seite.

„Willkommen, Kinder. Meine geliebten Schöpfungen." Die Menge schweigt, als Lucius sie inspiziert. Er lächelt nicht, aber ich merke, dass er es will. Seine Mundwinkel zeigen einen Hauch von Grausamkeit. „Ihr fragt euch vielleicht, warum ich euch alle hierhergebeten habe. Wie ihr wisst, habe ich vor einem Monat an einer Auktion teilgenommen. Ich habe mich ein wenig hinreißen lassen." Ein paar Vampire kichern nervös und Lucius lächelt genüsslich.

„Heute Abend feiern wir ein überaus erfreuliches Ereignis. Ich habe ein Spektakel vorbereitet, wie ihr es noch nie zuvor gesehen habt."

Ich mache ein ausdrucksloses Gesicht, während die Vampire mich beäugen. Sie erwarten von ihrem König, dass er seine neue Sub vorführt und mich vor ihren Augen auf den Prüfstand stellt.

Sie werden eine höllische Überraschung erleben.

„Meine Damen und Herren, darf ich euch Selene vorstellen." Lucius streckt eine Hand aus und ich lege meine in seine. „Eure neue Königin."

∼

Lucius

ICH LASSE meinen Blick über meine Nachkommen schweifen. Schockiert murmeln sie einander zu und bekräftigen bestehende Bündnisse. Ein falsches Wort und sie werden sich gegen mich erheben.

„Schöpfer." Theophilus tritt vor. „Sie haben doch sicherlich nicht vor, eine Gestaltwandlerin zu heiraten. So reizend sie auch ist, sie ist ihnen kaum ebenbürtig ..."

„Ich bin anderer Meinung."

Theophilus schwankt auf seinen Fersen zurück. Er hebt die Hände hoch, als wollte er sagen: „Ich habe es versucht." Das widersprüchliche Gemurmel wird lauter.

Ich erhebe meine Stimme. „Die Wandler-Auktionen sind vorbei. Ein jeder, der weiterhin daran teilnimmt, wird getötet, natürlich abgesehen von den Wandler-Opfern. Sie werden freigelassen und erhalten eine Entschädigung. Sie

wird aus der Kasse eines jeden Vampirs gezahlt, der irgendwann einmal jemanden dort gekauft hat."

Der Raum hallt mit völliger Ablehnung wider. Die
meisten Vampire sind mehr als wohlhabend, aber ganz egal
wie hoch die Summe ist, die Zahlung einer Entschädigung
an einen Gestaltwandler verletzt ihren Stolz.

Selene zittert an meiner Seite, bereit, mich zu verteidi-
gen. Ich lege eine Hand auf ihren Rücken. Schon bald werde
ich meine größte Waffe entfesseln. „Wenn ihr diesen Befehl
nicht innerhalb einer Woche befolgt, werdet ihr euch nicht
nur vor mir verantworten müssen. Ihr werdet auch Selene
Rede und Antwort stehen."

„Sie erwarten von uns, dass wir ihrem Wandler-Haustier
gehorchen?", ruft jemand aus der Menge.

„Nicht nur gehorchen. Ich erwarte, dass ihr vor ihr
niederkniet."

Die Vampire weichen zurück.

„Ich kann es nicht glauben." Dante bahnt sich seinen
Weg nach vorn. Es gibt keinerlei Anzeichen von Schmeiche-
leien, wie er sie normalerweise zeigt. „Xavier hatte recht –
Sie sind schwach." Er wirbelt herum, um die Menge anzusehen. „Die Zeit ist gekommen. Der König hat das Ende seiner
Herrschaft erreicht." Er gibt ein Zeichen und zwei Vampire
schießen durch die Menge und springen auf mich zu.

Sie erreichen noch nicht einmal den Fuß meines
Throns. Ein Lichtblitz bringt die Menge zum Schreien.
Einen Augenblick später blinzeln sie und umarmen einan-
der, während sie sich die riesengroßen Augen reiben.

Die beiden angreifenden Vampire liegen auf dem Boden
und Pflöcke ragen aus ihren Körpern. Dantes Mund klappt
auf. Die Vampire, die ihm den Rücken gestärkt haben,
weichen zurück.

„Wie bitte, Dante?" Ich drücke meine Fingerspitzen

aneinander, neige den Kopf und grinse sie alle gemächlich an. Sie alle können sehen, dass ich wie aus dem Ei gepellt bin.

Ein paar Sekunden später bemerken sie die Blutspritzer auf Selenes weißem Kleid.

„Ich weiß, dass ihr geplant habt, euch gegen mich zu erheben. Xavier war eine gute Wahl für ein Bündnis. Zu schade, dass er letztendlich besiegt wurde."

„Sie lügen", haucht Dante. Ich ziehe einen Gegenstand aus meiner Westentasche und werfe ihn in seine Richtung. Xaviers Augenklappe landet vor seinen Füßen.

„Eure Pläne sind gescheitert", sage ich zu meinen Schöpfungen. Keiner von ihnen ist unschuldig, sich gegen mich verschworen zu haben. Selbst wenn sie sich nicht selbst an den Plänen für den Putsch beteiligt haben, haben sie mich doch auch nicht gewarnt, sondern abgewartet, um zu sehen, aus welcher Richtung der Wind weht. Ihr Schweigen hat sie verdammt. „Ihr werdet unter meiner Herrschaft bleiben und euch mir und meiner Königin unterwerfen. Oder ihr werdet sterben."

Dante knurrt: „Sie sind verrückt ..."

Ich schnippe mit den Fingern. Selene zischt von meiner Seite. In einem Wimpernschlag hat sie den Verräter auf den Knien, einen Pflock ein paar Zentimeter von seiner Brust entfernt und seinen Kopf in einem schmerzhaften Winkel nach hinten gebeugt.

„Soll ich ein Exempel an ihm statuieren?", fragt sie und positioniert einen zweiten Pflock an Dantes Kehle.

Die Vampire um sie herum regen sich und stolpern zurück. Sie haben sie nicht kommen sehen. Niemand erwartet einen Vampir-Wandler-Hybriden.

„Was ist das?", krächzt Dante. Selbst auf den Knien strahlt er noch Wut aus. „Was haben Sie getan, Frangelico?

Sie haben diese Wolfsfrau in ein Monster verwandelt ...“ Seine Tirade endet in einem Glucksen, als Selene ihn vollständig pfählt. Blut spritzt in hohem Bogen über die gut gekleideten Gäste. Der tote Vampir sackt zu Boden. Selene kehrt an meine Seite zurück, ihr weißes Kleid ist rot gesprenkelt.

„Das hat Spaß gemacht“, sagt sie mit einem verschmitzten Grinsen zu mir. „Wer ist der Nächste?“

Ich sehe die Menge mit hochgezogenen Augenbrauen an. Niemand bewegt sich.

„Ich bin mir sicher, dass wir in den nächsten Monaten noch mehr Verräter aufdecken werden“, sage ich zu Selene. „Gute Schöpfungen sind heutzutage schwer zu finden. Du kannst mit ihnen machen, was du willst.“

„Vielen Dank, Schöpfer“, murmelt Selene und fährt sich mit der Zunge über die Reißzähne.

Theophilus ist der Erste, der auf die Knie sinkt. Langsam kniet auch der Rest der Menge vor meiner wunderschönen Königin nieder.

Ich klatsche in die Hände. „Das ist getan. Lasst uns alle etwas trinken.“ Die Diener des Clubs strömen aus den Ecken und verteilen Rotweinkelche. Zwei Clubangestellte beginnen, die Leichen zu entfernen. Ich schicke sie weg. „Lasst sie dort liegen. Ein Exempel. Ihr könnt sie morgen mit dem Müll rausbringen.“

NACH DEM ANSTOẞEN beginnen die BDSM Sessions. Vampire verlassen das Verlies und kehren mit ihren auserwählten Untergebenen zurück. Schon bald fühlt sich das Verlies mit dem Stöhnen und den Schreien der Verdammten.

Selene steht wachsam an meiner Seite. Sie nimmt ihre Rolle als meine Vollstreckerin sehr ernst. Ich neige den Kopf zu ihr und sie beugt sich nahe zu mehr heran.

„Ich werde deine Hilfe brauchen, um die Wandler-Auktionen zu unterbinden", murmele ich.

„Mit Vergnügen." Selene leckt sich die Reißzähne, während sie einer Gruppe Vampire nachsieht, die an ihr vorbeilaufen. Die meisten neigen den Kopf, aber eine funkelt sie an.

„Es braucht wahrscheinlich noch ein paar mehr Exempel, bevor sie dich fürchten werden", bemerke ich.

„Ich freue mich darauf", schnurrt sie und ich ziehe sie auf meinen Schoß.

„Ich danke dir", flüstere ich. Ihretwegen werden die meisten meiner Schöpfungen verschont bleiben. Sie wird an meiner Seite herrschen und alle werden vor ihrer Macht erzittern.

„Ich bin bei dir, Lucius", murmelt sie. „Du wirst niemals wieder allein sein."

„Licht meines Lebens." Ich mache eine Handbewegung und ein Clubdiener nähert sich mit einer Verbeugung. Er streckt uns ein Kissen mit einer silbern glänzenden Krone entgegen. Ich setze ihr das glitzernde Diadem auf den Kopf.

„Wie sehe ich aus?" Sie dreht ihren Kopf, sodass die Diamanten im Licht funkeln.

„Wie eine Königin." Ich greife nach ihrem Kinn. „Eine Krone in der Öffentlichkeit. Ein Halsband im Privaten. Du wirst vor mir niederknien, vor mir ganz allein."

Sie beißt sich auf die Lippe. „Es gibt nichts, was ich lieber täte."

ENDE

MITTERNACHT DOMS

Alphas Blut

Ihr Vampir Master

Ihr Vampir Prinz

BAD BOY ALPHAS

BÜCHER VON RENEE ROSE

Unterwelt von Las Vegas

King of Diamonds: Was in Vegas passiert, bleibt in Vegas, Band 1

Mafia Daddy: Vom Silberlöffel zur Silberschnalle, Band 2

Jack of Spades: Gefangen in der Stadt der Sünden, Band 3

Ace of Hearts: Berühmtheit schützt vor Strafe nicht, Band

4

Wolf Ranch

ungezähmt– Buch 1

ungestüm - Buch 2

ungezügelt - Buch 3

Wolf Ridge High

Alpha Bully - Buch 1

Alpha Knight - Buch 2

Bald verfügbar auf Deutsch:

Unterwelt von Las Vegas

Joker's Wild: Engel brauchen auch harte Hände (Unterwelt von Las Vegas 5)

His Queen of Hearts: Band 6 aus der Unterweltreihe von Las Vegas

Dead Man's Hand: Band 7 aus der Unterweltreihe von Las Vegas

Wild Card: Band 8 aus der Unterweltreihe von Las Vegas

Die Meister von Zandia

Seine irdische Dienerin

Seine irdische Gefangene

Seine irdische Gefährtin

ÜBER DIE AUTORIN

USA TODAY Bestseller-Autorin RENEE ROSE liebt dominante, verbalerotische Alpha-Helden! Sie hat bereits über eine halbe Million Exemplare ihrer erotischen Liebesromane mit unterschiedlichen Abstufungen verruchter sexueller Vorlieben und Erotik verkauft. Ihre Bücher wurden außerdem in *USA Todays Happily Ever After* und *Popsugar* vorgestellt. 2013 wurde sie von *Eroticon USA* zum nächsten *Top Erotic Author* ernannt und freut sich ebenfalls über die Auszeichnungen Spunky and Sassy's *Favorite Sci-Fi and Anthology Autor*, The Romance Reviews *Best Historical Romance* und Spanking Romance Reviews *Best Sci-fi, Paranormal, Historical, Erotic, Ageplay and Couple Author*. Bereits fünfmal gelang ihr eine Platzierung in der USA-Today-Bestsellerliste mit verschiedenen literarischen Werken.

Besuchen Sie ihren Blog unter www.reneeroseromance.com

EBENFALLS VON LEE SAVINO

Die Berserker-Saga

Verkauft an die Berserker
Gepaart mit den Berserkern
Entführt von den Berserkern
Übergeben an die Berserker
Gefordert von den Berserkern

Die Frauen der Berserker

Gerettet vom Berserker – Hasel und Knut
Gefangen von den Berserkern – Weide, Leif und Brokk
Verschleppt von den Berserkern – Salbei, Thorbjorn und Rolf

Gebunden an die Berserker – Laurel, Haakon und Ulf

Berserker-Nachwuchs – die Schwestern Brenna, Sabine, Muriel,
Fleur und ihre Gefährten

(demnächst)

Die Nacht der Berserker – die Geschichte der Hexe Yseult
Eigentum der Berserker – Farn, Dagg und Svein
Gezähmt von den Berserkern – Ampfer, Thorsteinn und Vik

Beherrscht von den Berserkern

Unschuld mit Stasia Black (Eine dunkle Liebesgeschichte)
  Das Erwachen (Unschuld 2)
  Königin der Unterwelt: Eine Dunkle Liebesgeschichte (Unschuld 3)
  Die Gefangene des Biestes: Eine dunkle Romanze (Die Liebe des Biestes 1)
  Die Rache des Biestes: Eine dunkle Romanze (Die Liebe des Biestes 2)

Der Soldat, der mich verführt

  Draekons (Drachen im Exil) mit Lili Zander (Eine Sci-Fi Dreierbeziehung Romanze)

  Draekon Gefährtin
  Draekon Feuer
  Draekon Herz
  Draekon Entführung
  Draekon Schicksal
  Tochter der Dragons
  Draekon Fieber
  Draekon Rebellin
  Draekon Festtag

ÜBER DIE AUTORIN

Lee Savino ist *USA Today*-Bestsellerautorin. Außerdem ist sie Mutter und schokosüchtig. Sie hat eine ganze Reihe von Büchern geschrieben, die alle unter die Rubrik »smexy« Liebesgeschichten fallen. *Smexy* steht dabei für »smart und sexy«.

Sie hofft, dass euch dieses Buch gefallen hat.

Besucht sie unter:
www.leesavino.com

Inhaltsverzeichnis

❀ Erstellt mit Vellum